I的悲剧

[日] 米泽穗信 —— 著

王兰 —— 译

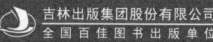

吉林出版集团股份有限公司

全国百佳图书出版单位

目录
contents ————

序章

I 的悲剧

黎明时分，寒气逼人，哈气仿佛顷刻间便凝结成霜。一位即将百岁的老妇人，溘然长逝。

老妇人的身体并无大碍，前几日还在向邻居抱怨儿媳对自己爱理不理。一大早，儿媳进卧室帮她开窗换气时，发现她躺在用了几十年的被褥里已没了呼吸。

守夜和出殡，按部就班地进行着。葬礼上最年轻的来客都已五十九岁，大家对这套法事早已驾轻就熟。意料之外的状况，只有一个——从老妇人过世前一晚开始下起的大雪使得灵车姗姗来迟。

这不过是个普通老妇人不足为奇的自然死亡。然而，事后回溯起来，人们不约而同都认定那是一切的开端。

老妇人一辈子不曾离开过"蓑石"这个山沟沟里的小村庄。这一带的居民平均年龄与日俱增，蓑石的衰落比别的村子尤甚，眼看就快人烟渺渺绝墟落了。沿着弯曲的山路蜿蜒而上，翻过山岭就能看到这个有着二十来户人家的村庄。此时，村子里只剩不到一半的房子还有人居住。

葬礼结束才一个星期，最终也没能和死去的婆婆冰释前嫌的儿媳便悄然离开了蓑石。而曾经和老妇人是小学同学的一位老爷子，像是追随着死者般也突然离世。村里另一位老人，被儿子媳妇好劝歹劝，搬去了城里同住。还有一位老人，一日被家中厨房的门槛绊倒，摔成了骨折。人们清了两个小时的雪，救护车才好不容易开进村子，而老人从此卧床不起。

冰雪消融，又是一年春天。迎面的风，已不再凛冽刺骨。住在这里的最后一对夫妻也搬离了村子。曾经口口声声说故土难迁，死也要死在老屋的二人，最终还是难以忍受渺无人烟的孤寂，决意离开。于是，整个村子就只剩下行动不便的那一位老人。这位老爷子，已经八十一岁了，无依无靠，身边也没个亲人照料。

一日，派送市政府通知的邮递员发现这位蓑石村最后的居民倒在了自家大门口。屋子的横梁上垂着一根断裂的绳索，他的脚边掉落着一张纸，上面工工整整写着一行字："活着只是别人的负担，我不如就此了结这毫无意义的人生。"上吊失败之后的老人无意再度寻死，搬去了市镇上的养老院。凭着拿手的老歌，老爷子成为卡拉OK的红人。

　　自此，这个村子已空无一人。

第一章　微雨

1

保养木船，需要替换掉船上腐坏的木材。换掉船桨、换掉桅杆、换掉船底……换着换着，船上原有的部件便所剩无几，这条船还能说是原本那条船吗？

站在高岗上俯瞰这个荒芜的村庄，让人不由得联想到被替换掉的腐坏木船。六年前，这里已渺无人烟。村子里仍保留着几块农田，住在市镇上的几家人时不时会回来耕种一下。然而，已经无人在此定居。昔日站在高岗上，放眼望去麦浪翻滚，沉甸甸的麦穗随风摇曳。如今却只剩满目荒凉，曾经规规整整的水田里长满生命力顽强的杂草。断壁残垣的农具房、斑驳不堪的乡间路、弃置一旁的农用车、枯竭干涸的蓄水池……这个村庄已然"消亡"。

最近，在南库市蓑石村这片土地上，政府组织的乡村振兴计划正热火朝天地开展着。为了重振乡村，市政府制定了多项地方条例，投入大量资金，希望可以招募到新的居民定居在这个死寂的村庄。然而，就算振兴计划得以顺利实施，就算这个村庄能够焕发生机，还能说是原本那个蓑石村的复兴吗？

"万愿寺先生，咱们快点拍完走人吧。"

身后的观山游香，两手交叉抱着脑袋，一副百无聊赖的样子。这姑娘去年才刚刚进入公务员系统，这一年没少让我教她工作上的东西。可是，她似乎仍未脱去一身的学生气。观山看起来不像个公务员，八成是因为她扎的那条马尾辫。不过，我有什么资格对别人的发型说三道四呢，所以我并没有和她提过此事。起初，我和她讲话总是客客气气的，结果反被她抱怨"别这样，太生分了，搞得我像个局外人似的"。于是，我就随她改变了语气。可是，她并未因此就变得像个"局内人"。

"抱歉，我正在考虑怎么取景，你再等一下啊。"

说完，我又把目光转向蓑石村。我们现在所处的高岗上，建有一栋主屋并两间偏屋的民宅，从杂草丛生的院落门口往下看，整个村庄一览无余。上司叫我们来拍摄蓑石村的全貌，所以我一直在寻找一个合适的取景点，这个位置似乎不错。

我把相机架好。四月的风还带着凛凛寒意，阳光却已明媚起来。透过相机的取景窗看整个村庄，四处星星点点冒出的小花随风摇摆，分外可爱。照片是用来做资料的，没必要拍得多唯美。可既然来拍一回，干脆就拍得漂亮一点儿。我用眼角的余光瞥了一眼观山，她正倚在公务车上打着呵欠。

最终，我拍了将近二十张照片。

九年前，南库市和附近四个市镇合并，组成一个有六万多人口的新市镇。新的市政府，位于原先四个市镇里人口最多的南山市的政府办公所在地。另外三个市镇的地方行政机关改为了"区公所"。我所在的单位就是其中之一的间野区公所。

逼仄的办公室里，靠窗的位置一年到头摆放着一台煤油取暖炉。烟囱上布满斑驳的污渍和像虫蛀般的铁锈，早已看不出马口铁原本的颜色。倚墙而立的木制文件柜，边角上印着厂家的商标。柜子的推拉门已经有点卡死，平日总是半敞着。间野区公所的办公室倒也并非全部如此陈旧，只是给我们这个新设部门配备的，是这么一间十多年没人用过的旧屋子。

我和观山刚回到办公室，西野科长就匆匆忙忙把报纸一合。西野科长，约莫五十岁，个子不高，身材魁伟。

"哎呀，有劳二位啦！"

话音未落，他便起身准备离开位子。西野科长有个本事——不看表就能准确判断出下班的时间。我赶紧说道：

"蓑石村的全貌，我已经拍好了。"

他似乎无意再多问什么，披上挂在椅子上的外套，提起了公文包。

"好，我明天再看。大家辛苦啦。"

说完，西野科长便扬长而去。科长一向如此，他很少上班时间一到就出现在办公室，而过了下班的点还留下来就更是闻所未闻了。

"您辛苦啦，明天见！"

我朝着科长的背影说道。然而，连我自己都能感觉到声音里夹杂着一丝叹息。

我们的工作是给已成为无人村的蓑石村招募新居民。也就是，让其他市镇或大城市的人来这里定居，推进I-TURN（乡村人口回流与移民战略）援助计划的实施。

具体而言，就是要取得土地所有者的许可，将空置的房屋以低廉的价格租给有意定居此地的"移民"，并为他们开启新生活提供全方位的协助，从而实现蓑石村的复兴。南库市I-TURN（乡村人口回流与移民战略）援助计划的工作人员总共三人，科长西野秀嗣、新人观山游香，再加上我万愿寺邦和。

兴许是为了让从外地来的人能一目了然弄清楚我们的工作宗旨，这个部门被直截了当命名为"复兴科"。难道就没有比这更好的名字了吗？

"那我也先走喽，明天见！"

一如往常，在这老旧的办公室里，观山青春无敌的声音听起来分外清脆响亮。

我们的宣传口号是——"电脑一开，轻松搞定"。

然而，打开南库市的主页后，还要依次点击"其他地区居民"——"其他业务"——"新居民支援计划"——"蓑石地区（原间野市）定居支援"——"蓑石村欢迎您"——"项目详情"——"表格下载"——"同意相关规定"——"回答调查问卷"，进行完这一系列的操作之后，才能进入下载页面找到移居所需的表格。

由于移居申请表上多处使用了背景色，黑白打印时往往会导致文字显示不清晰。因此，移居者必须将表格彩色打印后，再填入相关信息。为了防止个人信息泄露，表格还须以挂号信的方式寄送。而且，不接受以电话、邮件等其他任何方式索取表格，以普通邮件方式寄送的表格也一概不予受理。

这个移居者的招募方式并非复兴科所定，八成是宣传科的"杰作"。

这个负责人不是受虐狂，就纯粹是个智障者。本以为如此繁复的操作流程一定会让人望而却步，可没想到打开信箱一看，居然收到不少挂号信。后来才得知，这近乎变态的复杂手续一时间成为网上的热门话题，反倒引发了人们的兴趣。

间野区公所很少有人加班。虽然政府机关合并后，工作人员大幅削减，每个人的工作量都呈几何数字增长，但工作繁忙的部门大都集中在合并后的市政府本部。像我这样在区公所工作还每天加班到晚上十点多，难免会被人抱怨"就你一个人加班，搞得我们像在偷懒一样"。可是该做的活儿堆积如山，总不能置之不理。因此，复兴科今夜还是独留我一个人。

复兴科的工作无先例可循，无经验可鉴，只能摸着石头过河。有定居意向的居民该遵守什么规定，有没有被忽略的法律盲区，如果发生房屋损毁等状况该找谁负责维修重建……种种问题，想靠新人观山来解决肯定指望不上，想靠科长西野似乎希望也很渺茫。

肩头上一阵酸痛袭来，我长吁一口气，伸了一个大大的懒腰。瞥了一眼墙上的挂钟，已是晚上九点半。今天一整晚我都在检查合同。房屋土地所有人和移居者要签订租赁合同，可是我们复兴科的三个人谁都没有国家颁发的房地产交易资格证，根本做不了相关合同。虽然委托民间的房地产中介公司做了一个合同雏形，可总归不能不亲自检查一遍。我扭动了一下有些僵硬的脖子，脖颈处传来咔咔两声异响。

"唉……为啥每次都是我来弄呀？"

然而，只有我一人的办公室里，谁又能听到我的牢骚呢？

被派到复兴科之前，我原本在土地管理科。在土地管理科的话，未来还是一片光明的，直白点说就是升职有望。虽说复兴科的项目直属市长管辖，可怎么看这个部门都与晋升沾不上一点儿边。显然，这次的部门调动我被降职了。但为何被降职，我理不出一丝头绪。在土地管理科的时候，我都是按照领导的要求兢兢业业干活，没出过什么大的岔子。按理说，既没犯什么让人指摘的过错，和上司同事的相处也算融洽。这么看来，或许并不是由于犯错被降职，而是总得有人去复兴科。可为什么偏偏轮到我的头上呢？每每想到这一点，心里就不由得咯噔一下。眼看就到奔三的年纪了，前途却变得一片迷茫。

这次的I-TURN援助计划，事实上由我担纲。所以，如果这个项目失败了，我今后的发展只怕凶多吉少。想到这一点，我不禁双手合十默默祈祷。

"老天保佑啊，来点靠谱的人吧。"

不管如何整饬环境，如果来的人无意定居蓑石，整个计划便会无疾而终。如同牵驴饮水，就算把驴子牵到水边，驴子自己不肯喝水，人也无计可施。所以，关键不在于投入多少纳税人的钱，而是要看驴子到底想不想喝这口水。这么多应征者最后选谁，也不由复兴科决定。听说将由市长亲自挑选，不过，我估计实际应该是秘书科在操作吧。

由别人抽签来决定自己业绩的好坏，虽心有不甘，可除了叹气还能怎样？我只有埋头工作，不再去想这些逻辑混乱的状况。结果，依旧是没完没了地加班。今晚看来也只能照旧在便利店买个盒饭草草解决晚餐了。

2

在实际定居前，我们会先邀请有定居意向的人来南库市参观，让他们了解当地的情况，再签订具体合同。间野区公所这栋已经四十多年的老房子，总归给人的印象不太好，所以我安排他们在南库市市政府本部的办公楼见面。

这栋采用大量通透玻璃与开阔中庭空间相结合的六层办公大楼，落成至今才十来年，是原南山市市政府的办公所在地。当初在一片批判声中建起来的"奢华"办公楼，如今已成为新生南库市的中枢。据说，南山市早就预料到市镇会合并，才特意将办公楼建得如此气派。实情如何无从知晓，但这个说法在政府工作人员中间被传得有鼻子有眼的。

来到久违的市政府办公大楼，我预定了在土地管理科时经常使用的第三会议室。这间会议室并不大，房间里只配备了一个白板，没什么其他设备。不过，这次会面并不需要多大场面，这个大小反而刚刚好。之前，我和有定居意向的申请人已通过几次电话，可直接见面还是第一次。这次复兴科全员到齐，大家都正儿八经地穿上了西装。观山的正装模样看起来十分青涩，像是马上要去参加面试的大学毕业生。而科长的一身西装皱皱巴巴，不知在衣柜里搁了多久。

到了约定的时间，客人来到会议室。见到真人，我悬着的心稍稍放松下来。虽说第一印象不能决定一切，但不管怎样，这两人看起来都不赖。他们两户都不是单身人士，不过今天每家只来了一个代表。

"今天辛苦二位远道赶来。"

西野科长向来宾客套了两句，可话语间无法让人感觉到一丝温情。

"哪里哪里，今后还有劳您多多关照啊。"

立即彬彬有礼予以回应的是久野吉种，申请表上"目前所从事的职业"一栏，他填写的是"公司职员"。虽然还不了解他具体从事的是什么工作，可从他规规矩矩的正装打扮和落落大方的言行举止来看，肯定是经常与人打交道的职业。久野吉种，三十岁，戴着一副细边的胶框眼镜，梳一丝不苟的发型看上去有些老派。

"今后要麻烦各位了。"

另一位申请人安久津淳吉也跟着打了个招呼。和久野先生相比，他的眼神、举止都有些拘谨，似乎并不常应对这种场合。安久津在职业一栏填写的也是"公司职员"。不过，从他POLO衫袖口露出的粗壮双臂以及古铜色的皮肤来看，日常不是在从事户外作业，就是户外运动的爱好者。申请表上他填的年龄是三十二岁，可站在久野先生旁边完全看不出他更年长。

客套过后，复兴科的三人和客人面对面坐下。会议由我主持，于是我拿起手边的资料进入正题——

"感谢两位报名参加本市的I-TURN援助计划，我叫万愿寺，今后相关工作将由我来负责。目前，我们预计会招募十二个家庭移居此地。您二位的家庭是我们招募的第一批。"

原则上从今年四月开始，有意向移居的家庭就可以搬来居住了。不过各家有各家的安排，实际移居的时间会有所不同。而且，如果十二户一下子全搬过来，我们复兴科也很难招架。像现在这样先来两家，对我们而言再好不过。

"另外，房屋的租赁合同将由房屋土地所有者和大家来签订，我们提供的只是中间牵线的服务。实际签约由市政府委托的房地产中介公司具体操作。请两位看一下资料。提供住房这一点，我们是以补贴房租的形式来进行的。如果两位愿意长居蓑石，想自己买房，也可以和业主直接联系。当然，我们的工作人员也会尽可能提供相应的帮助。"

说到此处，安久津先生举起了手。

"我有个问题想了解一下。"

"您请说。"

"蓑石村，现在不是已经没人居住了吗？为什么不能直接把土地和房屋给我们呢？"

之前就有不少申请者以为移居就可以免费得到房屋和土地。在电话里听说我们只是提供房租，有人立刻就激动地大骂，说我们是欺诈，甚至扬言要报警。事情闹得沸沸扬扬，可把我们折腾惨了。还好最后那个人撤回了申请。为了避免刺激到安久津，我小心翼翼地答道：

"蓑石村现在确实已经无人居住，村民基本上都搬到了别的地方，可人还健在。即便人不在了，其所有的物业也有继承人。因此，也可以理解为现在是以低廉的租金租住此地。"

所幸安久津先生接受了我的说法，没再多说什么。

"这样啊，我明白了。"

为了掩饰自己的不安，我故意挤出一丝笑容。

"都是第一次见面，下面也想请两位做个自我介绍，顺便介绍一下想移居此地的原因。"

话音一落，气氛瞬间凝固，两个人立刻摆了摆手。

"大家不要有顾虑，这个并非资格审核。只是随便聊聊，彼此熟悉一下。"

这的确不是资格审核，但也并非只是随便聊聊。此举的目的，是想透过言谈看看申请者的人品和本意。不过，久野先生显然深谙此道，根本不上我们的套，直接就背起了事先准备好的稿子。

"这里得天独厚的自然环境让我充分领略到大自然的魅力，我一直向往自给自足的乡村生活，政府的这一项目，对我而言简直是千载难逢的好机会。"

这样的遣词造句显然并非发自肺腑，不过能准备如此滴水不漏的感言足以证明其社交能力。

"原来如此。我了解您的想法了。"

我简单回应一句，把视线转向安久津。

"我们家是为了孩子。"

"啊？"

"主要是想给孩子找个自由自在玩耍的地方。"

他停顿了片刻，看我没有回应，赶忙补充一句：

"仅此而已啦"。

安久津先生不算是面面俱到的人，但也不是那种脾气火爆到容易与人起冲突的类型。反倒是四平八稳，让人捉摸不透的久野先生，更令人心存疑虑。我一边暗想，一边继续下面的流程。

"感谢两位。下面，我来说明一下移居的具体安排。"

虽然招募启事上写得明明白白，但为免节外生枝，我还是想当面再明确一下。

"你们安排好以后就可以搬来蓑石村了。不过，如果从四月一日起的三个月内还没有搬来，这次的申请就作废了。当然，听说你们都希望能尽快搬来，所以这点应该不成问题。我只是为保险起见，提醒一下。"

我向身旁看了看，确认一下西野科长和观山还有没有什么要补充的。两人只是微微点头，并没有开口。新人观山也就罢了，科长总该说一两句补充一下吧。我又用眼神示意了一下西野科长，然而他完全不为所动。真不愧是我的好科长啊！

"如果没有什么问题，下面我就带你们去实地参观一下。若是希望孩子能自由自在地玩耍成长，这里的环境真是再合适不过了。"

3

　市镇合并后，南库市成为日本国内占地面积最广的市镇之一。原间野市位于南库市的东边，再往东像盲肠一样突出的地区就是蓑石村。穿过市镇，重峦叠嶂。沿着山间的溪流向前开，过往的车辆越来越少，山间的小路越走越窄，让人不免担忧绕过下一个弯路后，前方是否就已无路可走。

　然而，一旦穿过山谷，呈现在眼前的便是一片坦途。过去，这里的人们把连接蓑石村的羊肠小道称为"荷包束口"，寓意入口虽窄，进去后却豁然开朗。在这样的地方悠闲度日，简直就像去到传说中的桃花源。然而，这里成为无人之境已然六年。荒烟蔓草的农田、颓垣败井的农家，留在原地任凭风吹雨打，自然风化。南库市蓑石村，就是这样一个地方。

　久野和安久津两家，不约而同在同一日搬进了蓑石村。

　久野家只有夫妻二人，并不需要太多房间。不过考虑到他们希望能有收纳空间，存放自己的收藏品，所以分配给他们的是一间带农具房的平房。虽说农具房里还存放着一些被弃置的农机具，但所剩的空间依然十分充足。

　分配给安久津家的是一栋比较新的二层小楼。独立的车库可以轻松停下两辆汽车。厕所、浴室也都不算旧。在整个项目征集的房子里，这间是数一数二的好物业。原本应该作为卖点保留下来，可西野科长二话不说就和业主商量好租给了安久津家。要说科长干了什么活儿，我能想到的大概就只有这一件了。对此，我自然不吐不快。

　"把这间屋子租给安久津家会不会太草率了，是不是应该留给有更多人口的家庭呢？"

　科长嗫嚅半天，不知所云。

　"这个嘛，你看，主要呢，业主说孩子要高考了急需用钱。我不是想着赶紧帮他定下来嘛。"

"也不是只有他一家急着想把房子租出去啊。"

"话虽如此……"

复兴科的墙上贴着一张放大影印的蓑石村地图。科长把目光转向地图，嘟囔了一句：

"你看，这间房子紧挨着久野家。现在就这么两家，让他们挨着住至少可以相互有个照应，对吧？"

这绝对是他灵光一现刚想出来的理由。只是再多说也无益，反正合同都签了，说什么都太迟了。

从间野区公所到蓑石村，开车要四十分钟。实地去了解移居者的生活状况是我们工作的重中之重。可区公所统共就一辆公务车，不好每次都占用，因此我们常常只能开着私家车前往。

我开的是一辆斯巴鲁的翼豹轿跑。在南库市这样没车就寸步难行的地方，更适合开这种速度快的跑车。只是公务员开着轿跑执行公务未免太过招摇，看起来没个公务员该有的样子，说不定还会遭人投诉。观山开的是一辆浅蓝色的奥拓，看起来比较低调。因此，不能用单位那辆丰田普锐斯的时候，我们往往开的都是观山的奥拓。

两个家庭搬来已有三日。一大早天气晴好，我和观山又开车前往蓑石。观山受不了弯弯曲曲的山间小路，因此每次都由我来驾驶。沿着溪流前行，打开车窗，清凉的风拂面而来。我和观山有一搭没一搭地闲聊着。

"久野家和安久津家，都是描绘着各自理想的生活蓝图搬来这里的。可是，生活哪能事事如意，蓑石也并非天堂。难保有一天他们会后悔，觉得还是原来的生活更好。我们一定要多加留意，问问他们有什么不满意的地方。"

观山觉得，和移居者搞好关系也很重要。她总是能和刚认识的人迅速打成一片，不得不说她在这方面天赋异禀。对公务员而言，这是难得的利器，但同时也是一把双刃剑。观山这种大大咧咧的个性，并非所有人都喜欢。有的人就很反感公务员太过热情。

"可人家就是觉得住不下去想要搬走，咱们也不好硬拦着吧。"

这种想法很危险。能和移居者搞好关系固然很好，可要是忘了自己的本职工作那就本末倒置了。观山显然没有意识到自己的问题所在。我暗暗叹口气，叮嘱道：

"没什么不好。我们就是要留住他们。他们已经花了项目大把的经费，怎么能让他们一走了之呢？"

其实，我内心的想法是——"只要我还在复兴科，他们走了我就麻烦了"……当然，这样的话我是不会说出口的。

"万愿寺先生，您可真不像政府工作人员啊。"

"不像吗？"

"我看您每天都干劲十足的……"

"那你的工作状态是怎样的呀？"

"哈哈哈……"

观山打了个哈哈，对我的问题没接茬。

废弃的良田杂草丛生，眼看就要变回荒野。村子里散落的空屋虽经复兴科做了最基本的修缮，可看起来依旧萧然落寞。

久野家的门廊宽敞开阔，既可以停放自家的车辆，也可以用于手扶拖拉机转向。我靠边停下车熄了火，听见远远地传来一阵低沉的轰鸣声。

"什么声音？"

观山从副驾驶位探出头去环顾四下，然后仰起头来向上一看。

"啊，是直升机。"

我也下车望向湛蓝的天空。一架小型直升机悠然翱翔在天际，发出像割草机般的声响。

"是航模啊。"

"那么小也飞得起来呀。"

"对啊，我还是第一次看到呢。"

我们俩正呆看着，直升机航模已经慢慢下调了高度。顺着航模的方向看去，小土坡上站着的正是久野先生。他身着白T恤，配了一条工装裤。也许是对他正装的模样印象太过深刻，我总觉得这样的休闲打扮和他有些格格不入。久野先生双手操控着直升机航模，看到我们后，立刻点点头打了个招呼。

航模一落地，观山就小跑过去，一脸兴奋地说道：

"久野先生，您好！这是您的航模吗？"

"对呀。"

久野先生颇为自豪地笑着回答：

"这地方可太好了！远离电线，又没人，可以随心所欲地让航模低空飞行。"

"在人多的地方没法玩吗？"

"这玩意儿挺稀罕的，一飞就会有很多人围观，容易惹出麻烦。而且这种引擎驱动的航模动静又大。"

"还有不用引擎驱动的航模吗？"

"嗯，还有电机航模。不过，那种的吧……"

说着，他微微耸了耸肩。看来航模界也分引擎派和电机派啊。我靠近着陆在草地上的直升机仔细瞧了瞧。

"近看才发现这航模很大啊。"

这架直升机航模的机体足有一米长。机身纤细，尾部长得出奇。

"这架机在航模里算是比较大型的。平时我玩的都是更小一点的。"

继续聊这个话题，估计一时半会儿他都停不下来。久野先生脖子上挂着的通信装置带有多个频道，看起来分量十足。虽然没玩过航模，但多多少少能感觉到这个东西应该价格不菲。

"哇！"

观山由衷地发出一声惊叹，恍然大悟般问：

"这么说来，您搬来这里就是为了痛痛快快玩航模吧？"

我心里刚要大呼不妙，久野先生就皱了下眉头，答道：

"怎么可能！我怎么会拿一个爱好就随便左右自己的人生呢？"

"就是，就是。"

我瞪了一眼观山这个半路杀出的猪队友，赶紧不着痕迹地开始转移话题。

"在蓑石的生活怎么样啊？要是有什么困难或是问题，尽管直说。也许我们可以帮上忙。"

"目前都很愉快。我妻子也很喜欢这里。虽然房子有些破落，但找时间修葺一下应该就没问题了。我还蛮喜欢业余做做木工活儿的。只是有个地方……那个，你们来看一下吧。"

说完，久野先生小心翼翼地用双手托起航模。

"请跟我来。"

他径直带我们来到主屋，又从通往厨房的侧门出去。屋外铺着一排踏脚石。离主屋数米之外，建有一间农具房。他想让我们看的地方似乎就在农具房内。主屋是一层的平房，可农具房却盖了两层，大小一点儿也不输主屋。漆黑的板墙上搭了个白铁皮的屋顶，农具房的做工十分简易。房子周围长满矮矮的杂草，杂草中星星点点掺杂着几株蒲公英。久野先生把直升机航模轻轻地放在杂草上，用手晃动了几下铝制的拉门，把门打开。他无奈地笑了笑。

"这门没有上锁。也许以前一直没锁也没事，可我总觉得有点不放心。来，请进。"

农具房没有窗户，只有入口处能有阳光照射进去。进到里面才发现，农具房比在外面看着要大得多。空气里弥漫着灰尘，令人忍不住想打喷嚏。靠近门的地方被收拾得干净整洁，再往里就黑黢黢的，胡乱地堆放着不少杂物。我眯起眼睛四下看了看，有锄头、铁锹、竹制的耙子、扫帚，还有一个石磨。最扎眼的是一个铁箱一样的铁青色大型农机具，高度将近两米，占了好大一块地方。

"就是这个机器了，您知道是干什么用的吗？这里一看就是放农具的仓库，可这家伙我就搞不懂了。"

我对农机具也不是太在行，所幸之前和业主交涉时听他提起过这个东西。

"这是一台老式碾米机。把收割的稻谷放进去，去掉谷壳，就能做成糙米了。"

久野先生点点头。

"啊，这下我就明白了。你们再看一下这里。"

我跟着久野先生绕到机器的后面。一座金黄色的"小山"赫然出现在眼前。地板上堆放着大量晒干的稻谷壳，将近一米多高。

观山欣喜地叫道：

"哇，这个很好烧啊。"

我差点忍不住一巴掌拍上她的后脑勺。这东西确实是做柴火的好材料，可移居者本来就很担心了，我们怎么还能这么开心地火上浇油呢？

幸好久野先生并未介意，他看着碾米机说：

"我就奇怪，怎么会在这种地方存放这么多稻壳呢。按理说，稻壳都该撒在地里做肥料了。原来这是专门去稻壳的机器啊……现在还能用吗？"

"听说几年前就坏了。"

久野先生一听，嘴角微微上扬，露出些许惊喜之色。

"是吗？这机器的构造应该不会太复杂，说不定修一修还能用。"

观山在好奇地四处打量，听他这么说顿时瞪大了眼睛。

"咦？久野先生，您会修啊？"

"能不能修好要试试才知道，应该可以吧。"

刚才他说喜欢偶尔做做木工活儿，没想到还会摆弄机器。他要修碾米机，也就是说——

"您打算自己种稻谷呀？"

久野先生轻轻点了点头。

"好不容易搬来这样的地方，我希望至少可以动手解决自己吃的食物。我一直觉得，生活就该自给自足。"

他的话语中流露出满腔的热情。不过，有一点我还是先说清楚为好。

"这样啊，那您加油！不过，租赁合同里面包含了土地和房屋，可没写农机具这些能不能用，我和业主确认一下。在我答复之前，请您先别动。"

被我浇了盆冷水，久野先生显然有点不开心。

"哦，明白。我当然不会乱动的。"

他嘴上这么说，语气里却明显透着不满。

接下来，我们要去拜访的是安久津家。他家离久野家大约只有三十米，也就一块水田的距离。虽说是近邻，但也并非门对门。站在久野家门口并不能直接看到安久津家的大门，他家的大门正好朝向另一边。这么点距离没必要开车过去，可是走过去还得再回来取车。等观山坐上车，我连油门都没踩，让车缓缓滑向安久津家。

一驶入安久津家的院子，我就发现他家的车库是空的。蓑石村没有商店，现在也不通公交车了，叫出租车或是让快递送货终究不方便。没有车的话，在这里根本无法生活。我记得他家是有车的，只是不记得具体车型。

"车不在，安久津先生是不是出门了呀？"

"家里说不定有人在。"

安久津夫妇带着孩子，一家三口搬来这里。说不定是他们夫妻的其中一人开车出去了。和久野家的房子不同，他家的房前没有能会车的空地，我只能把车停在路边，还好蓑石村里没有禁止路边停车的标志。

从马路到他家的大门只有几米，有一条用鹅卵石铺成的小路。石子路是原屋主铺设，并非安久津先生所铺，石子早已被踩得看不出原本的颜色。我按下门铃，没人回应，再按一次后，只见磨砂玻璃后面露出半节小小的身影。

"谁？"

一个奶声奶气的声音怯生生地问。

我和观山互看了一眼。

"他家小孩？"

"好像是。"

那孩子似乎并没有要给我们开门的意思，也可能是够不到门把手。我蹲下来，平视着玻璃对面孩子那模糊的脸。

"你好！我们是市政府的人。爸爸妈妈在家吗？"

小脑袋左右摆了摆。

"他们不在吗？"

"嗯。"

"去哪儿了？"

"不知道。"

孩子的声音带着哭腔。我回头看了一眼观山，她小声说：

"我来问吧。"

观山也蹲下来，捏着嗓子用娃娃音说：

"小朋友，大姐姐是来帮忙的。现在家里就你一个人吗？"

孩子没有作答。嗒嗒嗒，里面传出一阵脚步声，孩子的身影消失了。

观山一脸伤心地站起身来。

"竟然会有小孩子不理我！"

"你哪来的自信啊？"

"亲戚家的小孩们都可喜欢我了，还以为我出马肯定没问题呢。"

我们不死心地盯着门口看了好一会儿，孩子似乎并没有再回来的迹象。

"那孩子几岁了？"

"四岁吧。资料里是这么写的。"

"好像是。"

"那孩子名叫安久津光里。"

"咦？小姑娘叫光里啊。"

观山似乎还在期待孩子从哪个窗口露出头来，上下左右打量着安久津家的房子。

"我们有那么可怕吗？"

观山一边叹气，一边上了车。

坐上车，两人都半晌没有出声。观山打开窗，让风吹拂着自己的脸颊。一到"荷包束口"，从山谷吹来的风夹带着溪流的寒意一下涌入车内。突然，观山一副不可思议的神情说道：

"久野先生，感觉是那种不撞南墙不回头的类型。"

"是吗？我倒没觉得。"

"他不是说想要食物自给自足吗？看起来也干劲十足，应该会留下来长住吧。"

这一点只怕还很难讲。

"真要是那样就好了。"

"您担心什么？"

道路变窄，我把注意力都集中在驾车上。

"至少，从目前看来，久野先生对农业并不了解。"

"您是说，他不认识碾米机？"

"这是其一。此外，他不是提到用谷壳堆肥吗？可是，谷壳有抑制发芽的作用，如果不加处理就当肥料撒在地里，不但当不了肥料，反而会伤害农作物。"

"是吗？"

观山嘀咕了一声。

"您了解得好详细啊。万愿寺先生，您父母是从事农业的吗？"

"并不是，我爸妈是开小餐馆的。我觉得工作中说不定需要助农，所以找时间自学的。"

"这样啊。说不定久野先生也一学就会呢？您想太多了吧。"

"也许吧。"

我嘴上这么说，心里却并不这么认为。

我并非只是因为不知道稻壳的作用就担心久野先生不会定居此地，而是因为刚才观山和久野先生的对话在我脑中挥之不去。观山心直口快地问久野先生是不是因为喜欢玩航模才搬来这里的，惹得他颇为不快。观山那么问，确实有点不经大脑太过唐突。可是说实话，我心中也有同样的疑问。然而，久野先生立刻就拉下脸来，显然是被说中了。不管后面他怎么把话圆回去，如果他真的只是因为兴趣爱好而搬来此地，那铁定就不会长期定居。乡村的生活并非只有轻松快乐的一面。

"确实，那都是后话……另外那个呢？你觉得安久津家怎么样？"

"怎么样？您这个问法很笼统啊。"

显然她明白我想问的是什么。

观山压低了嗓门说：

"虽然不知道他们夫妻干什么去了，可就这样把才四岁的小孩独自留在家中，这两人有点不靠谱啊。他们搬来才第三天，孩子都还没熟悉环境，这么做合适吗？"

"我指的就是这个。"

"这对夫妻该不会对孩子不管不顾吧……"

我猛然感到一阵寒意。一定是山里太冷的缘故——我安慰自己。

"也有可能是看孩子午睡了，两人才出去的，没想到孩子醒了。"

"希望真是像你推测的这样。"

"到底是什么情况，现在也不好说。"

别说是大都市，南库市的规模连中等城市都算不上。这样偏远的地方自然没有儿童福利所，甚至连保护儿童的家庭支援中心都没有。预算不够，根本无法设置这些福利机构，只能寄希望于情况没有我们想象的那么糟糕。

前方出现一个大转弯，我盯着弯道镜，缓缓驶过去。过了这个难走的关口，我稍稍松了口气。

"我还想到另外一个问题。"

"什么？"

"老实说，我觉得安久津家肯定不会在此长住。真搞不懂为什么会选中他家。要我说，最多两年，他家肯定会离开这里。"

"两年？"

"你想一下他们家孩子的情况。"

根据我给的提示，观山立刻找到了答案。

"嗯，有道理。那孩子今年四岁，再过两年就六岁，该到上学的年纪了。可蓑石村并没有小学。"

距离蓑石最近的小学在间野区公所附近，就算开车过去也要四十分钟。

"目前正在讨论是否要购置校车，可一切还是未知数。即便买了校车，会不会为了蘘石村的几个孩子专门配备一个司机，我看都很难说。人工费这么贵，可校车的各项配套设施不完善的话肯定也不行。"

"所以，如果安久津先生为孩子考虑的话，就不可能常住蘘石。啊，怪不得之前您一直反对让他家用那套房子。"

我点点头。这话没法说出口，可是我总觉得把最好的房子租给不能在此定居的安久津家，实在太可惜了。

之后，我们两人又陷入了沉默。

如果安久津夫妇对孩子的事情不太上心，有可能会意识不到上学难的问题。移居前，他们都没问过学童补贴的事。可要是两年过后，安久津家还没搬走，孩子就该上学了，到时如果复兴科没能准备好校车，那孩子可要受苦了。复兴科，责任重大啊……然而，我们又没多少权限。这两年，要是能引进更多带孩子的家庭，儿童人数足以启动校车，那问题就简单多了，可是……

我对未来没那么乐观，只怕两年后一纸调令让我离开复兴科的可能性还大一点。

4

他们搬来第十天，就出了状况。

刚到下午四点，西野科长已坐立不安，时不时看看墙上的挂钟。观山从一个小时前就对着电脑，但似乎什么事都没做。而我目前手头的工作是和业主确认以及撰写宣传稿，两项工作都要等对方的回复才能展开下一步行动，现在什么事都做不了。我一边整理发票，一边暗想，今天总算可以准点下班了。

复兴科的出入口，只有一扇开合已经不太顺畅的木框推拉门。突然，门被拉开，发出刺耳的嘎吱声。在间野区公所还是间野市政府时就已经在此工作的一位老员工，像是有意要和复兴科保持距离似的远远地站在门口。她没看向任何人，只是冷冷地说了一句"万愿寺先生，有客人"，便转身离开了。而后出现在门口的是久野先生，他穿着和我们在南库市第一次见面时一样笔挺的西装。

我赶忙起身。

"久野先生，出什么事了吗？"

由于并没有什么要紧事，所以最近我们去蓑石拜访的频率也有所降低，上一次去还是三天前。难道这三天内发生了什么事？之前久野先生说话都很直接，今天却吞吞吐吐的。

"不好意思，突然跑来办公室找您。有件事还是想和您当面说一下。"

"什么事呢？"

难道这么快就要搬走了？我脑中首先闪过这个念头。

他像是终于打定了主意，说道：

"其实吧，有件事希望您能介入一下。"

"介入？您是说有事情希望我们从中协调？"

"嗯，算是吧。"

"您先坐下来说说具体情况。"

我环顾了一下办公室，复兴科只有三张职员的办公桌。

"在这儿好像没法好好聊。"

说完，我看了一眼西野科长。发生了问题，照理说应该由上司出面应对，不过也许对方只想找自己熟悉的人商量。这个还是让科长来定夺吧。我本来以为，为免影响到下班时间，科长一定会装作事不关己的样子，可没想到他缓缓站起身来。

"复兴科会尽量帮您的。万愿寺，你先带久野先生去接待室。"

我看了一眼观山，观山用手指指自己，像是在问"我也要去吗？"。她去不去倒是没多大影响，只是间野区公所的接待室只有四把椅子，如果复兴科全员出动，就得有一个人挨着久野先生坐了。我摆了摆手，示意她不用来。

接待室的墙上挂着一幅富士山的油画——一个梯形，上面白白的，应该就是富士山吧。据说是以前住在蓑石村的一位艺术家的作品。我真不想对外展示这样的"画作"，还好久野先生丝毫没有留意墙上的画。他特意跑到了这里，却仍是一副欲言又止的样子。我和科长并排坐下，久野先生就坐在我们对面。他盯着自己的双手，似乎还在犹豫该如何开口。

"到底发生了什么事呢？"

我先抛出了问题。

"呃，这个，其实也不是什么大不了的事。"

他没有看我们，仍然低着头，说完这句话才怯怯地进入了正题。

"那个，我想说的是我们家邻居。"

"您说安久津先生家？"

"他姓安久津啊。哎呀，之前没记住他的名字，总之吧，他家有点难搞。"

说到这里，他似乎下定了决心，仿佛要把累积的郁闷一股脑全部发泄出来似的，滔滔不绝地诉说起来。

"他们家从傍晚开始就在院子里吵吵闹闹的。可不是一般的吵闹，说出来你们都不信，他们一到晚上就点篝火，打开大喇叭，放着莫名其妙的音乐，差不多从下午五点一直吵到大半夜。我本来想着一两天也就算了，说不定人家是为了庆祝乔迁玩得比较疯，可没想到他们家天天都这样！"

久野先生越说越激动，脸都涨得通红。

"最气人的是，他们根本没有听音乐，而且最后也不管火熄了没有，闹够了，连音乐也不关，就开着那辆冒傻气的大车出去了。村子里总共就住了两家人，我一直想着息事宁人别惹事。可是，现在我和我太太都已经忍无可忍了。你们一定要帮帮我们啊！"

现在，我只想抱着头清静一下，听得我头都大了。初次见面时，我并未觉得安久津先生会是那种特别出格的人。在市政府工作，接触的人形形色色，有问题的人我也见过不少，有的人一开口就会让人心生警惕。与那些人比起来，安久津先生的言谈举止完全像个正常人，并没有什么不妥。可是，如果久野先生说的都是真的，那就太离谱了。

然而，如果是久野先生的描述太过夸张，安久津家放的只是普通音乐，那就说明久野先生吹毛求疵，为了一点鸡毛蒜皮的小事就闹得天翻地覆。不管是哪种情况，未来都不太妙。

西野科长装模作样地皱起眉头，忧心忡忡地说：

"这样啊，我明白了。这可能会是个大问题。我们必须去现场了解一下。好，万愿寺，走吧。"

说完，科长就起身准备出发。我不禁一愣，还是第一次看到他行动如此迅速。

"啊，好。我们走吧，我叫观山把车开出来……"

"不用了。我们各自开车过去吧。我准备一下就来，你们等我一下。"

看来他是想了解完情况就直接回家。

他为什么这么讨厌待在办公室呢？

要是让安久津家知道自己被投诉，只怕事态会愈演愈烈。

"能不能请你们不要说是我说的呢？"

久野先生的要求合情合理。

"我明白，到时我会注意的。"

"那就麻烦你们了。"

"大家到达的时间最好能错开。要不您先走？"

"不用了，我现在还要去买东西，晚上才回去。"

那就没问题了。

科长让开各自的车去，但我还是觉得开着自己的轿跑不太合适。现在快到下班时间了，公务车应该不难借。等我办完公务车借用手续，西野科长已经开着他的卡罗拉先走了。

天空已现出几分暮色，如此一来，只怕回来的路上已是一片漆黑。进入"荷包束口"，路灯已经点亮。想到回来的路上只能靠着这点微弱的灯光开过一旁就是悬崖的曲折山路，我的心情不由得有些沉重。

到了安久津家门口，我把车和科长的车并排停在路边。还没熄火，就听到一阵强烈的重低音，震得我浑身发麻。这是贝斯和架子鼓配合下的律动，听起来像是节奏感很强的电子音乐。说起来，自从进了政府部门工作，我就再也没买过新的CD。这样的音乐已经离我很遥远了。

我刚下车，西野科长就凑过来说了一句不知所云的话。

"大概就是这样的感觉。"

"好像是。"

我的回应也毫无意义。

我抬头看了看安久津家，音乐好像是从房子后面传过来的。

"不管怎样，先去看看吧。"

"不不，等一下。"

我刚要挪步，就被科长小声劝住了。

"怎么了？"

"要稳妥点，稳妥点。"

难道他以为我会一进去就大发雷霆吗？

"没事的。"

我随口安慰他一句，然后按下门铃。理所当然，没人回应。就算安久津他们在家，在这么嘈杂的情况下应该也听不到门铃声。我准备绕到屋子后面去看看，科长似乎又想劝阻。再这样拖下去，太阳就要下山了，我装作没听到他说什么，径直走到了屋后。

靠近声音的源头后，一阵香气飘来，是烤肉的香味。久野先生说安久津家每天都在点篝火，看来并不只是普通的篝火。我绕到屋后一看，果然安久津先生正在烧烤。

他们夫妻二人背对着我，火上架着用肉、青椒、大葱串成的烤串。没了遮挡物，音乐的声量听起来更夸张。肉串飘散出阵阵香气，却听不到肉汁滴落在篝火上的嗞嗞声，音乐声已经大到把所有声音都覆盖了。我的声音他们肯定也听不到，但我还是先打了个招呼。

"那个，打扰一下。"

果然他们完全没有反应，两人像是在讲什么有趣的事，笑得肩膀都在抖动。安久津淳吉的太太名叫华姬，每次见到她，她都化着大浓妆。我们几次来蓑石巡视，很少能见到她，偶尔碰到，她也总是一言不发。

没想到和家人在一起时，她笑得如此灿烂。华姬太太手里拿着烤肉夹子，配合音乐一开一合地打着拍子。

磨磨蹭蹭也不是个办法，我索性用力喊了一嗓子：

"嘿，打扰一下！"

这回安久津先生终于扭过头来。

被科长一再提醒，搞到我不禁有点担心刚刚叫他的语气是不是太过简单粗暴。所幸安久津先生看到我，并未表现出不悦，反而立刻露出了爽朗的笑容。灿烂的笑容让三十多岁的他显得更加年轻。他似乎回应了一句话，可我什么都没听到。他向身旁的华姬太太示意了一下，她点点头，把音响的声音调小。我们终于可以听到彼此讲话的声音了。

这次安久津先生主动和我打了个招呼。

"你好！辛苦了。"

他的脸上没有一丝歉意。也就是说，他并未觉得自己的行为有何不妥。从这里一抬头就能看到水田旁边的久野先生家，难道他没有想过这样会打扰到别人吗？不管怎样，我还是面带微笑，先跟他寒暄起来。

"晚上好！你们在吃饭啊。"

"是呀。"

安久津先生的额头上渗出了些许汗珠。快到傍晚时分，我已经可以感觉到些许凉意，但他一直守在熊熊的火焰旁，会流汗也很正常。

"你们在烧烤呀？"

"对呀，很不错吧？"

他点点头，像炫耀自己玩具的孩子一样展示起他的烤炉。这个烤炉的形状像把一个油桶竖剖成了两半，我站这么远都能感觉到炉子散发出的热量。而安久津先生的语气，也和这个炉子一样充满了热情。

"我最喜欢这种户外生活的感觉了。现在做什么都太过方便，随手一转就能打着火，像电磁炉连火苗都没有。怎么说呢，我总觉得缺少点生命力。生而为人，怎么能不会用火?!"

他的话让我有点震惊，没想到他是基于这样的理念才特意在家烧烤的。

"原来您是为了教育孩子啊。"

他女儿坐在离火稍远的一把折椅上，手里托着纸盘，盘子里摆着好几块肉。对于一个四岁小孩的肠胃来说，这样的饮食负担会不会太重了呢？那孩子完全没有要动嘴的意思。不过，也有可能是已经吃饱了。

"搬来这里，真是太对了。"

华姬太太笑着对安久津先生说：

"在之前住的地方，我们在阳台上烧烤，总有邻居跑来抱怨，不是说烟太呛了，就是说味道太重。"

"可不是嘛。"

刚才他说的是阳台，而不是院子。难道他们是在住宅楼或是公寓里烧烤？我已经震惊到无力求证。

他们采取什么样的教育方式也好，在租住的院子里烧烤也好，都是他们的自由。可是，我并不觉得希望孩子学会用火，和大声放音乐之间有什么必然联系。

"那个，安久津先生啊……"

我正准备开口，身后传来一个声音。

"呵呵，你们在烧烤呀。不错呢。"

是西野科长。他不慌不忙，好像自己刚刚才到一样。一定是确定我没把现场的气氛弄僵他才决定露面的。不过，他来得正是时候，我刚好要进入正题。

"这人是谁呀？"

听到华姬太太这么问，安久津先生皱着眉头确认道：

"这位好像是万愿寺先生的上司吧？"

这还是上次面谈之后，西野科长第一次来村里拜访移居者，安久津先生不记得他的长相也在情理之中。

科长向华姬太太点头致意。

"您好！我是复兴科的科长西野。欢迎你们来蓑石。怎么样，这儿是个好地方吧？"

"哦，您好！"

"这栋房子是我亲自为你们挑选的。这可是全蓑石最好的房子。平时有什么问题，都可以找我们科的万愿寺。有什么困难也可以找我，我一定会想办法处理的。哇，烧烤可真香啊。"

科长可真会说。

炉子上，肉和青菜串成的烤串还嗞嗞冒着热气，就我们站着说话的工夫，已经有点烤焦了。

安久津一家似乎无意再与科长闲谈，安久津先生说道："怎么样？吃了再走吧。"

"啊……"

科长这是要应承的意思吗？

"科长！"

"啊，不了，不了。我们就不吃了。最近这边酒驾抓得很严呢。"

人家也没说要请他喝酒啊。有没有人能来让这位领导少说两句啊？难道非得我说出口吗？

"打扰你们吃饭了。今天就是过来和两位打个招呼。接下来，邻居会越来越多，这里会变得越来越热闹呢。万愿寺，那咱们就先走吧。"

说完，科长在我背上用力一拍。我早就盼着可以快点离开，"好"字差点就要脱口而出。可是，我们不能就这么走吧。久野先生抱怨的事，我还只字未提呢。

"科长，还……"

"行了，走吧，回家。"

科长挥了挥手，健步离去。上司都走了我才把别人投诉的事拿出来说，搞得好像我不想让上司知道一样，这样显然不合适。而且别人的肉都快烤焦了，我才说正事，似乎也不恰当。我已错失了良机。

"那我也告辞了，有什么问题就联系我。"

我客套了一下，便追随科长的脚步而去。

离开时，我偷偷瞥了一眼久野家的屋子，窗边似乎有个人影在晃动。说不定久野先生正在观察着这边的动静。这次实在太对不住他了。

科长已经迅速钻进了自己车里，我还是忍不住追上去想问个究竟。

"久野先生的投诉，怎么办呀？刚刚这样不真变成只是打个招呼而已吗？"

科长一副只想息事宁人的态度，安抚道：

"刚才咱们过去，人家把音量也调低了，他们还是知道分寸的人。我们也不便多说什么，不能自找麻烦啊。民事纠纷，咱们不好介入，不好介入。"

说得好像我们是警察一样，不能介入民事纠纷，那我们能介入什么？

"好了，我直接回家了，接下来你好好跟进。不要老是加班啊。"

科长发动了车，打开窗，留下这句话便走了。目送他的汽车尾灯远去，我看了看手表，只差一点点就到下班时间了。

5

在这之后，观山和久野先生打电话沟通了很多次。而我手上新增的工作一件又一件，都是科长交代的，所以不得不把久野先生的事全权交由观山负责。

"今天是久野先生，明天又是久野先生。"

观山有气无力地笑着说。

科长也一直和安久津先生保持着联系，但似乎仅限于一般的客套。就这样过了四天。这天傍晚时分，久野先生突然来邀请我们。

"我们的生活也基本上安定下来了，这周星期天，我想邀请万愿寺先生和观山小姐来我家吃个饭。"

照理说，公务员不该接受利益相关者的宴请，因为这样很容易被看作受贿。可是，久野先生算不算利益相关者，这个问题还真不好说。一般来说，利益相关者指的是从事经营行为的人，他当然不属于这个范畴，可他在领取市政府的房租补贴，似乎也不能被排除在外。我还指望能重新调回本部工作呢，可不能让自己的清白毁于一旦。

然而，西野科长不知道从哪里听到了这个消息。

"接受他们的邀请吧。"

"合适吗？这样会不会有什么问题……"

"有什么问题，我会考虑的，放心吧。"

我在心里吐槽：就是指望不上你，我才担心啊。然而这样的话说不出口，我只能左右为难。

"以后打交道的日子还长着呢，不能让他们觉得我们只是冷冰冰的公务人员，要让他们觉得我们是亲近的邻居，这点很重要。"

复兴科的工作人员，并不是移居者的近邻，只是普通的公务员。一个普通的公务员只能听从上司的安排。虽然是周日加班，但是并没有加班费，这也是常有的事。未免日后出问题，我让科长在办公邮箱发了个派我去参加对方招待的邮件。科长没有一丝不悦，爽快地照做了。

我估计久野先生会请我们喝酒，如果我和观山都坚决不喝似乎也不好，所以预计一个人会饮酒，我们便只开了一台车前往。星期天的傍晚，我孤身一人从家出发，开着我的翼豹来到间野区公所，在那里和观山碰头，然后开着观山的奥拓前往蓑石。一路上走的都是和平日完全相同的线路，没什么好说的。

今天是休息日，我本来担心观山会一改平日公务员的装扮换上花哨一点的服装，没想到是我多虑了。观山穿着端庄的有领衬衣，这一身就算平时穿去接待市民的窗口上班也毫无问题。只是，不知道是不是想到饭局的缘故，她一脸惆怅。

"怎么了？"

被我一问，她长叹一声。

"我只是在想，好好的休息日怎么摊上这样的事。万愿寺先生，您怎么这么心平气和啊？"

"我一点都不平静好吗？我也烦死了。"

"他们会准备什么好吃的呢？"

"上什么菜都一样，还不如我在家好好吃碗乌冬面。"

倒不是我对久野先生的好意不领情，说实在的，我们实在不想接受市民的宴请。和自己绝对不能得罪的人一起吃饭，这饭能吃得香吗？

我说的全是真心话，可观山盯着我的脸，嘟囔了一句：

"是吗？可从您的脸上一点儿都看不出来呢。"

"你最好也控制一下自己的表情，不要表现得那么不情不愿。"

观山把手放在脸颊，歪着头说道：

"我的表情这么明显吗？"

"你的脸上简直就是大写着'心情沉重'。"

"唉，可人家真的是心情沉重啊。不高兴也不行吗？"

砰砰两声，观山拍了拍脸颊，挤出一个明媚的笑容。

小姑娘值得嘉许。

除了和观山说的那个理由之外，我不想去久野家还有一个原因。虽说把久野先生的投诉搁置一旁非我本意，可他肯定不会欣然接受这样的理由。我猜，今天他提出招待我们，无非是想让我们也体验一下安久津家的音乐有多烦人。不知他会明说还是暗示，总之在出发前我已经做好了会因不作为而被批评的心理准备了。明知如此，还是得赴约，所以我的情绪怎么能不跌到谷底呢？

观山紧握着方向盘，可是踩油门的脚却使不上力。观山的奥拓就像怕被妈妈责备而在外面兜着圈子不敢回家的小孩，慢吞吞地驶出了"荷包束口"。

春意日渐浓郁，蓑石虽比市里要冷得多，但也到了花开时节。村子里已经十来天没下过一场像样的雨，可路边的三叶草却绽放出许多白色的小花，满树的紫工兰也开得正盛，连道路两旁的杂草都愈发生机盎然。

很快，一阵强劲的重低音从开着的车窗飘进来。显然，与科长的希望背道而驰，安久津家的音乐还是一如既往地开着。呆呆地看着窗外的观山哇地怪叫一声。

"怎么了？"

"久野先生他们站在门外等我们呢！"

我远眺过去。真的，他们就站在门外。虽然只是小小的身影，还看不真切，但站在门廊处的肯定就是久野夫妇。我不觉一身冷汗，恨不得立刻掉头回去。

　　虽然路上充满各种不安和担心，但实际进入饭局还算其乐融融。

　　"哎呀，真是不好意思，让你们特意跑一趟。"

　　久野先生挠了挠头，腼腆地笑着说。

　　"我做了荞麦面，都没人来品尝。平时总是麻烦你们，所以只能邀请你们来尝尝我的手艺了。"

　　他穿着一条藏蓝色的围裙，前襟上还蹭着白色的面粉，应该就是荞麦粉吧。

　　"久野先生，这是您自己做的荞麦面啊。"

　　观山发自内心的感佩让他十分开心。

　　"我早就想做做看，只是搬来这里才真正试着做。荞麦面做起来果然不简单，不过过程还是挺有趣的。将来我还打算自己试着种种荞麦。"

　　"哇，您这是要开荞麦面店呀。"

　　"哈哈哈，哪里哪里，纯粹是玩玩而已。"

　　话虽如此，但久野先生也没有完全否认。他的妻子无奈地附和着笑了笑。

　　久野先生的太太名叫朝美。她身材纤细，脸色苍白，一副体弱多病的样子。连笑容都显得有些弱不禁风，仿佛下一秒就会消失似的。久野先生说他是为了过上自给自足的生活才搬来蓑石的，其实他要说是为了妻子的疗养搬来这里，我也会相信。

　　朝美太太的声音特别好听，她细声细气地说道：

　　"您可别这么说，我家这个人会当真的。他嘴上说还不到能请客的水平，可一大早就开始忙活到现在呢。"

　　"哎呀哎呀，别揭我的短了……好了，那我就赶紧准备喽。"

　　说完，久野先生就站起身来。

　　这间屋子铺着榻榻米，所以房间里并不适合摆放西式的餐桌。餐厅里摆着矮脚的茶几，我们围着茶几跪坐在两边的坐垫上。久野先生说他们的生活已经上了轨道，餐厅里确实已经有了几分生活气息。墙边放着一台液晶电视，墙上还挂着一个杂物收纳架。一个铁制书架像是还没找到合适的地方摆放，暂时倚在了墙边。书架里摆着几本关于航模和打荞麦面的书。地产中介已经换过新的榻榻米，可壁纸还是旧的。新的家具和老旧的房间看起来并不那么协调。此外，还有一台金属扇叶的风扇被搁置在房间的一角。

　　我、观山和朝美太太，小口小口地品着茶，等待着饭菜上桌。本来，我应该借此机会问问朝美太太在襄石居住的感受，看看她喜不喜欢这里，有没有不合意的地方，是否打算长住。了解这些是我们分内的工作，可是从安久津家不断传来的重低音，让我不知该如何开口，只好聊聊天气和经济形势打发时间。最糟糕的是，餐厅的窗户正对着安久津家的方向。音乐声虽然不大，但根本听不到旋律，只有重低音的节奏不绝于耳，着实让人不快。在这个节骨眼上，我还不以为意地问人家觉得襄石怎么样，只怕对方会回答"要是没有这样的邻居，这里确实是个好地方"，到时我岂不更尴尬。

　　朝美太太若无其事地招呼着我们，让我从心底觉得愧疚。我暗下决心，无论如何星期一都要向科长汇报情况，必须得和安久津家好好谈一谈了。

　　左右为难之下，等待饭菜上桌的时间显得格外漫长。终于，久野先生围着蹭了新污渍的围裙探出头来。

　　"让你们久等了。我一样一样端出来。"

　　他首先端上来的是装在小盘子里的前菜，接着是腌章鱼和裙带菜，然后是小葱拌花蛤。本以为几样小菜之后就是荞麦面了，可没想到并没那么简单。

　　"您的手艺可真不错。"

　　听我这么夸奖，久野先生笑得有些勉强。

　　"没有啦，这几样是我太太做的。"

　　的确这几样都是凉菜，估计是事先做好，放在冰箱里冷藏的。

　　接着端出来的是鸡蛋卷、冬瓜酿和天妇罗。天妇罗是现炸的。几样凉菜之后终于来了一道热菜，真让人开心。可惜天妇罗的油没有沥干净，吃起来总觉得油乎乎的。这几样菜里，冬瓜酿最好吃，味道很高级，完全是大厨的水平，一点儿都不像家常菜。

"这个冬瓜真好吃啊！是你们哪位做的？"

朝美太太羞赧地答道：

"是我。"

看来久野先生还得和朝美太太好好学学厨艺。

"好啦，差不多该上荞麦面了。"

久野先生看起来很享受做饭的过程，可他对厨房似乎并不怎么熟悉。厨房里传出一阵金属碰撞的声音，还好应该不是打翻了饭菜。每次传出叮叮咣咣的声响，朝美太太就忍不住担忧地朝厨房看去。不大会儿工夫，久野先生就把放在蒸笼里的荞麦面端上了桌。家里虽然只有他们夫妻二人，用的却是四人份的大蒸笼，该不会是为了今天的晚宴特意准备的吧？

至于重头戏荞麦面的味道，人家精心准备了一番，我当然不能抱怨味道不好，可的确说不上是拿得出手的佳肴。面条表面有疙瘩，不太顺滑，吃起来的口感也不怎么好。而且，面切得不太均匀，本来应该细细长长的荞麦面切得像乌冬一样粗。再加上过冷水的时间不够，面的芯还有点温温吞吞的。

观山笑眯眯地说：

"很好吃！"

真不知道她只是客气一句，还是味觉不发达。

久野先生不解地歪着脑袋说：

"这味道不行啊。明明昨天做得挺好的，今天是怎么了？到底哪里做错了呢？"

沉默是金，我可不想让他再遭受更大的打击。

"你们搬来才两周，您就做到这个水平了，将来的成品更令人期待啊。"

"真的吗？等秋天出了新荞麦，我一定要好好大干一场。"

失败的原因确实有可能是荞麦的质量不够好。只是，这时候乱讲话，说不定秋天又会被请过来吃饭，于是我敷衍地回应了一句：

"就是啊。"

不知是不是我的回应太冷淡，他们并没有拿出酒来招待。

窗外已是日落西山。

吃完饭，久野先生离开客厅，拿进来一个CD播放机。

"我太太喜欢拉小提琴，虽然不是专业人士，但水平还可以。咱们换换口味，来听一曲吧。"

不是现场演奏，而是放录音，这个设计也真够奇特的。我偷偷瞟了一眼朝美太太，本以为被要求展示才艺，她会不开心。没想到，她的脸上还是挂着平时那样若有若无的微笑，并没有表现出不乐意。既然如此，我们也没有拒绝的道理。

"感谢，感谢！"

久野先生满意地点点头。

很快小提琴的演奏声就回荡在客厅里。这个旋律很耳熟，但我想不起来到底是什么曲子。

观山一听就立刻说道："这是帕格尼尼吧。"

久野先生和朝美太太都没有订正，看来她应该说对了。

抑扬顿挫的小提琴声中不时夹杂进从安久津家传来的重低音。久野先生皱了皱眉，把CD播放机的音量调得更大。洪亮的音乐充斥着整个客厅。朝美太太的琴技如何我不太懂，可是这音量着实太大了。我期盼着久野先生把音量调小一点，他却说：

"那好，我先去收拾一下。"

说完，他就开始撤下碗碟。虽说是做客，我们总不能心安理得什么都让主人去做，而且我也想快点远离嘈杂，于是我起身想帮忙。可久野先生摆摆手，示意我坐下。

"没事，您请坐，今天你们是客人。"

确实，我们也不是很熟，贸然进别人家厨房似乎也不太好。我放弃了帮忙的念头，又坐下来。

和我相比，观山就厉害了，她和谁都能迅速打成一片。在如此夸张的音量下，她已经和朝美太太亲密无间地说说笑笑了。

"真的呀。那等你们的荞麦面店开张了，一定要雇我当店员啊。"

"观山小姐可是公务员啊。"

"没问题，反正现在的工作也没什么意思。"

我听得心惊胆战。说公务员的工作"没意思"，也就是说在复兴科与移居者打交道"没意思"。还好，朝美太太只是扑哧一笑，并没往坏处想。

"真好呀，我也想应征住在这里。"

这是不可能的。南库市的市民是没有资格应征的……可是，奇怪呀，为什么会制定这样的规则呢？

离开蓑石村的人大部分都搬到了市里别的地方。他们并非是厌恶蓑石，再也不想回这里居住才搬走的。相反，如果市里能提供补贴，协助他们继续在此生活，估计很多人还是想回到自己土生土长的村庄。然而，现在的这个项目是以I-TURN计划为前提的，蓑石村的原村民并不属于政策对象。一直以来，我都是按照上面的要求开展工作，并未觉得有何不妥，可是现在细想一下，确实有点匪夷所思。

不可思议的事情还有一件。

久野先生和安久津先生靠什么维生呢？不用说，蓑石村当然没有可供就业的地方。如果要去南库市的中心区域找工作，天气状况好的话，开车通勤也要一个多小时。他们能否获取稳定的收入，对整个项目而言至关重要。目前来看，久野先生似乎成天都在玩直升机航模。他家看起来并不是多有钱，可也说不上拮据。不过，听以前在银行工作的朋友说，真正的有钱人在生活上并不会特别张扬……

别人刚刚请自己吃了饭，现在就问人家的经济状况，实在太没礼貌了，还是等下次有机会再试探一二吧。我看了一眼表，已经晚上七点半了。我正思忖着待的时间也够久了，小提琴的演奏刚好告一段落。

我赶忙鼓掌。

"太好听了。"

听到我的夸奖，朝美太太不好意思地红着脸低下头。

"拉得不好，让您见笑了。"

她应该只是谦虚，整首曲子并没有听起来奇怪的音色。久野先生评价自己的太太拉得不错，绝非溢美之词。

我欠身准备告辞。

"观山，咱们是不是差不多也该……"

"啊，是呀，是呀。"

然而，朝美太太却出乎意料地想尽办法再三挽留我们。

"哎呀，再坐坐也无妨嘛。我先生都还没回来，你们也想和他打个招呼再走吧。"

想到他们在渺无人烟的蓑石生活一定十分寂寞，我又不好意思坚持立刻离开了。而且，就算要走，确实也该和久野先生先打个招呼。于是，我又坐回坐垫上。

安久津家的音乐发生了变化。窗外传来连续的嘶吼声，他们听的原来是这样的歌曲。房间里流淌着小提琴的音乐时，让人一时忘记了窗外的动静，此时不觉又被它们侵扰。观山似乎也意识到了相同的问题。

"啊……"

她望着窗外，似乎想说什么。外面漆黑一片，什么都看不到。他们应该是开着功放……突然，我意识到一个问题。音乐声没有停止，可安久津家的屋子却笼罩在一片漆黑的夜色当中。若是一家人围坐在那里吃饭，只靠炭火的亮度应该不够，怎么都需要一点基本的照明才行。然而，外面一片漆黑，也就是说安久津家并没有人。没错，久野先生来投诉的时候说过，安久津家经常开着音乐就出门了。我真想冲进他们家，把功放的插头拔掉。每天这个样子换成谁也受不了啊。干脆，搞个短路什么的，让功放自己着火烧掉算了。

"万愿寺先生。"

等我回过神来，听到凝视着茫茫夜色的观山叫了我一声。

"啊？"

"您有没有看到什么？"

我死死盯着窗外，望向声音传来的方向。

"我什么都没看到啊。"

"是吗？那可能是我的错觉吧，我隐约看到……"

一定是她眼花了，确实什么都没有，我心想。然而，观山还是起身走到了窗边，把脸凑在玻璃上向外看去。难道外面真的有什么？我也站起身，走到她身旁。

"怎么了？"

"那里，是不是有火星？"

"火星？怎么可能！"

暗夜中，突然蹿出一团火苗。安久津家的屋子里有一团小小的火苗像鬼火一样忽明忽暗。我不假思索打开窗户，伴随着像割草机般毫无旋律的轰鸣声，重低音突然响亮了许多，让人听得浑身难受。无须再细看，那边的确有什么东西被点着了。

"是篝火吗？"观山疑惑地问。我可不这么认为。如果是篝火，应该在地面的高度燃烧，而那火苗却是浮在半空中的。

"不是，快走。"

我来不及等她回应，冲出了客厅，顾不上穿好鞋，就匆匆忙忙地跑出门外。

音乐变成了单调重复的鼓点，在接连不断的咚咚声中安久津家的火势似乎越烧越旺。久野家和安久津家仅隔着一块荒地，直线距离不过三十来米，可是荒地里杂草丛生，人一踏进去就会被荒草埋起来，根本没法下脚。不管那么多了，走马路应该也不会绕多远，我拔腿就跑。

学生时代，这点儿距离让我跑几个来回都不成问题，可现在长期案头工作疏于锻炼，我用力跑到一半已经气喘吁吁。来到安久津家门前，我大口大口地喘着粗气。火苗已经很旺，正噼里啪啦地燃烧着。其实大可不必急着跑来确认，一看就知道是着火了。我都忍不住佩服自己在这种时候还能保持冷静。没再多想，我从口袋里掏出手机，拨通了119。

然而，可悲的是，这里是南库市蓑石村，不管报警速度有多快，等消防车抵达都已经是四十分钟之后的事了。

6

消防车赶到时，火已经熄灭。

后来才得知，起火的是安久津家二楼的窗帘。由于烧烤炉没有彻底熄火，火星从二楼窗户飘了进去。或许因为墙壁是防火阻燃材料，所以才并未酿成大祸，火只烧着了窗帘的一部分就自然熄灭了。

搬来不到一个月，安久津家就离开了蓑石。没有知会复兴科，他们像是趁着夜色逃离一般不辞而别。他们会溜走也不难理解，毕竟拿着市里的补贴租住别人的房子，却造成失火。本来搬离蓑石村政府也会提供补助金，可他家没来申请，我们也无能为力。

"只烧着了窗帘，算是不幸中的万幸了。"

看了报告，西野科长说道。

项目才开了个头，就失去了一户移居者。不过，事出有因，应该只是特殊情况，不能算是复兴科的失败吧。

我打电话向安久津家的业主说明了情况，对方一听就火冒三丈，责成市政府务必将房屋恢复原样。我只能说，详情等我们开会讨论后，再与其联系。好不容易挂断电话，早已过了下班时间。落日余晖照进办公室里，我深深地叹了口气。

"累坏了吧。"

出声安慰我的是观山。万万没想到这个时候办公室里还有人。科长这个人是一分钟都不愿在办公室多待的，绝不可能这个时间还在，可观山会加班也很罕见。

"唉，有点，毕竟发生了这样的事。"

"是啊，好好的怎么会发生火灾呢？他们也太不小心了，真是可怕。"

我靠在椅背上，椅子发出一声刺耳的异响。可能是应对这样的特殊情况已经让人筋疲力尽，我一不留神吐露了内心的想法。

"真的只是不小心吗？"

"啊？"

观山眉头微蹙，看着我。

"此话怎讲？"

按理说没有任何证据，我不该妄下论断。可是，我还是忍不住想找个人聊聊。虽然观山不像是个能保守秘密的人，可既然话已经开了头，我便继续讲了下去。

"安久津一家走了，想必久野先生会松一口气吧。"

至少，夜晚他们可以安然入睡了。

"那倒是，可是……"

她没再说下去。

"整件事，你不觉得有点奇怪吗？虽然他们经常麻烦我们，可这本来就是我们的本职工作。以前，有市民因为接受了我们的行政服务而邀请我们到家里吃饭吗？"

"毕竟我才工作第二年……"

"反正我没有。一般来说，根本不会有这种事。"

其实，这种事我听说的并不少。之前，在土地管理科的时候，对一些灰色交易时有耳闻。可久野家并非是为了得到什么好处才邀请我们吃饭的。

"我们受邀来到久野家，可就在我们眼皮子底下安久津家着火了。如果不是这样呢？我的意思是说，假如是隔天早上听说着火了，我们会怎么想？我很可能会想：啊，一定是久野先生干的。他肯定是受不了安久津家的噪音，所以放了火。"

"他们为了免除嫌疑，特意邀请我们？"

"宴请本身很奇怪，而且这场火灾的受益人又是久野先生。这是肯定的。"

"可是，就算如此也不能说是他干的呀。况且，着火的时候，他也在家。"

此话不尽然。

"我们自然而然地认为，他撤下碗筷后进了厨房，可是并没有亲眼见到。"

"是没看见，可是，没道理啊，他怎么可能……"

虽然怀疑是久野先生搞的鬼，但我并没有百分之百的把握。确实有过这样的案例，有人因别人遭遇飞来横祸而无意中得益，而且恰好有证人可以洗脱自己的嫌疑。事实上，观山并非无缘无故地相信久野先生。她从办公桌里掏出一叠纸。

"我总结了一份报告，您看……"

观山翻开内页。

"晚上七点三十分左右，我留意到火星。万愿寺先生跑出去，来到安久津家门口，打电话报警是七点三十四分。这个有电话记录佐证。同时，我在久野先生家的客厅也报了警，也是七点三十四分。恰好这个时间，久野先生回到了客厅。"

"真的吗？"

"没错，因为是他说得赶紧报警。"

从久野家到安久津家，直线距离是三十米，走旁边的马路绕过去最多也就五十米，跑过去应该只需要四分钟，只是……

"对啊……要是他也在那条路上，一定会碰到我。"

"而且，他并不像跑过来的样子，既没有气喘吁吁，也没有大汗淋漓……"

那时候，我一看到着火就立刻朝安久津家的方向跑过去了，如果是久野先生放的火，一定会在路上被我撞见。

虽然，还有别的道路通往安久津家。可那条路得绕过好几块农田，徒步至少需要十分钟以上，不可能赶得回去。开车也不可能。夜晚在空荡荡的村庄里开车，一下子就会暴露。

当然也有可能是我没留意到横穿过荒地的久野先生，但两家之间弃置多年的那块水田里，杂草高达腰际，早已是一片荒野。黑暗中贸然闯入十分危险，而且一定会弄脏衣服。

"久野先生回到客厅时，衣服有没有弄脏？"

"并没有。其实，当时我也有留心观察，完全没发现什么端倪。"

既然如此，那就不能说他是假装去了厨房，实际却跑到安久津家放火，然后又若无其事地回来了。

"会不会是他并没有直接动手去点火呢？"

"您的意思是？"

"久野先生喜欢操弄机械，说不定他制作了类似定时点火的装置？"

一瞬间，我看到观山露出嘲讽的笑容。

"他把这个装置放到了安久津家？什么时候放的呢？着火点可是在他们家二楼哦。"

"什么时候放的——我也想不出来。"

"而且，那天安久津先生可是从早到晚都在家啊。他们离开家是晚上七点多。据说是晚上早早吃饱了，全家出去兜风了。"

"还带着孩子？"

"对。"

"再说了，消防员确认过火灾现场，找到了着火的源头，如果有点火装置肯定会被发现啊。"

"那倒是。"

久野先生因为安久津家的火灾，终于从重低音的困扰中解脱出来。对他而言，绝对是求之不得的好事。所以，他有放火的动机。可是，他在安久津家起火不久后立刻返回了客厅，有完美的不在场证明。因此，这场火灾被认定是安久津家没有将烧烤点的火处理好，并非久野吉种造成的。

这个结论合情合理，可是有一点不对。

"即便如此，也不能说'久野先生不可能做出这样的事'。"

观山哈哈大笑起来，笑声里带着不屑和嘲讽。

"对啊，毕竟我们对他们一点儿都不了解。"

没错，就是这样。只不过，这个话题只能就此打住。

久野家搬来这里已经一个月了。

移居者搬来一个月后会安排一次面谈。表面上是让对方说说生活上有没有什么困难，实际上隐藏的目的是让对方说说蓑石的优点，好让我们当作今后宣传的文案。和第一次见面时一样，我们还是约在了南库市政府第三会议室。市政府距离蓑石挺远的，我邀请久野先生时，他正好要过来办事，于是顺利地敲定了时间。

本来我打算和观山两人出席，一是考虑到平时科长就一副无心工作的样子，二是这个场合也并非上司必须亲自出面不可。

然而，到了会谈当天，科长突然说：

"今天的面谈，由我来负责。"

"啊？您的意思是您也会出席吗？"

"当然了，我是负责人嘛。今天我来主持，万愿寺你在旁边协助。"

要我协助，我也想不出该做什么。

"可是，只有两个人的位置。"

"我已经和观山说了。"

我本来希望观山可以借机多累积点经验，可既然领导已经决定了，我也没什么好说的。

久野先生果然还是西装革履地出现在会场。不知为何，在这方面他特别讲究，每次来市政府一定会穿着正装。他的神色没有一丝慌张。对蓑石他似乎十分满意，我们当然也希望他可以长久居住下来。想必，面谈的结果一定是双方客客气气说一句"今后也请多多关照"，然后随意聊两句家常就结束了。

和初次见面时一样，我们面对面坐下，唯一不同的是久野吉种的身旁已经没有安久津淳吉的身影。

西野科长首先切入正题。

"听说您挺享受在蓑石的生活啊。"

"对啊。"

久野先生愉快地回答：

"这里广阔的天空确实让我很满意。就是没有商店有点不方便，不过现在网购也不麻烦。"

"哦？快递能送到这里了呀。"

"对啊，能送来。所以，生活才不成问题。"

虽然蓑石村很偏僻，但还不至于不通快递。科长频频点头，然后转换了话题。

"听说，您很喜欢直升机航模。"

"是啊，我的一个爱好。"

"您的航模是那种大型的吗？"

"在这里可以任意放飞，真是舒心自在。"

"哦。"

说到这儿，科长将目光落在手头的资料上。我瞥了一眼，顿时倒吸一口凉气。他拿的是观山针对安久津家火灾所写的报告。

"这么大的航模，风压很大吧。"

"嗯……"

不知是不是对科长的问题有点摸不着头脑，久野先生满脸讶异地皱了皱眉头。

"嗯，是呀。"

"像风扇一样的螺旋桨，应该会制造出很强劲的风吧。久野先生在这方面有丰富的知识储备，想必一定知道可能产生的问题。"

科长这是想说什么呢？我完全搞不懂他的用意。航模的螺旋桨转动当然会吹出风，按照一定的操作可能还会引发强风。可是，他想说的到底是什么呢？我暗自思酌着，疑惑地看了一眼久野先生，刚刚他还一派轻松，此时却突然僵住了。

西野科长把资料推到久野先生面前。

"这是关于安久津先生家火灾的报告，是下属写好交给我的。哎呀，真是不可思议的案件啊。烧烤的炭火没有处理好——这确实有可能。火星引燃了窗帘——这也有可能。只是，烧烤炉的火星怎么好好地会上升呢？这个我就想不通了。没有搅动的话，炭火的火星是怎么飞出来的呢？这不是有点奇怪吗？"

"是啊，我也不明白。"

"也许点燃窗帘的并不是从烧烤炉飞上去的火星吧。那么，会是什么呢？我猜想，会不会是把什么轻飘飘又易燃的东西放入了烧烤炉呢？"

说到这，科长紧紧地盯着久野先生的脸。

"久野先生，我知道您饱受安久津先生家的音乐折磨，很不愉快。他就像您的敌人一样。您邀请我的下属到您家用晚餐，偏偏这个时候，和您为敌的安久津家就着火了，您觉得，这只是偶然吗？您总不能把我们当傻子吧。"

这与我和观山的想法不谋而合。不过，也不能因此就质疑久野先生吧？

"科长，可着火的时候久野先生在家啊。"

"呃……"

科长翻了翻资料。

"我看观山的报告上说，久野先生去了厨房，没在房间里啊。"

"这是事实。但着火后他是无法在两家之间往返的，因为我就待在连接两家唯一的道路上。"

"你说的貌似也有道理。"

"因此……"

我刚要继续往下讲，就被科长伸手拦住了。

"万愿寺啊，我可没说久野先生去安久津家纵火啊。你不能不假思索地乱讲。"

"啊？"

"我刚刚说了——只要往烧烤炉里放一些轻飘飘且易点燃的东西就行了。"

"轻飘飘、易点燃的东西……比如报纸之类的？"

"报纸也可以，只是还有点重。"

不管是重还是轻，似乎跟火星上升并没有太大关系。用木棒敲几下篝火，也会溅出火星，可这并不意味着木棒是轻的。

我胡思乱想着，突然想起刚才科长是怎么说到这个的。

"啊，直升机航模！"

科长重重地点了点头。

"准确地说，是那个螺旋桨。"

螺旋桨转动就会产生风。风一吹，物体就会飘起来。特别是轻一点的东西就会飞很高。轻盈又易燃的东西落入烧烤炉后，火星就会飘起来……

"所以是……"

我又无言以对了。科长没再看我。

"这份报告总结得非常好。幸亏我有这么优秀的下属。报告里写了，从您家的厨房出去，有条小路通往农具房。久野先生，您在招待我的下属吃完荞麦面后，就假装去厨房收拾，实际上却从后门去了农具房吧。然后，发动早已准备好的直升机航模，让轻盈又易燃的东西随风撒落，掉入安久津家的烧烤炉……我说的没错吧。"

"什么？"

被逼到死胡同的久野先生反问道：

"您一直说轻盈又易燃的东西，可又没说具体是什么。"

"这不是明摆着的嘛。"

科长一脸不耐烦地叹了口气。

"报告书里写得明明白白，农具房里放了一大堆。"

我不禁脱口而出——

"一大堆，农具房里……"

那间农具房里除了农具什么都没有，只有铁锹、锄头、耙子，有一台损坏的大型碾米机，还有就是……

久野先生陷入了沉默，科长继续咄咄逼人地说道：

"不就是那个吗？稻壳。稻壳晒干了就非常轻啊。要是这样还不足以轻易地扬起来，那碾一碾就行了。您家不是刚好有个石臼吗？"

的确，他家有堆积如山的稻壳。

饭后，我、观山还有久野朝美太太谈笑言欢时，稻壳在夜色中随风飞扬，像细雨一样撒落在安久津家，其中一些落在火还未完全熄灭的烧烤炉中，就形成了火星。而没有吹到安久津家的稻壳，就算撒落在杂草丛生的荒地中，也不会引起他人的注意。久野先生和安久津先生家最短距离只有三十来米，大马力的专业直升机航模完全能够让可燃物飘起来。螺旋桨转动必然会发出巨大的噪音，可是如果声音被掩盖掉了呢？比如帕格尼尼！

"可是，科长，火星只是碰巧烧到窗帘的吧。"

"那倒是。"

科长的目光停留在报告上，他怔怔地说道：

"久野先生的目的只是让你们看到火星。他只是想'应该把安久津先生这样的危险人物赶走'，而非特意要点燃窗帘。如果可以凸显是安久津家没有处理好炉火就更好不过了。就算事情不顺利，他也没什么损失。但实际的结果超出了预期，久野先生，您是慌乱还是惊喜呢？我是不清楚啦。怎么样，久野先生，您是怎么想的呢？"

西野科长抬起头，倦眼惺忪地盯着久野吉种。久野先生蜷着身子一句话都说不出来。

"呃，还好只是点燃了窗帘。"

"不，可是！"

久野先生突然提高了嗓门大声说道：

"说到底，这些都是你们的推论。你有什么证据吗？"

不知是横下一条心来，还是在做最后的垂死挣扎，他像哭闹缠人的孩子一般，两手发抖，怒目而视。

"太过分了，太过分了吧！你们把房子租给那么不靠谱的人，本身就有问题。"

"把房子租给不靠谱的人？您这个意见可太没道理了。照您这个说法，您能不能住在这里都是个问题。"

"只是无端揣测，你就把人……"

科长像冷冰冰地把拿着表格前来盖章的市民挡回去的前台办事员一样，一脸漠然。

"您说'无端揣测'？久野先生，如果让相关部门找到证据，您恐怕就要进局子了。我的下属在窗帘被点着的房间里找到了稻壳。您应该感谢我们没有把这些物证交到警察手里吧。"

"可是……"

"您是不是还在犯糊涂啊？久野先生，我们的使命是守护蓑石村。接下来会有十户人家搬来这里，若村子里有个纵火犯，这怎么能行呢。我们复兴科不会直接把您交到警察手上，可是如果到下周为止您还住在蓑石村，呃……到时候恐怕就会有人匿名向警方揭发前几天火灾的真相。我可不能保证这样的事情不会发生。"

久野先生如同泄了气的气球一般，慢慢垂下头。咚咚，科长把厚厚一叠报告在桌子上磕了磕，码放整齐。

"您知道安久津先生为何要放那种音乐吗？"

听到安久津的名字，久野先生的眼中又露出憎恶的神色。

"因为，那家伙本来就不是一个好人。"

这个我确实没有了解过。一直以来，我都以为这只是安久津先生的个人爱好。

科长说道：

"他说，因为您玩的直升机航模在低空飞行时会发出割草机一般的巨大声响，吓得他家小孩连门都不敢出。可是他又不想随意干涉别人的兴趣爱好，所以才故意放那种音乐来气你。"

听到这句话，久野先生的脸上青一阵红一阵，转而又变得煞白。

我应该在什么时机告诉他，搬离蓑石村也有补助金呢？

南库市I-TURN援助计划迎来第一批成员，两个家庭搬到了蓑石。

然而，乘着夜色如细雨般飘落的东西，使这个被遗弃的村庄又变得空无一人。

第二章　浅池

1

"呃，今天是个好日子，天时地利人和，我们在此举行新生蓑石村的开村典礼……"

市长的讲话拉开了庆典的帷幕。今日云涌风飞、春寒料峭，黄历上写着不宜出殡，不知该说是个好日子还是坏日子。仪式的地点选在蓑石公民馆的前庭，那里之前一直被当作门球场。来宾席的位置上支着一顶防雨棚，会场前的电线杆和屋檐上装饰着彩旗，还算洋溢着一点节日的气氛。五月，曾经空无一人的村庄，已是山花烂漫。

计划内的移居者都已如数搬来，旨在让蓑石焕发新生的I-TURN援助计划完成了阶段性目标。这个项目原本就是市长饭子又藏力主推进的，而且出席各种活动也是市长的工作之一，所以这个时候理所当然少不了市长露脸。

这个小规模的仪式被命名为开村典礼。庆典是南库市市政府总务科策划的，但是负责挂彩旗、支雨棚、摆椅子的却是我们复兴科。虽说服务于民是我们分内的工作，可在复兴科管辖的蓑石村，却要被总务科的人差遣来差遣去，不免让人有些心理不平衡。不过总算迎来了这一天，听着市长讲话，还是让我与有荣焉。

"今天我们在这里庆祝蓑石村的复兴，我的内心感慨万千。之前竞选的时候，我提出这一目标，得到大家的认可。蓑石村的复兴不仅是我个人的梦想，更是南库市全体市民的夙愿。今天我们梦想成真，欢庆这一天的到来，在此我谨代表项目所有工作人员，向各位表示衷心的感谢！"

移居蓑石村的十户人家齐聚公民馆的前庭，有的全家出动来撑场面，有的就只来了一个人。好不容易让他们搬进了这个无人村，我不由得感慨努力总算没有白费，然而更多的是担忧，只怕未来的路会更难走。之前搬来的两户，已经因为种种风波离开了。五年后……不，到明年年底，还有几家能留在这里呢……复兴科在工作人员的雨篷下随时候命。闲着也是闲着，就当是温习功课，我又把出席者的脸和名字一一对了一次号。

泷山先生，二十来岁，斯斯文文的一位单身男性。之前生过病，现在正在休养中。

久保寺先生，男，五十多岁，历史学家。虽然只是业余的历史研究爱好者，但也正儿八经地出过书。

丸山女士，约莫三十岁。与同龄的女性朋友一起搬来这里。材料上写着丸山是户主。

河崎家，两夫妻搬来蓑石，但今天来的只有开出租车的丈夫。

若田家，二十来岁的一对年轻夫妇。两个人看起来关系不错，都出席了今天的活动。

长塚先生，一位五十多岁的大叔。身材敦实，双目炯炯有神，看起来精明强干。

上谷先生，三十出头的单身男性，他一直强调想安安稳稳地在这里生活。

牧野先生，一个二十多岁的小伙子，精干帅气。他号称要让蓑石活跃起来。

好川家，据说是因为丈夫喜欢钓鱼才决定搬来的。夫妻二人都快六十岁了。

立石家，为了五岁儿子的健康搬来这里。今天一家三口都出席了典礼。

移居者中有不少单身的男性，却没有独居的女性。据说这并非刻意选择的结果，而是根本没有单身女性前来申请。我们科不参与移居者选定，所以并不了解详情。移居者中各个年龄段的人都有，既有二十多岁的年轻人，也有退休老人。显然，如果搬来的都是同年龄层的人，这个村庄就将不得不面对严重老龄化的局面。这一判断合情合理，却非政治正确。我默默数了数，今天出席活动的移居者总共有十五人。

市长着力主推的项目取得了成果，不只是地方报社和小媒体的记者，全国的大报社也派了驻地记者前来报道，甚至电视台都架起了摄像机准备采访。除了市长之外，副市长、总务部长等其他市政领导也都齐齐露面。不过，复兴科忙着布置彩旗等杂务，根本无暇去和领导打招呼。其实，我们全科上下也没人想去一本正经地和领导寒暄，所以忙一点反倒是好事。

和天气预报播报的一样，虽已到五月却乍暖还寒。市长的致辞还没有要结束的迹象，想必移居者们早已冷得瑟瑟发抖。预料到今天不暖和，我特地穿了一件冲锋衣。只有自己一个人裹得严严实实，实在有点过意不去。市长滔滔不绝地渲染着为了蓑石的复兴自己如何费心，不知还要讲多久才会结束。我不禁有点后悔没给移居者准备点热茶。终于，致辞进入了尾声。

"因而，事实上，今天在座的各位，是我们南库市，不，是整个日本乡村，乃至全日本的希望之星。我衷心期望大家能和这个山清水秀的村庄相守一生，为此，我们南库市市政府全体工作人员，将拼尽全力，粉身碎骨，在所不惜。不论大家遇到什么困难，请一定告诉我们。最后，我谨祝愿蓑石村鹏程万里，再创辉煌。谢谢大家！"

啪啪啪，会场上零零落落响起了掌声，大家似乎都松了口气。接下来是传统的镜开祈福仪式，要搬出酒桶，砸开桶盖。准备酒桶的自然也是我们复兴科。我们需要把用平板车运来的重达八十千克的四斗大樽，放到事先搭建好的台子上。本来预备着两个人来装卸四斗樽，可彩排时发现以观山游香的腕力恐怕无法胜任，这时候理应轮到西野科长上场，可没想到一大早他突然说"我的腰呀，怎么搞得……"，结果只能勉为其难让观山扶着摇摇晃晃的四斗樽，免得它从平板车上掉下去。要是在电视摄像机前洒了祈福用的酒，那就糟大了。我小心翼翼地推着运酒的平板车，松软的地上留下两道深深的车辙。饭子市长直接过来小声催促道："赶紧，赶紧。"我答应了一声，手上不觉加了把劲儿。把四斗大樽从平板车上搬下来，又费了一番功夫。

花了几分钟时间，我们好不容易才把镜开祈福仪式要用的酒桶摆放好。市长早已换上了祈福专用的法披（注：日本祭典时穿的传统服装），山仓副市长和大野副市长，还有移居者牧野先生也都穿上了法披，他们每个人手上都拿着一个木槌。

总务部的主持人拿起话筒说道：

"下面，为欢庆开村，我们将进行镜开祈福仪式。"

记者们都架起相机准备按下快门，然而主持人又盯着提词卡继续说道：

"首先，我们有请移居者代表牧野慎哉先生致辞。"

没想到这中间还有发言。大家刚刚被调动起来的情绪立刻又低了下去。不过，接过麦克风的牧野先生丝毫没受影响。他笑容满面，情绪激昂地说道：

"大家好！我是牧野慎哉。听了市长的发言，我深受感动。我也认为，现在已经不再是资源只集中于东京一地的时代了，想要做生意去哪儿都可以，什么方式都可以。在蓑石，也可以与世界各地的人们进行贸易往来。好的创意能带来收益，甚至改变世界。因此，蓑石的未来是光明的，我希望用我的生活来证明这一点。谢谢大家！"

我把平板车推回工作人员的帐篷里，听到牧野先生意气风发的发言，不禁微微一笑。牧野先生的话语带着一股学生气。事实上，他才二十四岁，刚从东京的某所大学毕业，整个人确实还不够成熟老练。但是，他的气势的确震撼了在场的听众。而且，这种朝气，对于蓑石而言更是难能可贵。

主持人拿回麦克风，继续说道：

"好，各位准备好了吗？下面让我们进入镜开祈福环节。"

饭子市长带头大吼一声"好"，大家一齐用木槌砸开了四斗大樽的酒桶盖。镁光灯顿时闪烁不停，不知是谁带头鼓起了掌。万幸的是酒桶盖一下就裂开了。我生怕无法顺利砸开，还事先对酒桶盖做了手脚。

2

傍晚时分，地方新闻播出了开村典礼的现场画面。

我在父母家收看了新闻。去到区公所工作后，我便从市内家中的屋子搬了出去，在间野区公所的附近租了间公寓。今天刚好有事被父母叫回了家。

我的父母在原开田町（注：町，也是日本汉字，多用于日本地名，相当于中国城镇街道的意思）的城郊经营着一家卖盒饭套餐的小饭馆。店里的招牌是黄油蛋包饭。颠了几十年锅勺的父亲，今年正月时伤了手腕的肌腱。虽然医生很肯定地说只要好好休养还能继续回厨房工作，可考虑良久，父亲还是决定让餐馆结束营业。今天就是为了纪念退休，或者说是为了庆祝结业，父亲叫我回来全家一起庆祝。

在十平方米的客厅里，父母、妹妹和我，一家四口围坐在圆桌前一边吃饭，一边看着电视。今天吃的并不是父亲做的菜，而是专门点的寿司。家里的聚会，父亲很少亲自下厨。庆祝我考上大学、找到工作，还有爷爷的葬礼结束时，我们家都是点的寿司。不过，今天的寿司味道实在不怎么样，鱼肉似乎有点不新鲜。

父亲对自己做的菜精益求精，但对别人的手艺却十分宽容。庙会夜市上的炒面也好，连锁店用微波炉加热的汉堡包也好，连对妹妹不加高汤随便做的味噌汤，他都不曾抱怨过一句。不过，今天的寿司让父亲都忍不住叹气。

"今天的寿司不行啊，味道真不咋地。"

母亲也直摇头："可不是嘛，谁让寿司光关门了呀。"

寿司光，是以前我们家外卖必点的一家店。妹妹夹起鲑鱼子军舰卷，一边蘸酱油一边说：

"太可惜了，他家的寿司多好吃呀。"

自己开始挣工资以后，由于单身开销不大，所以我时不时也会独自去享受美味的寿司。后来才发现，寿司光的寿司并非特别好吃。可毕竟是充满回忆的一家店，听说他家要关门，内心还是十分惆怅。

父亲拿了个寿司，感慨道：

"那家店的老板确实也一把年纪了。"

"他和爸爸同岁啊。"

妹妹不经大脑的这句话，让父亲苦笑了一下。

"千花，老爸我呢，可还能干啊。现在手也不痛了。"

"那您就继续做嘛。"

"不行了，已经……决定了。接下来要悠闲度日。开店这么多年，连旅行都没时间去。"

妹妹似乎并不知情，父亲决定关店其实还有别的考量。

从前的开田町以林业为支柱产业，父母预计到木材加工厂的员工会有午饭的需求，于是决定开始经营餐馆。刚开始生意确实不错，然而，后来国内的林业发展迟迟不见起色，镇上的木材加工厂苦苦支撑了一段时间，结果还是一间接着一间地倒闭了。剩下仍然在从事林业加工的劳动人口平均年龄都超过了六十岁，对餐馆的需求自然也大幅减少。明明店里的招牌是黄油蛋包饭，这几年卖得最多的却是烤鱼套餐。

"给老爷子们制作软糯好消化的米饭也是很重要的工作……可是我呀，就喜欢看年轻人像喝水一样大口大口扒饭的样子。看着他们盛上满满一大碗米饭，开心地说'真香啊'，我也就满足了。只是，现在这里已经看不到这样的年轻人了。"

没干劲，没赚头，又伤了手腕，所以父亲已经心灰意冷了。不知道寿司光关门的原因是什么，想必也是差不多的情形。

"对了，哥，有件事要和你说。"

妹妹没头没脑地来了这么一句。出什么事了呢？

"那个，中央公园里不是有条小孩子可以玩耍的水渠嘛，里面没水了。"

妹妹是市里一家幼儿园的老师，经常和孩子呀、公园什么的打交道。虽然一时想不起来中央公园在哪里，但是我很清楚水渠没水的原因。

"还不是因为要花钱，没钱就没水。"

那座公园应该是建园之初特意设计了一个可以让孩子们亲水的地方。然而，过了一段时间，因为要控制预算，所以就削减了经费。这也是常有的事。

"钱钱钱，又是钱。可是，水渠里没有水，不就变成沟渠了，孩子要是掉到沟里，那可是很危险的。"

"你得和公园科去反映，和我说一点儿用也没有。"

"早就和他们说了。真是的，你不也是市政府的嘛。"

我现在根本都不会去市政府总部那边。不好意思，您的申诉无法受理——我一边暗想，一边拿起一个味道不怎么样的寿司。

电视里开始播放本地新闻。有男子以儿子的名义对八十六岁的老太太进行电话诈骗，骗取了二三十万。之后，就是介绍蓑石的开村典礼。

"啊，这个。"

妹妹立刻注意到了。

"哥，这不就是你现在的工作？"

"你也知道啊。"

妹妹一听就撅起嘴来。

"那当然了，这可是咱家长子的工作呀。你是在振兴科，对吧？"

是复兴科。不过，我懒得纠正她。说实话，这部门的名字并没多高大上，连我自己都不好意思挂在嘴边，所以在家人面前并未提起过。不知道妹妹从哪里听来的。

"为了复兴蓑石村，南库市着手招募移居者，向应征者提供空置房屋……"

对播音员的介绍，妹妹抗议道：

"不是蓑石村，应该是间野市蓑石区。"

爸爸一边看着电视一边说：

"不是的，以前就是蓑石村。昭和时代村落合并之后，才和间野合并到一块的。到了平成，又是一波市镇合并，就归属了南库市。我小时候，大家都把那儿叫蓑石村。"

"那都是哪个年代的事儿了。"

妹妹讲话太过直接，让一旁听的人都手心直冒汗。虽说是自己的父母，可还是要注意一下讲话的方式嘛。父亲并没放在心上，拿起一个鱼皮寿司，说道：

"不过，话说回来，好端端地为什么要召集别的地方的人来复兴蓑石村呢？现在不是哪里的人口都在减少吗？"

总体来说，父亲的小饭馆经营不下去，也是因为人口减少的缘故。准确地说，是产业衰退导致年轻人流失。每个人都希望自己所在的地区人口增加，整个城市焕发活力。可是从整个南库市来看，作为边缘地区的蓑石接受移居者，对提振整个城镇的经济发展能有什么帮助呢？市政府内部也多有议论。对于这一点，复兴科有个不太站得住脚的理由。

　　"呃，这是个样板工程。"

　　这个模棱两可的理由其实很难说服别人。

　　"样板？什么样板？"

　　"就是说，要试一试在努力运作下能不能召集到移居者，做出实绩。有人来，就有纳税，进而能够促进整个地区的发展。如果这个项目在蓑石村得以顺利开展，说不定可以推而广之，有利于全市I-TURN援助计划的推进。"

　　"哦？有这样的计划啊。"

　　"我也不确定能不能行。"

　　妹妹拿起一个海胆军舰卷一口吞下，然后说道：

　　"我听说，现在的市长出生于蓑石，他不想让自己的故乡变成一片废墟，所以才提出要从蓑石开始招募移居者。"

　　"你是从哪儿听来这些乱七八糟的说法的？"

　　"哥，你这反应就是直接承认这件事是真的喽。"

　　真是个讨厌鬼。这次，妹妹又把手伸向了三文鱼寿司。这家伙每次都选小孩子才喜欢吃的东西。现在，她选什么食物，我都忍不住想吐槽了。

　　在我们家，只有母亲还有今天没来的弟弟两个人习惯用筷子吃寿司。此时，母亲停下筷子问道：

　　"可是，找人移居蓑石这件事，我记得，不是上任市长提出来的吗？"

　　父亲也问：

　　"是这样吗？"

　　母亲的记忆应该有误。市政府内部流传的说法，和妹妹所讲的传言相近。只是，细节有些出入。

现在的饭子市长，在五年前第一次当选。他的前任宝田不一，曾经是南山市的市长。在宝田不一市长的主导下，相邻的三个地方政府签署了合并协议。面对汹涌的反对声浪和各种阻挠，他时而以柔克刚避开针锋相对的冲突，时而勇往直前突破重重阻碍，最终促成了几个市町村的合并，并定名为南库市。

一手促成合并的宝田市长，其工作能力得到大家的认可，从而当选为新组建的南库市第一任市长。为了给这个新生城市注入活力，他想尽了各种办法——推动IT企业进驻、为缓解交通规划了道路分流、加速提升Wi-Fi（行动热点）、效仿国外案例由市政府全额负担基建费用、起草向创业、开店的年轻人提供补贴的地方条例……他的种种举措常常让财政科的工作人员愁容满面。

率先对宝田市长的政策提出质疑的，是原间野市的议员饭子又藏。他指责宝田市长的财政支出全都是为了原来的南山市，合并进来的其他地区没有得到任何好处，分明就是利益输送。新的市长大选中，饭子又藏完全无视原来的南山市，只在其余三地巡回宣传，并直接亮出口号——"你想让宝田市长把你的血汗钱都投到他的老家吗？"。最后，他一举当选。结果可想而知，眼看着原来的南山市和间野市的关系变得越来越糟。

当选新市长后，饭子又藏按照当初竞选时的宣言，将否定宝田时期的政策作为首要任务。已经开展的项目被纷纷叫停。不过，这之后政府的财政收支倒是有所改善。除了否定宝田时期的政策之外，饭子市长首推的项目，就是推进乡村人口回流的I-TURN示范区建设，具体而言就是南库市I-TURN援助计划。

至于为何选定的是襄石而非其他地区，市长答辩时解释说，因为这里没有居民，所以没有顾忌，生活空间可以从零开始重新构建……他力证选定襄石，和这里是自己的故乡没有任何关联。当然，相不相信他的说法，就因人而异了。

屏幕上出现了移居者牧野先生的画面。他面带微笑，神采飞扬地陈述着自己的观点，脸上看不出一丝面对镜头的紧张感。

"我认为，蓑石是创业起步的绝佳之地。我已经有一个与水田有关的构想。未来会有怎样的发展，我十分期待。蓑石，我看好你！"

妹妹一口吞下甜虾寿司，一脸鄙夷地说：

"哼，这家伙怪怪的。"

我赶忙制止她。

"千花，你说话注意点，我的工作可是要和人家打交道的。"

"切，你看他一副自信满满的样子，讲的不过都是拾人牙慧的东西。哥，你心里肯定也是这么想的吧？"

妹妹这个口无遮拦、讲话太直的毛病，真的不太好。

不过，可能确实被她说中了。

3

到了五月中旬，市议会的例会就近在眼前了。一到快要开议会的时候，市政府的工作人员便如临大敌，各项工作应接不暇。即便是在破落的区公所里只有一间小小办公室的复兴科，也不例外。I-TURN援助计划的相关数据，不管是执政党还是在野党的议员都会抓住不放，所以这段时间依旧每天都无法按时下班。

这几天，之前卡了很久迟迟无法解决的一件事有了进展。本来对我们将空屋租给移居者的提议断然拒绝的一位业主，在网上看到了蓑石开村庆典的新闻，表示如果真的能让村子焕发生机，他愿意重新考虑一下。不过，他似乎仍有顾虑，想和我们直接谈谈。这位业主目前人在新潟，因此我打算前往他住的地方进行详细说明。西野科长希望我能当天来回，可对方只有上午能抽出时间，所以非住一晚不可。于是，我只能下班后前往新潟，然后住一晚再和业主见面，之后立刻返回。

最后，科长又补一刀。

"万愿寺，不用我多说你也知道吧，住宿费要控制在六百块以内啊。"

无论是去东京还是京都出差，规定的住宿费都一样。虽然我很想吐槽不是每次都能找到六百块的旅店，可规矩又不是科长定的，说再多也没用。

　　出发当天，我丢下焦头烂额忙着做议会资料的观山，比预计的时间晚了十分钟离开区公所。开着翼豹轿跑冲进车站的停车场后，我赶上了特快列车。列车座椅调节的按钮有些不太灵光，我只能蜷在位子上，呆望着夕阳渐渐隐于暮色中的远山。一阵困意袭来，睡了不到一小时，连梦都没来得及做，我就被手机的震动惊醒了。是观山打来的。前排座位上贴着告示"手机通话时请至车厢连接处"，于是我走到两节车厢之间才接起电话。

　　"喂，我在列车上，长话短说。"

　　"啊，万愿寺先生，不好意思。"

　　观山的声音，听起来有点不知所措。

　　"刚刚牧野先生打来电话，具体情况我也有点搞不清楚，他说他的东西被盗了。"

　　"被盗？"

　　"您知道他创业是在做什么吧？"

　　当然知道。

　　"不就是养鲤鱼吗？"

　　"就是这个，他说他养的鲤鱼被偷了。"

　　牧野先生的创意，是在休耕田里蓄满水，用来养殖鲤鱼。蓑石村水源丰富，往还没变成荒地的休耕田里灌满水，刚好能形成一个浅池。鲤鱼不需要很多水就能存活，又具商业价值，其他地区也有利用水田成功养殖鲤鱼的案例。虽然这是将土地用于农耕之外的用途，但是否违背土地法并非复兴科的管辖范围，不细究的话这个想法还不错。我本来以为他会想出更加天马行空的创意，没想到他的计划还挺脚踏实地的，因此我也暗自期盼他可以如愿以偿创业成功。只是，没想到他这么快就投放了鱼苗，更不可思议的是鱼竟然被盗了。

　　这也太离谱了。我瞄了一眼手表，已经快晚上十点了。

　　"牧野先生是刚刚打来电话的吗？"

　　"是的……"

我们确实跟移居者说过，只要有问题可以随时来找复兴科。牧野先生还真的把这句话按照字面意思来理解了。

"他要我现在立刻过去。我跟他说，我和上司说一声再联系他。"

"你告诉科长了吗？"

"科长没接电话。不对，应该说，他的手机关机了。"

让观山一个人加班准备议会所需的资料已经很过分了，西野科长居然自个儿按时下班还关机了。真是让人抓狂。我叹口气，思索着该如何妥善处理此事。

牧野先生是独居。虽说观山是政府工作人员，可这么晚了让一位女性独自去造访不太合适。而且，都到这个钟点了，他居然要别人立刻过去，这个要求也太过分了点。只能和他说没法立即前往了，但是要观山直接和他联系似乎也有点不近人情。

"议会资料准备得怎么样了？租赁条件和给中介的费用一览表做好了吗？"

我一问，观山为难地回答：

"不好意思，还没做完。我尽量明天中午前做好。"

这个速度有点慢，可观山毕竟是新人，西野科长又回家了，没人指导她，她也算尽力了。最好能明天第一时间赶到牧野先生那里，可是按照目前的进度，估计明天一天观山都抽不出身来。

"我知道了。牧野先生的问题我来处理。你自己小心点，早点回家。"

电话那头，观山似乎松了一口气。

"谢谢，真不好意思，那这件事就拜托您了。"

我让她把牧野先生的电话发给我，就挂了电话。望着列车的天花板，听着车轮倾轧铁轨的声音，我感到一阵疲惫。不大会儿工夫，观山把电话号码发了过来。照着号码，我打了过去。

也许是陌生号码的缘故，牧野先生并没有立刻接听。打了十来回，终于接通了。电话那头的声音听起来十分年轻，但充满了戒备。

"喂……"

我赶紧切入正题。

"喂，这么晚打扰您真不好意思。我是南库市市政府复兴科的万愿寺。请问是牧野先生吗？"

"啊，是万愿寺先生啊。"

他的声音明显放松了许多，然而温和的态度转瞬即逝。

"怎么这么久？你们要我等多久啊？"

"真的很抱歉，我现在正在出差，人在列车上。所以，等一下列车驶入隧道的话，电话有可能会断线，还请您谅解。"

"你在列车上？那今天你是来不了了？"

"是的。观山已经把情况告诉我了，您家被盗了？"

"可不是嘛！"

他猛然提高了嗓门，我不由得将电话从耳边拿开来。

"肯定是被偷了。万愿寺先生，我已经开始养殖鲤鱼了。我可没少在网上做调查，鲤鱼养殖绝对能成功。可没想到，今天过去一看，鲤鱼少了很多。"

"呃，您详细说一下，几点钟去看的，鲤鱼总共少了多少条？"

其实，我想说的是，也有可能只是搞错了。不过，显然我没有将意思表达清楚。

"我现在就是要说这个！"

对方气急败坏地说道：

"我是今天下午三点发现的。有一条我十分钟爱的鱼，它的花色特别好看。可是我怎么找都找不到。于是，我就想着数一数总共有几条，可是鱼游来游去，怎么数都数不清。"

得知他开始养殖鲤鱼，我就预料到日后可能会有求助于我们的时候，所以也稍微了解了一下养鱼的知识。刚刚孵化出的鱼苗只有小指尖那么大，光用眼睛根本数不清。而且，它们的身上也还没显露出花纹。所以，我估计他买来养殖的应该是已经长大一点的鱼苗。

"我看了一下，少了足有三四成。绝对不会错，我数了好几轮，肯定是被偷了。"

不是一两条，而是少了好几成。那鱼应该确实减少了，可是……

我又确认了一遍——

"您是在一大片水田里养鲤鱼，对吧？"

如果水田的面积很大，难免有目光不及之处。我的话里确实有这个意思，然而从电话那头传来一阵冷笑。

"放养在一大片水田里，岂不是很危险？我选定好养殖鲤鱼的位置后，就用网子把四面都围蔽起来了。我在水田里支起四根竹竿，在里面铺上绿色的小孔网，水底还埋放了大石头。所以，鱼是无法钻出网子逃脱的。鲤鱼的幼苗可不便宜，所以虽然很简易，我在出入口都上了锁。我都有认真考虑过。现在锁还好好的，可是鲤鱼却变少了。"

"您在网子上还加了锁？"

"我在网子的接口处做了一个有点类似门帘的出入口，还买了一把自行车用的链条锁。不输入密码，入口是打不开的。可没想到还是被盗了。万愿寺先生，这可不是闹着玩的！"

"那网子呢？有没有什么破损？"

"当然没有，我反复确认了很多遍。哪里都没有破，我也推拉过，并没有能打开的缝隙。"

他的防范措施听起来似乎没有破绽，不过……

"那么，小偷是如何偷走鱼的呢？"

"我怎么知道？难不成是在网子下面挖了地道钻过去的？"

牧野先生的声音听起来更生气了。

"再这样下去就只能叫警察了。说实在的，我总觉得这样做不太好，毕竟才在这儿刚刚起步，就要动用警察，所以才给复兴科打电话的。没想到你们连看都不来看一下。"

他已经相当愤怒了，所以话中都带着刺。

即便如此，我并不认为牧野先生是在无理取闹。或许在旁人看来他只是一时兴起。就像妹妹所说，他的想法可能都是别人说过的。可是，对他而言，在水田养殖鲤鱼一定是赌上人生的一次挑战。买鱼苗、喂鱼粮，都要花不少钱。在水田里支竹竿、架网子，也不是说说而已的简单操作。倾注了这么多资金和心力养的鱼不见了，自然会焦虑、愤怒。

以我这么多年接触市民的经验来看，牧野先生的语气和态度还算平和。

"明白，明白，我会尽快过去看看。不过，我出差要到明天傍晚才能回去，这之前，有任何问题您随时电话给我。"

"要到明晚呀，不能再快点儿吗？"

"我会尽量快点赶回去。"

电话那头，牧野先生低声嘟囔了一句。

"没办法啊，除了自己还能靠谁呢。"

"我过去之前会给您打电话。"

"好吧，那就拜托了。"

挂断电话后，列车像是早在等待这一刻的到来似的，一下子钻进了隧道。手机立刻没了信号，显示不在服务区内。

4

到达新潟的快捷酒店，已快晚上十一点。我很想打电话问问观山的工作进展如何，有没有不明白的地方，可这个时间实在太晚，最后还是决定不打。泡在酒店的小浴缸里，我打开地图确认了一下明天见面的地址。之后，电视也懒得打开，直接躺到了床上。盯着灰暗的天花板，我脑中浮现的都是牧野先生的事。

他将水田的一角用网子区隔出来用于养鱼。网子没有破，也没有缝隙，出入口虽简易却好好上了锁，可是鲤鱼平白无故变少了。

他怀疑有人在水田里挖了地道偷走了鱼，但这个可能性极小。一般来说，挖个洞再填回去的确不容易看出来，可牧野先生已经瞪大眼睛仔仔细细调查过一番了。如果有人挖洞，他不可能没发现。再者，为了偷个鱼苗在灌满水的田里挖地道，事后还要填回去，这样大费周章根本赚不到钱。要是真有人这么做，那一定不是为了偷鱼苗，而是想故意针对他吧。襄石村正式开村才一个月，就搞出这么复杂的恩怨大戏，想想就让人胃痛。

最好是鱼自己逃出去了。猫可以钻过人看起来无法通过的狭小洞口，兔子、老鼠也一样……可是，牧野先生特意说过，他用的是网眼极细密的网子，鱼苗根本跑不出去。这样一来，完全是密室逃脱啊。

鲤鱼究竟是被偷了，还是自己溜走了呢……我躺在床上胡思乱想着，渐渐感到睡意。明天得起个大早，处理完事情要尽快赶回南库市。从车站的停车场到蓑石村，开我的轿跑需要将近一个小时。真是紧凑的行程啊。想着想着，我不知不觉进入了梦乡。

我做了一个梦。

梦中，水田的一角，被网子圈出一块四四方方的区域，里面几十条小鱼挤作一团，推来搡去。小鱼们对这样的环境非常不满，可四周围蔽的网子牢不可破，向下又无地可遁，小鱼们的怨气与日俱增。它们千方百计想改变现状，就算逃不出去也要给人类点颜色看看。

其中一条小鱼说："咱们鲤鱼跃过龙门就能飞天成龙，怎么能被养在这样逼仄的环境里呢？咱们得想个巧综，吓人类一跳。"

其他鲤鱼忙问：

"好是好，可咱们能有什么办法呢？"

那只鲤鱼一番耳语，将自己的计划告知众鱼。

隔天，牧野先生去喂鱼，快要靠近鱼池时，鱼儿们便依计行事。

"走！"带头的鲤鱼一声令下，将近三成的小鱼一齐翻身潜入泥中。牧野先生一看少了这么多鱼，吓得目瞪口呆。等到他无可奈何转身离去后，鲤鱼们从泥中探出头来，一片欢腾……

被闹钟惊醒，我想起昨晚的梦，不禁用手捂住了脸。真希望至少在梦里可以有点和工作无关的好事。鲤鱼钻进泥里——这个梦也太无厘头了。还不如说鲤鱼们是自相残杀不见了。

"自相残杀？"

我被自己突如其来的想法吓了一跳，不禁叫出声来。对啊，还有这个可能性。我一定是被水田和鲤鱼的组合误导了，要不然就是太累了。水族箱里的热带鱼变少了，人们立刻会联想到同类相食。那鲤鱼会不会也是如此呢？我赶忙拿起手机准备查一查。

"搞什么啊。"

才刚刚睁开眼，床都还没下呢，不需要这么忙着开工吧。先去洗把脸，吃个早餐，再去工作也不迟。我把手机放回床头柜上，慢慢坐起身来。

在空荡荡的旅店餐厅里，我吃了个简单的早餐。所幸米饭和味噌汤的味道还不错。只要这两样好吃，我就心满意足了。我还另外点了杯咖啡，一边漫不经心看着早间新闻，一边喝着咖啡享受片刻的悠闲。等我鼓足干劲回到房间准备开始马不停蹄的一天，就听到床头柜上的手机在震动。还不到八点，这么早打来电话，铁定没什么好事。我急忙接起电话，原来是牧野先生打过来的。我的心咯噔一下，莫名有种不祥的预感。

"喂，我是万愿寺。"

"万愿寺先生，不好意思，这么早打扰您。我实在不知道该怎么办才好，我可是投入全副身家为此一搏的。"

牧野先生哭诉道。

"喂，喂，怎么了？发生什么事了？"

电话那头突然传来牧野先生的咆哮。

"没了，全没了！一条都没了！我的鲤鱼，全军覆没了！"

接着，他再也说不出一句完整的话来。

5

新潟的工作顺利到简直不可思议。原本死都不肯租房的业主，一见面就和颜悦色地说"我在网上看到了"，无须我再多说什么便爽快地签了合同，正好让我得以赶上早一班返程的特快列车。在售票口换好车票，我甚至还有时间可以在小卖部好好挑选一份在列车上吃的盒饭。

我坐上车，享用着丰盛的海鲜套餐，不时把目光移向窗外。然而，窗外的风景却无法吸引我，我满脑子想的都是全军覆没的鲤鱼。

从牧野先生哀怨的语气来看，"全军覆没"应该不是比喻，而是字面意思——鲤鱼一条不剩全没了。如果真是这样，那就不可能是同类相食。显然，要是因自相残杀而数量减少，至少会留下最后的胜利者吧。难道真如牧野先生所料，鲤鱼是被人偷走了？

他说过，在出入口用的是自行车的链条锁，要有密码才能打开。那么，用的应该是那种数字密码锁。自行车的密码锁最多四位，少一点的就两位。四位数的还比较难破解，如果只有两位或三位，破解起来并不困难。如果有人心怀不轨存心撬锁，应该也不是不可能的事。

蓑石村和原间野市的市区相距约四十分钟的车程，两地间山路崎岖，路灯很少，夜间驾车很不好走。如果能赚大钱，说不定还有人会花这个时间。可为了些不值钱的鱼苗，很难想象会有人山长水远跑来盗窃。如此一来，最大的可能性就是搬来蓑石的移居者中有人因个人恩怨存心报复，偷走了鱼苗……真希望不是如我所想。

还有没有什么别的思路，能解释鲤鱼从围闭得好好的，还上着锁的水田里凭空消失了呢……

不知是思考过度让大脑倦怠，还是长途跋涉令身体疲乏，饭后我感到一阵强烈的倦意。待回过神来，离南库市只剩五分钟车程。

一出检票口我就打电话给牧野先生，想告诉他我现在立刻过去。然而，电话却没有接通。我预感到事情可能不妙。

接着，我又打电话回办公室，汇报我已经出差回来了。同样等了很久，才听到科长用不情不愿的声音接起了电话。

"您好，这里是南库市间野区公所复兴科。"

"科长，是我，万愿寺。"

科长的语气立刻变得柔和起来。

"啊，是万愿寺啊，出差辛苦啦。你现在在哪儿？"

"我在车站。科长，牧野先生的事您听说了吗？"

"听说了。竟然有小偷，太可怕了。"

"是不是小偷还不好说，所以，我打算现在过去看看。"

科长停顿了片刻才说：

"好，你去吧。不过，你先回一趟办公室，把观山带上一起去。"

"要带观山一起去吗？"

现在是下午三点，按理说观山手上的议会资料应该做完了。只是，眼看要开例会了，科里三个人就走了两个，总归让人有些不放心。

然而，这只是表面的托词。想到要去见梦想破灭的牧野先生，我的头都大了，实在不想再带上一个新人一起去处理。

"对，我会叫她先做好准备。你差不多一个小时会到吧。"

甭管自己想不想，还是得按领导的要求来办。

"我知道了。应该不用一个小时。"

"好呀，开车小心点。"

我把爱车开出停车场，遵照科长的指示一路小心驾驶。不过，我这辆车和单位的公务车加速性能不同，所以我只花四十五分钟就到了办公室。观山拿着个小包已经等候在办公楼门口。我刚把车停下，她就跑过来，敲了敲车窗。

我打开车门，观山问道：

"万愿寺先生，您要开这辆车吗？还是换公务车？"

的确，政府工作人员开跑车处理公务很容易遭人非议，通常我都会选择换车，可今天我迟疑了一下，还是对她说：

"就开这辆，快上来吧。"

牧野先生没接电话，令我十分不安。我想尽快赶过去。观山没有多问，点点头，迅速坐上副驾驶位。

"哇，太棒了，一点烟味都没有呀。"

"我又不抽烟。"

"我倒不介意别人抽烟，就是受不了车里有烟味。"

"我也是。"

确认观山系好了安全带，我一脚油门把车开出停车场。很快我们驶离市区，开上了通往蓑石的"荷包束口"。上班时间，驾驶自己的车走在这条工作中经常往返的羊肠小路上，感觉有点奇妙。

不知是不是速度太快，观山全身僵直，紧握着把手。我把车速稍微放缓，然后问她：

"这事，你怎么看？"

"什么怎么看？"

"当然是说牧野先生养的鲤鱼啦。他说全军覆没了。"

"什么？全军覆没了？"

观山的反应十分夸张。看来她还不清楚事情的经过。也对，我还没汇报过这一点，她自然无从知晓。

"他是这么说的。他一口咬定鱼被人偷走了。"

观山直挺挺地转过头来。

"会有人偷那玩意儿吗？鲤鱼虽然值钱，但他养的还是鱼苗吧。要是一条价值十几万的锦鲤我还能理解。难道他养的是很名贵的品种？"

"具体我也不清楚……不过，应该没多贵吧。就算很值钱，偷那么多鱼苗能卖得掉吗？"

"就是说啊。所以应该不是被偷了吧。养鱼的那个地方叫什么好呢……那个'养鱼场'，有没有什么异常？"

"据说，四周围了网子，还上着锁，网子也没有被损坏。"

"那就奇怪了。"

观山歪着头嘟囔道：

"所以也不是遭人报复呀。"

我一时之间没跟上她的思路。不过，转念一想，她所说的确实很有道理。如果牧野先生与人结怨，人家故意整他，那应该不会只是把鱼苗偷走。破坏养鱼的设施，冲击力还更大。那人大可割破网子把鱼放走。更过激一点，甚至把鱼毒死，造成一片惨相。然而，现在网子没有损坏，也没有鱼的尸体，光是鲤鱼消失了。这样的整人方式，太不合常理。

"也对。"

"咦？万愿寺先生，您说什么？"

"我说，你说得很有道理。"

车子开出"荷包束口"，进入蓑石村。

既非同类相食，也非被盗，又不是遭人报复故意偷走了鱼，那鱼苗怎么会平白无故从浅池中消失了呢？

牧野先生没有接电话。从他租住的房子里看不到灯光，也听不到声音，他似乎不在家。我绕着房子走了一圈，没看到他的车。牧野先生八成是出门了。

"万愿寺先生！"

观山望着远处叫道。我顺着她的视线看去，只见黄昏下，蓑石村的一角，离这里一百多米的一小块水田里灌着水，围架着一道绿色的网子。和牧野先生说的一模一样。那里一定就是他的鲤鱼养殖场了。

"你看……要是我没看错的话，这也太可怕了。"

"可怕？什么东西？"

我定睛凝视着，然而我的视力似乎不如观山，并未看出什么端倪。

"要不我们过去看看？"

我们的想法不谋而合，立刻迈步走过去。

初夏的蓑石村生机勃勃，环抱村子的山丘已染上一抹新绿。鸠啼蛙鸣，此起彼伏。越走越近，牧野先生的养鱼场已清晰可见。我终于明白观山为什么说可怕了。

"确实太可怕了。"

我喃喃说道。观山默默点了点头。

牧野先生架的网子把水田区隔出一块四四方方的区域，银色的竿子矗立在水田里，竿子上紧绷着细密的绿网。他所言不虚，确实没有一丝缝隙。虽说整体架构并不复杂，但他一个人安装这些想必也费了一番功夫。然而……

渔场上方没有任何遮盖。四周都有网子，上方却空空如也。

怎么会做这么愚蠢的事呢？明明在养鱼，渔场上却不做任何遮盖。牧野先生怎么搞的呀……这简直就是，简直就是……

"这就是个饲料场啊。"

这次换成我对观山的说法默默点头。

没想到会是这样的情况，我长吁一口气。牧野先生说他在网上查过如何饲养鲤鱼，估计网上讲的是在室内养殖的方法，所以他才没意识到这条自然法则——鸟，是会吃鱼的。这一带经常会出没的鸟类，应该是苍鹭。

无论如何反复推敲、缜密思考，都想不到鲤鱼为何会凭空消失。谁又能料到，牧野先生没有做任何防范鸟害的措施呢。

"既然他没想到防范鸟害，为什么又会支网子呢？"

我似乎猜到了答案。

"他是为了防小偷吧。"

牧野先生只想到会有人来偷鱼，却忘了这个世界上还有鸟类和其他的动物。

耳边传来乌鸦的叫声。我和观山凝视着牧野先生梦想的遗迹，不知不觉太阳已西沉。

听说牧野先生打过电话来复兴科。西野科长说：

"他有气无力地说要办迁出手续。"

那栋房子又成了空屋。水田里矗立的竿子、架设的网子再无人问津。科长忧心忡忡地说这样会违反农田用地法，可是他并没有打算自己去收拾，也没有吩咐我们去处理。毕竟杆子和网子的所有权在牧野先生手里，强制拆除的手续可是相当麻烦的。

科长似乎仍然坚信，牧野先生有朝一日会来收拾他的鲤鱼养殖场。

第三章 重书

1

房间里堆满了书，只在靠近门口的地方留下一条勉强能让一人通过的缝隙，其他三面都堆着差不多一人高的书墙。说是书，但只有七成是真正装帧出版的图书，其余三成大多是用线装订成册的，有些甚至只是用个大夹子把一沓纸夹起来而已。我询问那些是什么，得到的回答是——

"都是稀有图书的影印本。还有……简而言之，都是古书。"

南库市的I-TURN援助计划吸引了与众不同的各色人等，其中书墙的主人久保寺治先生的履历尤为引人注目。

久保寺先生是一名历史学家，已经出版了《天选之人——中签将军足立义教的一生》《夺回神器——赤松家族的复兴》《香火钱——中世纪的信仰与金融》《室町时代的农民起义》等多本图书。既然久保寺先生移居此地，我想自己至少应该读一读人家的书，于是看了其中两三本。我不懂分辨文章水平的高低，不过他的文字平实、严谨，由此倒是可见其为人。久保寺先生今年刚好五十岁，留着平头，头发已有些花白。他的脸上颧骨突出、脸颊消瘦，但眼神像孩子一样清澈纯净。

"好多书啊。这些书您都读过吗？"

观山游香看着书墙赞叹道。久保寺先生腼腆地笑了笑。

"没有，看过的还不到一半呢。"

"是吗？那干吗要存这么多书呀。"

观山还是一如既往口无遮拦，我在一旁听得直冒冷汗。久保寺先生的脸上却没有一丝不悦。

"因为啊，要是不买下来，不知道下次还能不能再遇到。"

"这样啊。"

观山兴奋地上上下下看来看去，回应完全没有走心，都不知道她听没听到久保寺先生的回答。

昨天，久保寺先生打来电话，说房子有些问题，于是今天我们赶忙过来察看实际状况。他家的房子位于溪谷附近，是蓑石村数一数二的大平层。这个房间铺着木地板，正中间挖了个坑做成围炉。我们三人端坐在火炉边，看他似乎没有急着谈正事，我和观山便欣赏起房间里堆积如山的图书。

围炉似乎很久没人用过了，可炉灰里还插着一把火钳，炉子上方吊着个挂烧水壶的铁钩，想用的话随时可以再用起来。不过，屋子里存放着这么多书，应该不会再在这儿生火了吧。正襟危坐不到十分钟，我就两腿发麻，换了个姿势。平时吊儿郎当的观山却还直挺挺地端坐在那里，标准的坐姿十分优美。真没想到小姑娘还有这个本事，我心有不甘地暗想。

看观山对书墙赞叹不已，久保寺先生微笑着说：

"这些书并没有你想的那么多，只是我规整得不好而已。毕竟我只是个业余爱好者。"

"业余爱好者？"

我不禁脱口而出。

"您出过那么多本书，绝对是专业学者了。"

"哪里，在学术界，留在大学做研究的才算是专业人士，我这样的民间学者，只能算业余爱好者。"

原来如此。

"对了，蓑石这个地名很有意思呀。万愿寺先生，您知道这个地名的来历吗？"

"我不清楚……"

这个问题，我连想都没想过。他露出老爷爷般慈祥的微笑，向我们娓娓道来。

"据说，蓑石的地名源自弘法大师的一段典故。弘法大师四处云游时，曾来到此地。他被这里秀丽的风光所吸引，离开时竟忘记带走自己的蓑衣。后来，他的蓑衣化成了石头，蓑石就此得名……之后，这片土地一直与佛教有着深厚的渊源。历史博物馆里收藏的圆空佛雕像，据说就是按照蓑石村流传下来的实物复制而成的。"

"这个典故，我还是头一次听说呢。"

我的内心钦佩不已。

"真是受教了，谢谢！"

"哪里哪里，我只是现学现卖而已。我也是最近才在这里的中央图书馆看到的。"

听说图书馆的预算很吃紧，还有人在那里看书真是太好了。久保寺先生讲的典故引发了我的兴致。我继续追问道：

"那，现在那块石头呢？还保留着吗？"

"据说直到昭和时代还保存完好，但是昭和三十四年时刮台风被大水冲走撞碎了。"

"这可不是个好兆头。"

"是呀，之后蓑石村确实也荒废了，说不定真是不祥之兆。"

久保寺先生笑着说。

然而，这个笑话对复兴科的人来说一点儿都不好笑。

突然，一个尖细的叫声从书墙的背后传来。

"伯伯，我看完了。再给我一本。"

用纸门隔开的房间里似乎有人，我没料到房子里还别人。久保寺先生朝着声音的来源，笑眯眯地喊道：

"好的，我马上过去。"

他朝我们欠了欠身。

"不好意思，我过去一下。"

"您有客人啊？"

"这个，算不算是客人呢？邻居家的小孩老来找我玩，本来我也没想过要为他推荐什么书，不过慢慢地我倒觉得还挺有趣的。"

因为工作的关系，我认识蓑石村的每一个人。而会跑来久保寺先生家看书的小孩，我能想到的只有一个。

"是立石家的孩子吗？"

他微笑着点了点头。等他转身离去后，我悄悄对观山说：

"这是一件好事啊。居民之间开始有互动了。"

南库市面向全国开展I-TURN援助计划，以确保能够招募到足够多的移居者。然而，由于移居者的籍贯和年龄层分布分散，也造成一大问题——移居者彼此缺乏交集，住在一起难以融合。实际搬来的移民已经发生过几次摩擦，归根结底都是源自人际关系矛盾。因此，久保寺先生能和邻居孩子和睦相处，真是一个令人振奋的好消息。

然而，观山用一副不可思议的表情问道：

"我看难说啊……立石家的小孩，好像叫速人吧。他不是还没上小学吗？"

"对啊，那孩子今年五岁了吧。"

"这里有五岁小孩能看的书吗？"

观山用食指戳了戳身边书墙上的其中一本，书脊上印着"比较制度分析概论（Ｉ）"。她的质疑言之有理。

"怎么可能，我给他看的是绘本。"

闻声，久保寺先生走了进来。他一定听到我们之间的对话了。

"我的藏书里也有妖怪画册和绘本什么的，这些单纯就是喜好，并非研究。那孩子还不识字，与其说是'读书'，不如说是在'看书'……我最近又买了几本绘本呢。"

"专门为速人买的呀？"

久保寺先生有点不好意思地点了点头。

"不知道那孩子将来会读些什么书，当然我也不想逼他读书，只是还是会想想，到底应该推荐他看点什么好呢。如果我自己有个孩子，也会乐此不疲地为他选书吧。"

速人在久保寺先生的熏陶下，说不定会成为光耀蓑石村的大人物呢。只是不知道那时我还在不在复兴科，真希望我能在更有前途的部门迎接那一天的到来。

闲聊告一段落，我不顾跪到发麻的双腿再次端坐起来。久保寺先生清了清嗓子，切入了正题。

"我这次请两位来，不为别的，主要是想谈谈房子的事。"

"嗯。"

"这间屋子太过老旧了。"

接着，他开始一一列举房子的问题。我一边听，一边做记录。久保寺先生的记性可不是一般的好，房子什么地方有什么问题，在什么情况下发现了问题，他什么记录都没看就说得一清二楚。

漏水、墙面起砂翘皮、地板下陷、下水管道有异味……的确每个问题都让人闹心，不能置之不理。复兴科在招募移居者的时候承诺会提供基本的居住保障，现在总不能说要居民自己和业主去协商吧，我也开不了这个口。然而，我们面临的现实问题是今年的预算已经所剩无几。

我只能硬着头皮说：

"要不再看看情况……"

理所当然，对我的回应，久保寺先生十分不满。然而他并没有破口大骂，只是把脸沉了下来。对这么隐忍的人，我实在说不出"再忍一忍"的废话。再说什么也无济于事，我只好说：

"或许因为这是村子里第一户被空置的房屋，所以才破败得这么厉害吧。"

他轻轻叹了口气，黯然神伤地回道：

"这事我听说了。说是被全村人孤立好像也夸张了点，不过听说这栋房子原来的主人很不受村里人待见。"

对于这栋房屋被闲置的时间，以及业主的联系方式，我一清二楚。至于以前住在这里的人过着怎样的生活，我就一无所知了。

"是吗？具体情况我并不了解。"

他神色一凛。我还以为是自己功课没做足惹他生气了，然而似乎并非如此。他激愤地说：

"是的，以前的住户姓中杉。在太平洋战争末期，全村人都认为战争不会波及这里，只有中杉先生力排众议，积极筹划避难的准备。结果，直到战争结束，他仍然被村民排挤孤立……这真是一个耐人寻味的故事啊。"

"竟然发生过这样的事！"

听我如此感慨，久保寺先生笑着说：

"咦？我还是听你们科长讲的呢。我只是现学现卖，也不了解详情。"

万万没想到这个故事竟出自西野科长之口。他竟然能对这个村子的典故如数家珍。平常看他得过且过，对待工作一点儿都不上心，没想到他对村子里的事还挺感兴趣的。

这时，速人小朋友兴奋地叫起来。久保寺先生望向声音传来的方向，感触良多地说道：

"原本以为，像我这样收藏一大堆破书，尽写些没用的东西的人，只会遭人白眼。没想到，来到这儿竟然被称为'图书伯伯'。能有机会搬来这里，我真是太开心了。"

平时听到最多的就是抱怨，难得从移居者口中说出感谢的话语，久保寺先生的这番话令我十分感动。

"听您这么说，我也很开心。"

"既然如此，那就赶快帮我修修这个房子吧，至少，先把漏水的问题解决一下。"

"嗯，这个嘛，先看看情况。"

2

观光科认为，南库市位处高地，是一个避暑的好地方。

不过，其实七月还挺热的。复兴科的办公室朝西，空调似乎并没有起什么作用，一到下午，房间里又闷又热，湿度大到连文件都受潮卷曲起来。作为市政府的工作人员，穿着自然不能太随意。可到了这个时候，大家都只穿着短袖衬衫工作，外套根本没人穿，只是搭在椅背上而已。为了不让汗水滴到电脑上，我尽量仰着脖子做事，结果搞到腰酸背痛眼睛疼，浑身不舒服。

观山趴在桌子上，每隔十来秒就嘟囔一句"好热啊……"。我知道她正在等商工会的回复，现在没法再接手别的工作，可是看到她那副懒散的样子就让人气不打一处来。不过，她总比西野科长强一点儿。科长刚刚说"我出去抽根烟"，结果一去就将近一个小时。的确，吸烟室可比这儿凉快多了。

"万愿寺先生……"

观山拖长了声音叫道：

"您不喝啤酒吗？"

"怎么突然问起这个？"

"天一热不就想喝啤酒嘛，所以……"

闲得无聊也不要来打扰我工作呀。不过，我正好想点一下眼药水。手离开键盘，我揉了揉眉心。

"等会儿下班回家再喝。"

"好想喝啤酒啊！为什么我要做这种工作呀。"

巴巴地问别人问题，就是为了说这个吗？懒得理她，我伸手拿起桌上的眼药水，打开盖子，头向上仰……眼看药水就要滴进眼睛里时，突然电话铃声响起。我的手一抖，眼药水滴到睫毛上弹开了。

"啊，啊！"

现在要是低头，眼药水就会滴下来，可桌子上的资料绝对不能被弄脏。我仰着头在桌子上四处摸索着寻找纸巾。

观山接起了电话。

"您好！这里是南库市复兴科。"

可能以为是经常打交道的商工会的人打来的，她的语调带着几分漫不经心。然而，接起电话后她的态度一下子就变了。

"啊？哦，好，请您等一下。"

我用眼角的余光看到观山在对我使眼色，八成是出状况了。我无暇再找纸巾，低下头，任凭没滴好的眼药水滴落在桌子上。

观山把电话切换成免提状态，对方的声音直接传出来，是一位年轻女士的声音。

"那个，我的孩子没有回家。说好中午回来的，可是到现在都还没有……"

"您知道他有可能去哪儿了吗？"

"他说要去经常去的'图书伯伯'家。"

打电话的应该是立石太太，所以她儿子就是速人小朋友。我看了一眼表，已经下午四点多了。说好中午回去，当然是指中午十二点。情况确实令人担忧。

"图书伯伯，应该是指久保寺先生吧。久保寺先生不在家吗？"

"他……好像不在家。"

观山瞄向我，用口型示意"警察"。

"您报警了吗？"

"还没有。我怕他只是跑出去玩了，不想把事情闹大……说不定一下子就能找到。只是我们对这一带不熟悉，不知道该从哪儿找起。我也不知道这事儿找你们合不合适，可是现在我真的不知道该怎么办才好了。"

寻人，并非公务员的分内事。虽然服务移居者是复兴科的职责所在，但寻找走失儿童，这是警察的工作。本来调到这个部门已经是破事一堆，现在还要摊上这么麻烦的事，叫人情何以堪。

虽然这么想，但我还是立刻起身，一把抓起挂在椅子上的外套。蓑石村荒废已久，不少地方十分危险。山林、河沟、窗户破了的空屋……一不小心就可能闹出人命。我确认了一下手机在口袋里，扭头对观山说道：

"跟她说，我立刻过去。"

我刚拿起公文包，办公室的门就打开了，一股热浪涌进本来就不凉快的办公室里。西野科长看着我，打着哈哈走进来。

"哎呀，不好意思啊，今天吸烟室人好多。"

不过，他很快意识到办公室的气氛不大对。

他正色问：

"发生什么事了？"

时间紧迫，不容细说，我一边打开包确认东西是否带齐，一边答道：

"立石家的小孩不见了，他说去久保寺先生家里玩，中午就回来，结果到现在都还没回家。久保寺先生也不在家，立石太太又不愿意报警。"

"哎呀。"

科长紧锁着眉头，叹了口气。

"你要过去看看吗？"

"现在就去。"

"那就拜托你了。有什么情况随时联系。警察和消防那边随时可以出动。还有，去之前你先在门口的自动售货机买点运动饮料。"

对啊，天气这么热，很可能会中暑，我怎么把这事给忘了。

科长又对着还拿着听筒的观山说：

"观山，你也一起去，我在这里等电话。"

"哦，好的。"

科长的声音传到了电话那头，扬声器里传出带着哭腔的声音。

"谢谢，真是太麻烦你们了！"

现在没时间去办公务车的借用手续了。平时我大都会开观山的奥拓去，但今天还是开了自己的翼豹轿跑。观山抱着三瓶运动饮料，飞奔过来坐上副驾驶。

从区公所到蓑石，毗连悬崖的羊肠小道是必经之路。虽然形势刻不容缓，但毕竟是出公务，我还是严格地按照限速驾驶。不过，这车过弯道后提速要比奥拓快得多。观山坐在车上说道：

"听说立石先生已经找到工作了，好像是程序员。"

我们收集了蓑石村所有移居者的个人资料，搬来这里后移居者还要主动申报自己的就业去向。立石太太的丈夫从事的——

"应该是系统工程师。"

"两者有什么不同吗？"

"这个问题你得去找系统工程师问问啊。"

越靠近蓑石村路况越差，山间的小路七弯八拐，车身左摇右晃。观山虽然不晕车，可被甩来甩去还是很不舒服。她紧紧抓住侧门把手没再出声。

穿过这段九曲羊肠，观山又若无其事地继续聊起来。

"所以，现在家里应该只有立石太太和速人两个人。"

立石先生的工作地点离市中心不远，今天又是工作日，他确实不大可能在家。

"速人小朋友，可真是元气满满啊，到底跑到哪里去了呢？"

我对后半句没有异议，我们确实不知道孩子跑到哪里去了，但是前半句需要订正一下。

"那孩子并不是很健康，不能说是元气满满啊。"

"哦？是吗？"

"我不是和你说过，要认真研读移居者的资料吗？他们就是我们的服务对象。"

虽然又是老生常谈，但现在的情形下，观山只能赶忙认错。

"明白了，以后我会多注意的。"

立石太太名叫秋江，立石先生名叫善己。善己先生之前是东京一家公司的系统工程师团队负责人，工作繁忙但收入颇丰。秋江太太在超市兼职，负责管理食品区。六年前，儿子速人出生。提起这件事时，善己先生告诉我：

"我从来没想到，人生还能体会到这样的喜悦，或者说幸福。"

立石家之所以申请搬来蓑石，主要考虑的是速人的健康问题。之前，速人经常皮肤红肿、发高烧，好几次住进了医院。发病的原因尚不明确，可一到乡下的爷爷奶奶家，孩子的笑容就变多了。于是，他们怀疑会不会是东京的环境不利于速人的健康。

"工作当然是在东京更方便，但总不能以孩子全身红肿为代价，去换取自己工作上的便利啊。"

据我所知，搬来蓑石以后，速人还没有出现过严重的身体不适。可能真的是环境改变带来的成效，也可能是随着成长，儿时的症状自然得到了改善。不管是什么原因，立石家都是蓑石村移民计划最成功的案例。

听完我的话，观山望着窗外，喃喃自语道：

"所以，现在立石太太肯定很担心吧。"

平时从区公所到蒉石少说也要开四十多分钟，今天开着我的轿跑只用了三十七分钟就通过了这一路的羊肠小道。可能是听到了引擎声，我们的车子刚驶到立石家门口，立石太太就冲了出来。她身上穿着一件领口有点松的灰色短袖T恤，配着一条浅粉色的裤子，看来她连家居服都还没来得及换掉。没等我停好车，她就朝着我们鞠躬致意，我也赶紧坐在驾驶位上点头回应。

一下车，我先抱歉地说：

"情况紧急，所以我就开了一辆速度比较快的车。"

公务员开跑车很容易引起民众不满，不过立石太太看起来一点儿也不介意。

"太感谢了。不好意思，有劳你们特地赶来。"

说来，她又朝我们深鞠了一躬。电话里听起来她十分慌乱，实际见面后情况还好。当然，说不定她只是强作镇定。

"速人回来了吗？"

要是人已经找到了，我们就是白跑一趟，当然那样最好。然而，情况并不乐观，立石太太摇了摇头。

"还没。"

"这样啊……您已经找了一轮了吗？"

"我怕我出去找他，他回来看不到我又跑出去，所以没敢去太远的地方，一直就在附近打转。"

"我明白了。我们会尽力而为。只是，我们也不是警察，能做的事情有限。就算通知了警察和消防部门，要是等到太阳下山了就没法再搜救了。所以，如果您愿意报警的话，还是尽快为好。"

立石太太的眼睛不安地游移了一下，还是肯定地回答：

"先不要报警，还是看看情况再说。我刚刚也给我丈夫打过电话了，他也同意先这样。"

我理解他们不想把事情闹大的心情，要不要报警还是得由他们自己决定。

"我丈夫也在往回赶，估计没那么快能到。"

"我知道了，那就我们几个先开始找。"

观山在一旁问道：

"速人是朝久保寺先生家的方向去了吗？"

"是的。"

"你看到他往那个方向走了？"

立石太太点点头。

"虽然我没有一直盯着他，但是从我家二楼阳台晾衣服的地方可以看到久保寺先生家。我亲眼看到速人朝着他家的方向走过去了。那边就只有一条路。我当时在晾衣服，没有一直看他走进久保寺先生家，可是他如果原路返回，我肯定会留意到。"

"所以，速人并没有回来。"

"对。"

我们三人一起朝久保寺先生家的方向看过去。

连接立石家和久保寺家的，是一条顶多能容纳一辆车通过的柏油路。道路两边以前都是水田，所以比路基要矮一截。此时正值盛夏，杂草丛生，郁郁葱葱。

蓑石村由南向北像一个椭圆形的鸡蛋。立石家位于村子的东北角，久保寺家还要再往东北方向过去一点，几乎已经到了村子的最边缘。再往前走就是数米深的悬崖，悬崖下流淌着一条小河。

悬崖、河流……突然，我有一种不祥的预感。不过，没实地去看过，什么都不好说。

"我们过去看看。速人走的时候穿着什么衣服？"

"一件蓝色素面的短袖T恤，配一条白色短裤。"

"脚下呢？"

"脚下？"

立石太太不解地问了一句，随即笃定地回答：

"穿着一双绿色凉鞋。"

"我明白了。那个，速人有带手机吗？"

我的问题戳到了立石太太的痛处，她一脸懊恼地说：

"没有，我没给他用手机，要是有手机，现在就……"

毕竟速人年龄还小，没让他用手机也很正常。不过，我没把这个想法说出来。现在不是讨论速人该不该用手机的时候，而且这也不是复兴科应该插手的问题。

最后还有一件事，本来我不想提，但现在非确认一下不可。

"另外……速人有没有什么会急性发作的疾病呢？"

"急性发作？"

"对，像小儿哮喘之类的。"

直接问别人的病史是我们工作中的一大禁忌，从社交常识来说这样很没礼貌，有的民众甚至会觉得自己被冒犯。可要是孩子因什么急性发作的疾病不能动弹的话，那必须争分夺秒处理，我们最好带上急救的药物再去搜索。所幸立石太太并没有表现出不快。

"还好，这个不用担心。速人虽然常常生病，但还没发生过因为突发疾病不能动弹。"

"明白了。我要问的就这些。立石太太，您还是留在家中等待吧。"

我拿出名片递给立石太太，她也回过神来说道：

"对哦，我也把手机号码告诉你们。"

"这是我的号码。"

观山也掏出名片。我们三人彼此交换了电话号码。

立石家与久保寺家相距约两百米，没有远到非开车不可。可是，如果有什么特殊情况，还是有车更方便。于是，我伸手准备打开车门。这时，观山问道：

"我们是分头行动，还是一起去找？"

我想了一下，之后可以分头行动，现在首先应该把久保寺家周边搜索一下。

"先一起走吧。"

立石太太再次朝我们鞠躬致意。我坐上驾驶位，发动引擎，轿跑发出一阵低沉的轰鸣声。

曾经是水田的土地上杂草丛生，几乎看不见地面。向着阳光努力生长的荒草，已经将近一米高。速人要是倒在这片荒草丛中，一眼望去只怕无从发现。不过，我还是一边开着车，一边仔细观察路两旁是否有孩子的身影。

久保寺先生家门前有一大片用于大型农机掉头的空地，我把车头调好之后停了下来。

"这栋屋子，可真够旧的。"

观山下了车，自言自语道。我深有同感。

我们介绍给久保寺先生的这栋房子是一间平房，房龄已经老到无法核实究竟是何年何月所建。教育委员会甚至讨论过，是不是应该把这里列为文物保护单位。当时的报告上写着:这栋老屋虽年代久远，但距今应该不超过八十年，因此历史价值不高。建筑本身只是普通民宅，无太多特色，房屋又经过多处改建，未能保留原貌，故未达到申请文物保护单位的要求。

房子的大门是铝合金的，旁边装着一个门铃。我按响门铃，等待了片刻。

十几秒后，观山说:

"果然没人在家。要是能证实一下就好了。"

"对，我们来确认一下。"

我掏出手机，找到久保寺先生的电话号码，拨了过去。

观山表情夸张，一副不可思议的神情。

"你的手机里居然存着久保寺先生的电话啊。"

"当然了。"

我手上只有每家户主的信息，所以之前并不知道立石太太的手机号，但久保寺先生的号码早就保存了。

"您怎么不早说能联系上他呢?"

"我怎么知道你不知道啊。"

电话接通，过了几秒久保寺先生就接起了电话。他那头非常嘈杂，应该是身处闹市。听说速人去往他家，现在找不到人了，久保寺先生悲痛地大叫一声：

"那孩子不见了吗？"

我询问后得知，久保寺先生因工作关系去了名古屋，预计后天回来。家中他都上了锁，连电源总闸都关闭了。速人说不定会自己溜进屋子里，我又问道：

"您有没有把钥匙藏在什么地方？比如花盆下面或者邮箱里？"

"没有。钥匙我带在身上呢，孩子应该进不去。"

他停顿了片刻，又说：

"不过，我不确定窗户是不是都锁好了，有些小窗子大人爬不进去，可小孩说不定轻而易举就能钻进去。"

"速人是那种会爬窗钻进别人屋子的小孩吗？"

"这可不好说。虽然他体弱多病，可这个年纪的小孩都喜欢探险。而且我跟他说过，我出去散步或者买东西不在的时候，他可以自己进去看书。说不定他会想办法进入屋子里呢。"

我的脑中突然闪过一个问题。

"您家中应该有些重要的资料吧。您不担心吗？"

电话那头的声音一下变得柔和起来。

"那间屋子有足够多的房间。我特别准备了一个房间给速人用，里面放的书比较有趣，适合孩子阅读，而且那些书很容易买到。我也不是什么藏书家，纯粹只是收集些资料，对书况并不那么在意。"

"速人小朋友一定很开心吧。"

"谁知道呢。他每次都说看完了，吵着要看下一本。"

虽然有可能漏掉了什么细节，但大致的情况我已经了解。

"我再找找看有没有别的出入口。"

"有什么能帮得上的，请随时跟我联系，我会一直开机的。"

"好的。不好意思啊，突然给您打电话。那我先挂了。"

我刚准备结束通话，把手机从耳边移开，突然听到手机里传来一声大喊。

"等一下！"

"喂？"

"如果找到速人，也请立即通知我，我也很担心。"

即便隔着电话，我也能感受到久保寺先生流露的真情实意。平时被孩子仰慕，被尊称为"图书伯伯"，他怎么可能不担心呢？

"我明白，一有消息我会立即通知您。"

说完，我挂断了电话。站在一旁的观山也大致听到了我们通话的内容。

"久保寺先生说他锁好门窗了？"

"对。"

我一边观察着他家的这栋平房，一边把手机放回口袋里。速人真的溜进屋子里了吗？

速人为了看绘本前往久保寺先生家，这点是立石太太亲眼所见。久保寺先生不在家，速人应该无法进入屋子里。那么，他会怎么做呢？为了找到他可能采取的路线，我又围着屋子打量了一圈。

从立石家延伸过来的这条道路，到了久保寺家随即右转。沿着这个弯道往下，便是另一户移居者的家。随后，道路分岔，一边去往田间小路，一边去往蓑石村的其他地方。因此，再往前就没有明确的目标，不好找了。

我看着道路前方的另一户屋子。

"那间房子是……"

"是好川家。"

"没错。"

好川家移来的是夫妻二人，两人都年近六十。老公过了五十岁以后迷上了溪流垂钓，于是从原本工作的电机制造厂提前退休，硬拉着老婆搬来蓑石。老公一门心思扑在了钓鱼上，今天钓鲑鱼，明天钓鳟鱼，不亦乐乎。老婆则每天开着车到市区的文化教室学这学那。不过，他们倒也未必每日都不在家。

"要是好川家有人，一定会看到速人经过。"

速人在看到久保寺先生不在家后，沿着柏油路继续走的话，不是经过立石家就是经过好川家。然而，观山歪着脑袋怀疑地问：

"万愿寺先生，难道速人不会走道路以外的地方吗？"

"道路以外，你是说这片荒地吗？"

我指着那片荒草，观山迟疑了一下，点点头。

"呃，对啊，如果他从这片田野钻过去，那去到哪里就不好说了。"

我也不是没考虑过这一点，但是……

"刚刚立石太太说，他穿的是短袖短裤，还穿着凉鞋。"

"没错。"

"他穿的衣服，露出一大截胳膊和腿，穿成那样想要穿越草地可不容易。而且，这个季节的草特别硬，被半高的草刺到会非常痛，还有可能划伤皮肤。就算孩子冒险闯入，也很快就会折返。"

观山目不转睛地看着我。

"怎么了？"

"怎么说呢，您好像很有经验嘛。"

"我小时候也干过这种事。小孩子嘛，都喜欢人迹罕至的草地或是秘密的洞穴。"

"我很难想象万愿寺先生小时候是什么样子，总觉得您一出生就在当公务员了。"

现在可不是胡言乱语的时候。

可以明确的是，速人确实前往了久保寺先生家，所以必须好好搜索一下这栋房子的周边。另外，最好能向好川家打听一下情况。现在必须开始分头行动。

我在想是不是应该开车过去，但是去好川家的途中说不定能找到什么有用的线索，所以还是决定徒步前往。不过，既然如此，谁去打听都一样，不如把这件事交由擅长与人打交道的观山来办。

"要是发现了什么线索，我会立刻联系您。"

说完，观山就朝着好川家的方向走去。

我又返回久保寺家。蓑石的房子虽然建得不算精致，但面积都很大。久保寺先生家的房子也有相当规模，搞不好屋子还有什么出入口没有上锁。我先走到大门口，推了推铝合金的大门，确认了门锁的确扣得严严实实。想到速人很可能还在屋内，我深吸一口气，大声喊道：

"速人，立石速人！"

若是速人突然听到不认识的大哥哥在叫自己的名字，很可能会吓得不敢出声。于是，我赶忙又加了一句——

"你妈妈在找你呢。快出来吧。"

我竖起耳朵听了听，并没有人回应，只能听到潺潺的流水声和风吹着树叶的沙沙声。除此之外，没有任何动静。

我顺时针绕着屋子转了一圈。

檐廊边残留着雨痕的木窗也都被关得好好的。我试着拉了拉，窗户只是晃动了一下，并没有打开。这些窗户没多结实，要是一个大人想硬闯进去，用身体应该能撞开。但从眼前的情形来看，速人应该不是从这里进去的。

我转过一个弯，与主屋相连的一间小屋映入眼帘。小屋的房顶和墙壁都是用铁皮制成的，比主屋明显要新得多。入口处没有门，屋子里一片漆黑。一走进去，空气中弥漫着一股灰尘的味道。这里以前应该是用来放农具的。墙上还挂着生锈的镰刀，没有铺水泥的泥巴地上残留着拖拉机之类的轮胎痕迹。地面上散落着一大堆杂物，油漆桶、铁锹，还有不知道干什么用的长棍……但是，并没有通往主屋的门。

我又走过一个转角，绕到主屋后面。

这栋房子就建在山崖边，但并非紧贴着山崖。从房子外墙到倾斜的山崖大约有五米的距离。按理说，即便是绕着屋子转来转去也不至于不小心掉落山崖。但是保险起见，我还是决定到山崖下看看。

山崖比想象中平缓得多，以这个坡度，勇敢一点的孩子甚至可以拿快递箱做成雪橇滑下去。山崖上杂草丛生，再往下是一条小河。两岸都是硬邦邦的岩石。蜿蜒的小河水流湍急，对岸几乎是呈九十度垂直的峭壁，而这一边却是十分平缓的斜坡。这样的地势应该是以前改良土地的成果。在这里也没看到速人的身影。

"看起来他不可能顺着这条河再往下走了。"

河的两岸地势险峻，对于还没到学龄的幼儿来说，看着两岸高出自己一倍多的岩石峭壁，就算不望而生畏，穿着凉鞋也走不了太远。

于是，我还是决定回去继续对屋子进行搜索。首先，屋子有一个后门，另外厕所、浴室等房间有几扇小窗。后门是铝合金的平开门，我转动了一下门把，门锁得很紧，只发出咔嗒咔嗒的声音。小窗很高，没有垫脚的东西小孩根本爬不上去。保险起见，我还是检查了一遍，窗户也都锁得好好的。

我又绕过另一个转角。

这里有一片洼地，以前可能是池塘。旁边还有一座杂草覆盖的小土坡，看起来是用挖池塘的土堆积而成的。

"不对。"

这里总觉得怪怪的。对比这个池塘的深度，这个土坡明显要高得多。

虽然对这里存疑，但当务之急是检查门窗。

这一边都是日常生活用的房间，齐腰高的窗户一字排开。我一一确认是否上锁，结果每扇窗都锁得好好的。久保寺先生的居家安全做得很到位。连窗帘都拉得严严实实的，无法看到房间内的状况。从外面看来，窗帘的质地十分老旧，估计也是前任住户留下来的。

屋子的四面都检查完毕。虽然门窗很多，但无一能打开。当然，还有一种可能，就是原本有门窗并没上锁，速人进去以后才从里面反锁上的。但要是这样，他听到我的呼唤，应该会回应才对。久保寺先生也说他锁好了门窗，所以现在应该排除门窗没锁的可能性。

我又回到大门口，看向前方的道路，观山刚好也从好川家那边回来了。她举起双手，在头顶上比了一个大大的圆。不知道她是什么意思，难道是说找到速人了？我心中暗想。可是，观山的脸上并无喜色。她小跑过来，喘着气说：

"都没看到。"

"你是说，好川夫妇也没看到速人？"

"对。"

"那你刚才比圈是什么意思？"

"我是说，成功见到好川夫妇了。"

搞那么复杂干什么……

襄石村内没有阻挡视线的高楼，除了山峦环绕，地势起伏并不大。盛夏火辣辣的阳光照射着村庄，我遥望着前方，强忍住叹息。

"这下线索断了，我们无从下手了……"

观山一听歪着头赶忙摆了摆手。

"不对，不对，您理解错了。"

"什么呀？"

观山指着好川家的方向，一鼓作气地说道：

"我的意思是，好川太太下午在自家檐廊下写生，她一直看着前面这条路，可并没有见到速人。怎么是线索断了呢？这可是一大线索呀。"

"原来是这样。"

如此一来，情况就大为不同了。以速人的着装，想要穿越以前是水田的荒地非常困难。如果沿着柏油马路走，必然会经过立石家或是好川家。

立石太太看到速人朝着久保寺家的方向走去，却没看到他回来。而好川太太一直看着门前的路，却没见到速人经过。那么，速人一定还在久保寺家附近。

"久保寺家后面可是一个山崖，不会出什么事了吧？"

观山紧张地问。

"不会，那儿虽然是个山崖，但实际一点也不陡，不至于会滚落。而且，就算滚落，以那个坡度速人自己也能爬上来。"

"难不成，是掉到河里了？"

"这个嘛……从河的位置来看，除非他要跳河，不然不会掉进去的。"

速人本来打算去久保寺家看书，说好中午就回来。虽然久保寺先生不在家，但他和速人说过，就算自己不在家也可以进屋拿书看。这种情况下，速人怎么可能专门跑到屋后，冲下斜坡跳入水中呢？

可是，如果速人真是被河水冲走了，或是中暑昏倒在草地里，那情况就十分危急了。但现在绝不能轻率地下结论。

"观山，给立石太太打个电话，告诉她我们调查的情况。让她重新考虑一下是否要报警。"

"明白。那您呢？"

"我？有个地方我觉得有点奇怪。"

然而，实际上我并不知道哪里奇怪。话说出口，我才明确意识到自己心中的疑惑。

久保寺先生家真的没有别的出入口了吗？

我丢下正准备和立石太太联系的观山，反方向再次绕着久保寺家走了一圈。

屋后有一个干涸的水池和长满杂草的土坡。我没有什么拿铲子挖洞的经验，所以并不能一口咬定问题出在哪里。可是，这个土坡怎么看都高得不对劲。很明显，土坡的体积要比水池的容积大得多。土坡的占地面积不小，虽然高度不足一米，但这么多土恐怕一辆卡车都装不完。

那么，这些土是从哪里来的呢？是从什么地方挖出来的？能从哪儿挖出来呢？

最大的可能性，就是垃圾填埋场。

过去垃圾处理系统不像现在这么完善，许多家庭都在自家院子里处理垃圾。可燃垃圾直接堆在院子里点燃，或是在自家的小型垃圾焚化炉里烧掉。严格控制个人焚烧垃圾，是近几年才开始的。我记得，之前因为塑料焚烧会产生二噁英（**注：氯代含氧三环芳烃类化合物，毒性因氯原子的取代数量和取代位置不同而有差异**）的问题，还引发过大家热烈的讨论。

除了焚烧，也有很多人会用掩埋的方式来处理垃圾。能分解的垃圾，大家就会选择埋到地下。而且，焚烧垃圾产生的渣滓和灰烬也需要掩埋。这个土堆会不会是为了挖坑掩埋垃圾而形成的呢？

我又看了看那个干涸的池塘。

"那么这个池塘又是干什么的呢？"

这个池塘也很诡异。这个位置既不是大门口，又不是农具房，也不是后门，没人会把这样的地方整饬出来当庭院。无端端在这里挖一个池塘，意欲何为呢？

难道是为了让人以为"那个小山坡是挖池塘的土堆积而成的"？也就是说，池塘只是个幌子？我是不是想太多了。

为何会有一个池塘，还有一个土坡？速人现在到底在哪里？我有一种预感，这三者之间会不会有所关联。

我想到一个人，随即从口袋里掏出手机。这个人应该可以证实我的猜想。

3

电话那头的声音威严浑厚，语气明显透着不悦。

"这里是南库市区公所复兴科，哪位？"

"科长，我是万愿寺。"

一听是我，西野科长的语气顿时缓和了许多。

"原来是你啊，真是的，吓我一跳。"

究竟是受了多大的惊吓，要那么凶神恶煞地对待打来电话的人呀。不过，现在可没工夫去质疑上司接电话的态度。我正在思索该从哪儿说起，科长先开口问道：

"怎么样？找到孩子了吗？"

"还没有。情况似乎不太妙。速人如果沿着马路走过去，立石太太或者好川太太一定会看到他，可是她们都说没见到人。"

"这……可有点麻烦了。"

科长严肃地说：

"要是晕倒在草地里，很可能一下子找不到，要不要找消防员来救援？"

"我让立石太太自己决定，现在观山正在和她联系。"

"好的。我已经给消防局打过电话了，他们随时可以出动。"

电话里传来椅子发出的嘎吱声。复兴科的每一把椅子，一坐上去就会嘎吱作响，发出哀号般的声音。

"所以，你是打电话汇报情况的？"

"不是，我有件事想问问您。"

"问我？我对那孩子的事可一无所知，我连自己家孩子的状况都不了解。"

"我是想问问您，久保寺家以前住户的事情。"

椅子的嘎吱声响得更厉害了。

"你说中杉先生啊……他早就过世了，走的时候很凄凉啊。这和速人有什么关系吗？"

"我认为，速人很可能会想办法进入久保寺先生家。因为久保寺先生说，他和速人说过，就算他不在家速人也可以随时出入。而且，我想不到速人还有什么别的地方可去。"

"哦，嗯，对。"

科长的回应很敷衍。他说对那孩子的事一无所知，应该所言非虚。不管这些，我继续往下说：

"然后，我就想起一件事。久保寺先生说过，这个屋子之前的屋主中杉先生曾受村里人排挤。"

"万愿寺，你连这件事都知道了呀。"

我知道又怎么了？我很想反问科长，但他先回应了刚才的问题。

"说排挤有点太夸张了，他只是受了些冷眼罢了。"

"久保寺先生说，中杉先生是因为在战争时期做避难准备才遭人冷眼的，而且他说这是您告诉他的。"

电话那头，科长沉默了片刻。

过了一会儿，他才用惯用的口气岔开了话题。

"他连这个都告诉你啦。所以呢？这有什么关系？"

接下来才是重点，我用力握紧手机。

"他做的避难准备，到底是什么？"

"你这个问题可真古怪。"

科长干咳了一声。

"有时间问这陈芝麻烂谷子的事，不如赶紧去找孩子。"

"我就是为了找孩子才问的。"

"你是不是发现什么线索了？快告诉我。"

我看了看干涸的池塘，又看了看小土坡。如果挖池塘是为了掩盖挖另一个地洞，那另一个地洞是用来干什么的呢？

在太平洋战争期间，全村人都认为蓑石不会有什么危险，中杉先生却独自默默在做避难准备。他所做的避难准备具体是什么呢？

这两者之间一定有什么关联。

我咽了一下口水。

"中杉先生是不是挖了一条防空洞？"

蓑石不像是会成为空袭目标的村庄，所以村民们并没多做防备。大家仿佛形成了默契，只要不做防备就代表平安无事，而谁去做防备就等于破坏了既有的秩序。就像一开会讨论泥石流灾害防控，就会有人跳出来反对，说这一带又不会发生泥石流。火灾警铃响起时，第一时间逃出来的人总会被嘲笑。这样的心态如出一辙。何况是战争这样特殊的时期，更会被要求与大家步调一致。

然而，中杉先生为防万一还是悄悄挖起了防空洞。这事要是被人知道了，肯定会遭来大家非议。

电话那头，科长嘟囔了一句：

"万愿寺啊，我还以为你是一根筋的人呢。"

"科长！"

"哎呀，具体怎么回事我也不是很清楚，不过，你猜得没错，他一个人悄悄挖防空洞的事被村民发现了。"

果不其然。

中杉先生想瞒着大家偷偷挖条防空洞，可是蓑石就这么大点地方，在户外挖防空洞立马就会暴露。那么，他会在哪儿挖呢？当然只能是在自己家了。农具房显然还很新，应该是战后才盖起来的。由此推断，防空洞应该就在主屋里。

"这个防空洞，是从屋内通向室外的吗？"

"我都说我不了解具体情况啦。"

手机听筒里传来一声长叹。

"这个呢，按理来说，防空洞当然是通往室外的。挖防空洞就是为了遭遇空袭时能逃出去，要是没有通往室外的路，不就被瓦砾埋起来了吗？"

"那么出口会在哪里呢？"

"万愿寺，难不成你认为速人那孩子是从防空洞进入了久保寺先生家？"

我毫不犹豫地答道：

"对，我就是担心这个。"

如果久保寺先生和速人提起过防空洞的事，速人一定会很感兴趣。小孩子嘛，都喜欢秘密通道什么的。说不定久保寺先生告诉过他出口的位置，也有可能他自己找到了防空洞的出口。

"原来如此……不可能啊……"

"什么不可能？"

"没事，我总觉得吧……总之呢，我不知道防空洞的出口在哪儿，但这条通道肯定是在不容易被人发现的地方。"

科长这句话说了和没说一样，却提醒了我。中杉先生肯定把防空洞的出口设在了避人耳目的隐蔽位置。

这样的位置，只有一个。

"谢谢科长，我等一下再打给您。"

我挂断电话，拔腿就跑。

绕到主屋后边，我小心地滑下挨着小河的山崖。山崖虽然不低，但坡度平缓，并无多大危险。

我站在布满岩石的河滩上，回望刚刚爬下的山崖。如果要在久保寺家地下的位置挖一条防空洞，想打通一个不为人知的出口，最好的办法就是横着挖。朝着河流的方向挖过来，就能从悬崖的半山腰开出一条通道。

在斜坡上开通出口，从上往下看不容易被发现，但从下往上看应该就好找得多。我搜索着山崖。

"找到了！"

半山腰上，离久保寺家的屋子四五米处有一块奇怪的凹陷，被杂草半掩着，仔细看确与别处不同。我攀上斜坡一看，那个凹陷处有一扇破旧的开着一条缝的门。门洞的高度刚好够一个孩子出入，里面是一条黑黢黢的隧道。我猜对了，就是这里，肯定没错。

"万愿寺先生！"

这时，远处传来观山的呼唤。我过来的时候没和她说一声，于是急忙回应。

"我在这儿！"

顺着我的声音，观山一步步找到这个地方。看到我，她惊愕地问：

"您在这儿干什么呢？"

"立石太太怎么说？"

"她说先和丈夫商量一下再决定要不要报警。问题是，你到底在干什么呀？"

我招手叫她过来。

"我找到秘密通道了，能直达久保寺先生家的通道。"

"真的假的？"

观山一脸惊愕地大叫道。她顺着斜坡往下滑，冲得太急差点滑过头，我赶忙伸手抓住她的手腕。观山不好意思地笑了笑，立刻调整姿势站稳了脚跟。她看到斜坡上的凹洞和门，露出难以置信的表情。

"这是什么？怎么会有这样的东西？"

"这是防空洞。"

"防空洞？怎么回事？"

"我回头再和你解释，走吧！"

这地方年久失修,门、门框、门的合页都已腐坏断裂,门上没有把手,我用手指轻轻一勾门就打开了。

午后,西斜的阳光照进了通道,里面足够宽绰,但是很矮,我们都得猫着腰才能钻进去。进去几米后又有一扇门,这扇门没有经过日晒雨淋,所以保存完好,没有明显的伤痕。门没上锁,观山在我身后问道:

"速人在里面吗?"

"我也不知道。"

我多希望他就在里面呀。只要开启这扇门,就知晓答案了。

我打开第二扇门。

这里的洞高不像前边那么矮,但还是无法站直身子。外面的光线几乎照不进来,眼睛已经适应了刚才大太阳底下的强光,现在就算眯起眼睛也什么都看不到。不过,我隐约觉得,这里不像是通道,更像一个房间。

出门时我们都没带手电筒,于是不约而同掏出手机举起来,屏幕的光芒顿时照亮了四周。

这里空荡荡的,什么都没有。地板和墙壁都铺了木板,看起来是个像样的房间。西野科长和久保寺先生说,中杉先生是独自在做避难准备,但我估计并不是真的只有他一个人,他一定还有家人。只为一个人做避难准备的话,这个六七平方米的房间,未免也太大了。真不敢相信这么大的空间居然是徒手挖出来的。身临其境,让人不由得切实感受到中杉先生当时的危机感。

"万愿寺先生,您看那个。"

在一片黑暗中,我顺着观山手指的方向看去。在微弱的光源照射下隐约可见一大堆书凌乱地散落在地上,旁边还莫名其妙地放着一把笤帚。

"这是前任住户的藏书吗?"

"不,我觉得不是。你瞧那个,那边有个梯子。"

在书堆里架着一把梯子,估计是紧急避难时用的。所以,梯子的上面应该就是主屋了。

我小心地避开书堆，走到梯子旁边抬头一看。短短的一节通道顶端有一条很大的裂口，应该是主屋地板裂开的口子。阳光从那道口子投射进来，光影下尘埃飞扬。

"所以，这些书……"

观山似乎点了点头。

"这是久保寺先生的藏书吧。书太重，把地板压垮了。"

防空洞的出入口一般会藏在地板下方，而出入口的上方不能设置补强地板用的支架和桁架，因此承重力较差。之前，久保寺先生抱怨房子老旧时，也提到过有的地方地板下陷的问题。那应该就是地下有防空洞造成的。

"真倒霉……"

不难想象，等久保寺先生出差回来，看到自己的藏书掉到防空洞里会是怎样的心情。想到他震惊的样子，我就恨不得把这些书都藏在地下，假装一切没有发生过。

"速人进到屋子里了吗？"

我自言自语嘟囔了一句，一脚踏上梯子。

正在这时，观山尖叫一声：

"万愿寺，脚边！"

"啊？"

我一惊，已经提起的脚悬在半空中。我缓缓把脚放回原地，看向脚下。只见那堆书的下面好像压着一个白色的东西，细细长长，有三四根。

"不好！"

那是人的手指。

我们同时把手机对准那堆书。借着手机屏幕微弱的光亮，终于看清了书堆下面的情况。没错，是个孩子——是立石速人。他被埋在了书下，一动也不动。我打了个冷战，赶紧蹲下来，摸向他的脖颈。

起初我什么都感觉不到。是不是自己按压得太用力了？我顾不得灰尘和霉味，深吸一口气，又按向他的颈动脉。

在动，还有脉搏，他还活着。

我不假思索立刻大叫：

"观山，快联系立石太太！我叫救护车！"

                    4

以我过往的经验，从拨打急救电话到救护车到达蓑石，差不多要四十分钟。可这次一路上各种不顺，救护车花了五十分钟才赶到。从这个特殊的位置把速人搬运出去，又花了差不多二十分钟。

速人的头部遭到重创，但所幸并无生命危险。可是否会留下后遗症，立石夫妇并没有告诉我们。

此后过了一段时间，立石善己先生来到了复兴科。他心中一定憋着一股火无处发泄，但并没有表现在语气中。他只是用公事公办的淡淡的口吻说：

"跑到那么危险的地方出了事，是我儿子自己的责任。没有及时制止他，是我们当父母的疏忽……可是，要两个多小时才送去医院，这不是我儿子的问题，也不是我们夫妻的问题。感谢你们为我们做了那么多，可我们不能把孩子放在一个去趟医院都要花两个多小时的地方成长。谢谢你们了！"

另一位当事人久保寺先生的境遇则更为悲惨。得知自己的藏书压垮地板，砸伤了速人，他紧闭双唇，一语不发。面对蜂拥而至的报纸、电视台的媒体记者，他依然什么都没说。本来就偏瘦的久保寺先生，脸颊变得更为凹陷，面色憔悴，难掩悲伤。

唯一值得欣慰的是，经过警方的调查，地板并非因书太多太重才被压垮的，而是速人找到防空洞后，为了进入主屋拿起手边的扫帚向上戳，才造成了地板塌裂。

然而，复兴科没办法把这一调查结果当面告知久保寺先生了。他早已留下一张字条，写着"对不起，我无言以对"，离开了蓑石村。

那间中杉先生曾经住过，后来租给久保寺先生的老屋，又变得空无一人。而那些被遗留下来的书籍，是要当成失物交给警察，还是暂由复兴科保管，直到久保寺先生回来呢？抑或就这样让它们在无人居住的老屋中慢慢腐坏？西野科长一直没有定夺。

第四章

黑网

1

残暑渐消，秋风日起，时而清凉舒爽，时而寒气逼人。从高岗俯瞰蓑石，秋色正浓。不过，仔细观察就会发现，满眼枯黄中还夹杂着新车的雪白和路上玩耍的孩子身着的粉红。如果原本的居民都不在了，这个地方还能叫作蓑石？地名本该是和住在当地的人密不可分的吧。我们是不是该预计到会有人提出这样的意见，从而早做打算呢？南库市I-TURN援助计划几经波折，许多移居者已离蓑石而去。但是，只要还有人在，这片土地依然有机会重新焕发新生。只要留下的移居者能在这里落地生根，这个项目就能开展第二波招募。只要不断有新人迁入，迟早有一天会有人提议更改地名吧。

如此一来，想必我们的工作又会增加不少。

"村子慢慢热闹起来了呢。"

观山用手遮挡着西晒的阳光，笑着说道。

观山入职已有一年半，差不多也该摆脱职场"小白"的感觉了，可她身上总还透着几分学生气。今天也不例外，虽然穿着笔挺的藏蓝色制服，手腕上却套着个像手镯一样用来扎马尾的发圈。这种不符合公务员身份的装饰难免会招来民众的批评，想到这个我就有点头痛。不过，也许正是因为和一般的公务员不同，她特别容易和人打成一片，在移居者中颇受好评。世事难料，我们不知灾祸为何而起，也不知道幸运因何而来。

"好嘞，开始工作吧。"

不能光顾着在这儿欣赏风景，我们面前一如既往还有堆积如山的工作。

今天来这片高岗可不是为了远眺蓑石村的全貌，而是因为在高岗旁有一道水泥墙依山而建，有移居者前来询问这堵墙是不是为修复塌方而建。

繁复的市镇合并工作完成后，蓑石村的公共建设记录非常混乱。

土木科说，他们也不知道资料到底放在哪里，当时的文件都没有电子记录存档，没法一下找到。所以，我们只能先来实地考察一下。情况一目了然，这里确实有过塌方的痕迹。环绕着斜坡用水泥加固了十多米。我用相机拍了下来。这点工程想必很容易就能找到当时的负责人。

"好了，我们走吧。"

我叫了一声观山。她拖长调子含混地应了一声，慢吞吞地坐上副驾驶位。我也钻进公务车，正要发动引擎，观山说道：

"我们完全就是来打杂的嘛。"

"新家屋后有塌方的痕迹，换成谁都会担心。打消移居者的顾虑，也是我们重要的工作嘛。"

"这答案也太标准了吧！您可真是成熟稳重的成年人啊！"

"我是公务员嘛。"

"不好意思，我也是啊。"

不想处理民众提出的问题就别当公务员——话到嘴边，我还是咽了回去。解决民众诉求确实是我们的分内事，可没有公务员面对问题能甘之如饴，何况观山还是新人。与其以前辈的身份教训她，不如以同事的身份与之共情。

"不过，这次的活儿还算比较轻松。"

"当然，你只是高高在上、袖手旁观而已嘛。"

"哪有。我是从高处往下看，可不是高高在上哟。"

我忍不住感叹，这姑娘可真是伶牙俐齿啊。或许是太过疲惫，我紧紧抿着嘴巴。一旁的观山瞧了我一眼，不知想到了什么，莞尔一笑。

从高岗下来的道路，窄到勉强仅容得下一辆车通过，而且全是急转弯，我完全不敢踩油门，只能踏着脚刹沿路而下。

坡道下面约一百米的地方有户人家，住的是独居的泷山先生。他是一个人移居此地的。此次拜托我们去调查高地滑坡的就是他。看到我们从高岗上下来，泷山先生已走到院门口迎接我们的到来。

泷山正治先生是札幌人，大学毕业后找了一年工作才成功入职一家电器商城。然而由于业绩压力太大，没过多久身体吃不消就辞了职。他今年二十四岁，单身，身形细长，说话时总低着头，有点畏畏缩缩的。不过整个人看起来还挺诚实的，应该是个值得信赖的人。

他跑到门口迎候我们，想必是急着要知道调查结果。我们一下车，他就满脸愧疚地鞠躬道歉。

"不好意思啊，让你们专程跑一趟。"

"哪里，这是我们应该做的。"

"情况如何？之前是不是发生过塌方？"

应该没错，但是我不能草率地下结论承认。

他虽然看起来为人敦厚，但我要说"没错，就是发生过塌方"，难保他不会发火，指责我们怎么会介绍这样的房子给他。所以我还是得把话说得委婉一点。

"我们也不敢妄下结论，我拍了一些现场的照片，回去会让土木科再查查之前的工程记录。另外，这是防灾减灾科制作的灾害风险分布图。"

我从公文包里取出灾害风险分布图，图中有的区域标为红色，有的区域标为蓝色，不同颜色代表不同的灾害类型，而颜色越深表明灾害风险越大。整个蓑石村都是粉红色的。

"您看这张图，咱们这一带不算是特别危险的区域。"

"这样啊……不过，这个标注的意思不是整个蓑石村都有风险吗？"

"不是的，只要有河流和山地，不论具体有何风险都会被标注成这个颜色。"

"哦。"

其实，如果防塌方安全防范措施完工的话，灾害风险分布图上就会改为蓝色。但是由于预算不足，所以全市的工程都有所延迟，并不是只有蓑石还未完工。

"我会再和防灾科确认一下。还有什么疑问，也请随时和我们联系。"

"好的，辛苦你们了！"

看到泷山先生弯腰致谢，一股强烈的罪恶感涌上我的心头。我并没有欺骗他，但也并非毫无保留，但我能做的只有这么多。发动着车，透过后视镜看着他无可奈何返回屋里的背影，观山问道：

"他能接受这种说法吗？"

"应该不行吧。"

"我想也是。"

今天的工作只是争取时间，将泷山先生可能指向我们的矛头转嫁到别的部门。他家的后山上发生过塌方，这是毋庸置疑的事实。我本以为，这么重要的情况，市里委托签署租赁合同的房产中介一定已经事先告知他了，然而他似乎并不知情。也许是因为他家距离山崖还有一段距离，从法律意义上讲，没有告知的必要，可是法律义务并不能等同于生活上的安心。

"呃，现在他可能很担心，但是慢慢就会觉得'不会那么倒霉吧，怎么可能正好让我撞上呢'。"

"如果只是担心也就罢了，就怕真的会发生塌方……"

观山这张乌鸦嘴。

"防治塌方的预算有限，而且人类也无法战胜自然，有些事情我们也无能为力。"

真到了那个时候，只怕南库市I-TURN援助计划也和滚落的泥沙一起付诸东流了。

"哎呀……"

观山冷不防问了一句：

"是这条路吗？"

我不由得咂舌。

进出蓑石村虽然只有一条大路，可村子里的小路纵横交错。或许是因为分散在各处的房子都有相互连接的小路，所以才会变得如此复杂。刚刚我太在意泷山先生的反应，一不留神就拐错了路。这条路可是相当麻烦。我一边祈祷千万不要节外生枝，一边轻轻踩下油门。

然而，上天并没有听到我的祷告。道路前方右手边的民宅后门突然打开，一个女人冲了出来，张开双手挡在路中间。我叹了一口气，不禁迁怒于观山。

"你怎么不早说！"

观山的声音细若蚊吟：

"对不起。"

其实不关观山的事，是我自己疏忽了。车子刚停下来，窗外就传来一阵叫骂声。

"又是你们！我说过多少次了，你们怎么就听不懂呢？脑子坏掉了吗？"

冲出来的女人是河崎由美子太太。她不过二十九岁，可横眉瞪目的样子，再加上眉宇间的川字纹，让她看起来比实际年龄更大。

"不好意思，我们赶时间。"

"这是公家的路，我不可能不让你们走。我也不是故意为难别人。可是，我已经说了很多次了，你们是不是也该体谅一下我呢？这很难做到吗？我只是请你们别走这条路，走那边的路而已啊。我已经一再退让了，你们有没有点基本常识啊！怎么就说不通呢？"

"真是非常抱歉！"

"我可不想听你们的道歉！再说了，就这么坐着向别人道歉，是不是也太没诚意了？"

"是的，您说得对。"

我解开安全带，正准备下车，就听到她刺耳的大叫声。

"行了，行了，赶紧给我走，这件事我会告诉你们西野科长的。"

既然她叫我们走，我就重新系上了安全带。但她完全没有要从车前让开的意思。我只能猛打方向盘，小心翼翼地踩下油门。眼看倒后镜就要与她擦身而过，她却依然纹丝不动。只怕光是擦着汗毛，她就会立即叫来警察，大跳大闹到太阳落山，说不定还会把我们告上法庭。我对自己的驾驶技术胸有成竹，不管多窄的路、多大的坡我都不怕，可现在却汗毛倒竖、冷汗直冒。

费了半天劲，终于成功避开像门神一样挡在路中央的河崎太太。与她擦肩而过时，我在驾驶位上向她微微颔首。她只是傲视着前方，斜睨了我一眼，下巴动都没动一下。车子开过去的时候，她故意捏着鼻子让我们看到。

观山像是怕声音传出去似的，连忙关上副驾驶位的窗子。她的讶异大过愤怒，一脸惊恐地说：

"刚刚，她搞什么啊？"

"谁知道呢。"

"为什么不能走这条路？我从来没听说过有这回事。"

我朝副驾驶位扫了一眼，观山兴致盎然，嘴角似乎还带着一抹微笑。可能她本人都没意识到，能微笑着应对市民的谩骂可是地方公务员最厉害的素质了。

"我没和你说过吗？"

车子总算开上了从裹石村通往南库市区的唯一道路。蜿蜒的路上光线昏暗，没几辆车通行。我看着前方布满裂痕的柏油路，对观山说：

"河崎太太觉得汽车废气有毒，所以讨厌车辆从她家门前经过。"

"哦……"

观山心不在焉地回应了一句，又漫不经心地说：

"废气确实对身体不好。"

"那倒是。"

"她是不是有什么呼吸系统的疾病啊？"

我摇摇头。

"没听说有这回事……河崎太太说，汽油含铅，人体吸入了汽车尾气会导致铅中毒。"

"啊……这个我知道，用含铅的杯子喝酒，整个国家都会毁灭。"

"你在说什么啊？"

"她是因为这个才神经过敏的呀。虽然紧张过头了，可也不是杞人忧天。"

南库市面积广大，公共交通又不发达，所以在这里生活汽车是必需品。观山自己也有一辆蓝色的小奥拓，但她显然不太懂汽车。

"汽油含铅已经是很久以前的事了，现在的汽油早就不含铅了。"

"咦，是吗？"

"几十年前就已经禁止往汽油里添加铅了，那时候我都还没出生。当然，河崎太太也还没出生。所以我很惊讶，汽油含铅的事她是从哪里听来的。"

观山歪着脑袋问：

"那您干吗不告诉她呢？"

唉……如果只要把民众不知道的事情告诉他们，问题就能解决，那地方公务员的工作该有多轻松啊。

"我告诉她了。"

"她怎么说？"

"她说，如果不能保证所有的汽油没有混入一点儿铅，那就说明汽油是含铅的。"

"哇……"

车子经过一个大转弯，观山挺直身子以免随着惯性晃动。过了弯道，驶回直路，她一副百无聊赖的样子说道：

"万愿寺先生，其实，外星人已经来到这个星球了。"

观山经常讲些有的没的，可她的脑袋确实转得很快。

"对呀，因为没法保证外星人没来地球嘛。"

"就是。"

明明是在说笑，可是两个人都没有笑。

我们太累了。

2

复兴科的日常工作之一就是拜访移居家庭。

我们需要定期到移居者家里拜访，了解他们对在此生活有没有不满意的地方。去得太过频繁也会遭人厌烦，所以暂时设定每两个月去一次。等到移居者定居下来，这项工作就没必要了，但现阶段效果还不错。泷山先生家的后山曾发生过塌方，就是我们在家访的过程中了解到的。

不过，说是有效，可就算我们了解到什么情况通常也无济于事。比如他们告诉我们路上有个洞，闸门生锈了打不开，我们只能说一句"了解，我们会记录下来"，具体能有什么改善全要看来年的预算。所以，我们实际的作用，可能只是给移居者提供一个发泄的渠道。

九月过半的一天，如鳞如絮的云朵布满天空，我们又要前往蓑石村进行家访。观山坐在车上跟我确认：

"今天，我们也要去河崎太太家吧。"

"是呀。"

有的人抱怨起来就没完没了，所以我们设定的家访时间每户最长一小时。从中午开始，避开午饭时间，总共只能拜访三家。今天我们准备拜访的是泷山家、河崎家，还有上谷家。

观山一直默不作声，等车子开过弯道快要看到蓑石村了，她才喃喃自语般地说：

"真烦人。"

我控制自己不让表情产生任何变化，可新人同事的这句话的确给了我意想不到的沉重一击。

观山被派到复兴科以后一直都表现得很开朗，甚至让人觉得有点没心没肺。就算移居者提出一些莫名其妙的要求，甚至是蛮不讲理的谩骂，她也能笑眯眯地应付过去。我很担心她这样的态度会不会反而激起对方的怒火，不过到目前为止，我的担心都是多余的。而且，我到现在才意识到，她不屈不挠、阳光开朗的个性，对我而言也是强有力的后援。

如今连她也开始厌烦和移居者打交道了，这可有点麻烦。我搜肠刮肚想说点什么，憋了半天才挤出一句话。

"河崎太太，还好吧。"

这句话没有任何安慰的效果。

"呃，也是啊。"

我看了她一眼。她斜倚着车门，看向窗外。车窗外，树林不断向后退去。

"慢慢熬吧，说不定哪天就被调到别的部门了。"

"这回是标准的心里话了。万愿寺先生真是成熟稳重的大人啊。"

"我是公务员嘛。"

车子开出了树林，阳光洒落在路上。远处的山坡上层林尽染，蓑石村已是一片秋意。

为了不走弯路，我们第一站去的是上谷家。

据上谷先生说，他是单身，今年三十一岁，来蓑石之前在大阪从事教辅图书的营销工作。按其本人的说法，之前"工作繁忙却前途渺茫"，所以才辞职搬来蓑石村。以前忙得没时间花钱，因此算是攒了点小钱，暂时无须为生计发愁。现在想一边种种菜，一边从事网页设计的工作赚点零花钱，看看今后有没有可能发展成正职。

上谷先生入住的是一栋红色屋顶的二层小楼。蓑石村的房子大都很宽敞，但他住的这栋却建在一块相对狭小的土地上。听说盖这间屋子的是这家入赘的女婿。或许是知晓来由，我越发觉得这块狭窄的空间让人有种寄人篱下的感觉。

不过，说是狭小，也是与蓑石村其他家的房子相比。以一般的标准来看，这在日本已经算是非常大的房子了。建筑物本身规模不大，可前院却大到足够停下一辆公交车。上谷先生一个人独居，这样的物业对他来说绰绰有余。

车刚停稳，观山就麻利地下了车。她仰视着前院角落里立着的一样东西，问道：

"万愿寺先生，这个，之前就有的吗？"

那是一个白色的碟形天线，比一般的卫星天线还要大两圈。这个天线看起来是手工打造的，用组装的钢管架高高撑起。

"有啊，你之前没留意到吗？"

"呃，是不是上次我没来呀？要是来了，肯定会看到啊。"

她这么说，的确有可能，确实经常是我独自来做家访的。

"先不管那个，这是什么东西呀？"

她摸着钢管架问。

"这是业余无线电天线。"

上谷先生的天线直径约一米五，天线本身是市面上销售的成品，但架子是他自己搭建起来的。我连家里电视的频道设置都不会弄，这样的技术在我眼中简直就像魔法一样神奇。

冷不防旁边有人冲我们打了声招呼。

"您好，万愿寺先生！您是来做定期家访的吧？"

说话的是站在大门口的上谷先生，应该是看到我们停好车却迟迟未进去，所以才特意出来迎接我们的。

上谷先生名叫景都，身材微胖，感觉他并不太在意自己的着装打扮。面试时他穿了正装，但今天只是随意穿着一套看起来已经穿了很多年的灰色运动装。不过，他的胡子剃得很干净，头发也修剪得不长不短，不会给人邋遢的印象。虽然面色红润，可他看起来似乎有点没精神。

"啊，您好，好久不见！这是我们办公室的观山，之前应该向您介绍过吧？"

"是的，之前见过一次。"

观山转过身来，简单打了个招呼，就指着天线说：

"这玩意儿太厉害了。"

本以为自己喜欢的东西被人称赞，上谷先生会很开心，然而他一脸阴沉。

"这个呀……呃，先进屋吧。"

情况不对头。

尽管是一个人住，但他家收拾得干净整洁，物品虽多却井井有条。铺着榻榻米地板的客厅十分宽敞，我估计差不多有十五平方米。

"不好意思，家里还没买坐垫，下次会准备好的。"

他一脸愧疚地向我们致歉，我忙说"别客气"，直接坐在了榻榻米的地板上。观山也小心翼翼跪坐下来，她的坐姿真是端正挺拔。

上谷先生从厨房端着三杯大麦茶走进来，三人围着一张矮脚桌各自落座。

"最近过得怎么样啊？"

我先不紧不慢拉拉家常。他微微一笑，说道：

"基本上都习惯了。"

"那真是太好了。买东西会不会很不方便啊？"

"还好。"

我们相对而坐，喝着茶闲聊着。我本想先寒暄一下，让气氛融洽一点再谈正事。没想到观山连杯子都没碰一下，就单刀直入地问：

"所以，那个天线是怎么回事啊？"

她突然切入正题，上谷先生似乎有点不知所措。

"啊……你说那个呀。"

他把手中的茶杯放回桌上，幽幽地说：

"我之前和万愿寺先生说过，那是业余无线电的天线。有些话我一直没说，现在不妨告诉你们。我当初就是因为这附近没什么高楼大厦，通信效果好，才应征搬来的……之前遭遇了各种各样的事，现在业余无线电就是我活着的最大的动力。"

说着说着，上谷先生叹了口气。

"我也很清楚，这个兴趣爱好很难得到认同。"

"怎么会！"

"真的，大部分人都不太理解。可是，以前无线电也曾被看作是高级玩家的爱好呢。我并不是感到失落，只是……"

此时并没有人偷听，他却迟疑了很久，才压低嗓音继续说：

"只是，竟然有人跑来抗议。"

"抗议？"

"对方说，这个天线太大，会发射强力电波，对身体有害，必须拆除……"

上谷先生的表情变得越来越阴沉，他满脸委屈地继续说：

"根本就不是这样的！要说会不会发出电波，那肯定会。可是并不会对人体造成伤害啊。要是这个都对人体有害，那手机什么的就都不能用了。而且，平时我都是关停的，这个天线发出的电波还没一般电器发出的多。呃，这个，你们能理解吗？"

他肯定不是第一次因为无线电这个兴趣爱好而被旁人指摘了，一而再、再而三地不被理解，他的心情可想而知。从他平时谄媚讨好的笑容也可见端倪。然而，他的心情我虽理解，也很同情，可身为公务员我只能说：

"可是，的确有人会担心对身体不好。"

上谷先生一点儿都没有感到惊讶，露出一副早就料到的表情。他一定在想"果不其然，你们也一样"。

"嗯，的确如此。"

"要是再发生什么事，请随时告诉我们。什么事情都可以和我们商量。"

只是——任何事情都可以和我们商量，我们却无能为力。我明知如此，还是说了这番话。要是真出了什么事，那是警察要处理的问题，复兴科束手无策。我不禁怀疑自己每天到底在干什么。

观山在一旁问道：

"那个抗议的人是谁呀？"

"这个嘛，我不能说……要是让对方知道我找市政府的人谈过此事，只怕矛盾还会升级。"

"好，那我们换个话题。您跟对方说了平时是关着的，这东西就和手机差不多，对方怎么说？"

或许是想起当时的场景，上谷先生皱起了眉头。

"唉……对方说，只要不能保证我的天线绝对安全，那就有危险，应当立即拆除……"

我和观山面面相觑。只是一个眼神，我们就知道对方想的和自己一样——"果然是她"。

河崎太太家就住这附近。

该说的都说了。说完那些于事无补的安慰，我们向上谷先生告辞，前往第二家。

"接下来去哪家？"

"去泷山家，我已经跟他约好了。"

"今天是工作日，这个时间点他在家吗？他从事的是什么工作呀？"

"你应该先好好看看资料，他正在养病呢。他有图书管理员的资格证，说是以后还想从事相关的工作……"

我越说越没底气。

"有什么问题吗？"

"没有，只是……我们市的图书管理员都是非编人员。这个职位没空缺编制，工作也很辛苦，工资还不高。"

"那就是没希望喽。"

"确实没啥希望。"

毕竟市里没什么预算啊。

眼看就要下雨了，泷山先生却正在院子里给花浇水。在用水泥砖砌成的简易花坛里，零零星星开着几朵三色堇。他好像又瘦了一些。我先走过去打了个招呼。

"您好！"

泷山先生有气无力地笑了笑。

"啊，您好！辛苦了，请进请进。"

我们走过嘎吱作响的走廊，进入客厅。

这间屋子我来过好几回，总觉得房间里的灰尘好像越积越厚。拉门、窗台、放着电话机的柜子……说不清哪里不干净，可就是觉得到处都脏兮兮的。或许是因为他正在疗养，又是独居，所以没什么心思收拾规整吧。泷山先生没有倒茶，只是准备了三张坐垫。

"不好意思，打扰您了。"

我一说完，他就摇摇头。

"哪里，我也没什么事。"

随意交谈了几句后，我发现他虽然表现得若无其事，可显然和平时不太一样。移居者大都个性很强，他是少数几个温柔敦厚之人。并非我特别偏袒他，只是希望他能在此平静地生活下去，要是有什么问题我当然想尽量帮忙解决。我不动声色，微笑着试探道：

"对了，最近您有没有遇上什么麻烦啊？不管有什么困难，我都会尽力帮忙。您尽管说，别客气。"

"嗯……"

他含混地应和一声，挠了挠头。过了好一会儿，像是下了很大的决心似的说道：

"那我就开门见山直说了。"

"最近，有个邻居邀请我吃晚饭。"

观山笑着说：

"那不是挺好的吗？"

"是这样的，他们是一对夫妻，邀请我的是对方的太太。她说我一个人生活，平时肯定饭也吃不好。这个嘛，她说得没错。我不会做饭，这附近又没有超市和便利店，我常常是囤一堆方便面，就解决掉三餐了，饮食很不健康。可是……"

我忍不住插嘴道：

"我明白，去不熟的人家里吃饭肯定会让人不自在。"

"是的，不过，如果只是吃饭还好。"

泷山先生又含混其词犹豫了片刻，说话的声音似乎变得更小了。

"那个……这件事请一定不要告诉别人。"

"当然不会。"

观山拍拍胸脯保证道。

他死死盯着观山，叹了口气，又说道：

"那位太太每次邀请我去吃晚饭，都是他先生不在家外出工作的时候。"

我真想像外国译制片里的角色那样仰天长啸一声"哦——"。

"我倒不觉得会出什么问题，只是确实让人有点为难。我已经找了很多理由拒绝，可最近她好像变本加厉更难缠了。有时还会直接送烤鱼过来，说是做多了分一点儿给我。可是那沙丁鱼烤得像木炭一样，我根本吃不下，结果还被她指责辜负她的一片好意，一点儿礼貌都不懂……真是快把人逼疯了。万愿寺先生啊，您觉得真的是我很奇怪吗？"

我说不出话来。我很想问他那个人是谁，不过稍微动动脑筋就知道结果了。泷山先生说邀约他的是邻居，蓑石村这么大，住户很分散，能称得上是他邻居的就那么几家。其中是夫妻，且丈夫常常在外工作晚归的就只剩一家了……那就是河崎太太。

我很想公事公办地表示，复兴科不能干涉移居者之间的交际自由，可对泷山先生而言，这的确是困扰他的一大难题。然而，我爱莫能助，无从下手。从事政务以来，我一再深切地体会到，一切的纠纷都来自人际关系。身为公职人员，对于人际关系产生的纠纷，我们根本束手无策。

"呃……您要振作起来啊。"

结果，我只能说这样毫无意义的废话。

"啊，已经这么晚了呀，不好意思，我们还得去拜访下一家，先告辞了。您说的情况我们都了解了，我会省略掉细节，先和上司商量一下。泷山先生，有什么情况，请随时和我们联系。"

说完，我拉着观山，逃也似的离开了泷山家。

我们沿着废弃的农田往前走。观山一边走，一边甩着手。一阵冷风吹过，带来了些许寒意，秋意越来越浓了。

"真是个大麻烦。"

我对观山的话深有同感，用力地点点头。

"确实是个大麻烦。"

不用说，她指的当然是河崎太太。如果开车过去，她肯定又要闹个天翻地覆，所以我们早早就把车停在距离她家还有一段路的地方。本来我想着把车先放在泷山先生家，可刚刚听到那样的事情，只好作罢。

我并非故意拖延，只是不由自主地放慢了脚步。一只蜻蜓飞过，吸引了我的目光。

"河崎太太的丈夫是做什么的呀？"

"他是出租车司机。"

"哦，怪不得晚上经常会出去工作啊。"

河崎先生名叫一典，比她大六岁。用一句话来形容他，就是——

这是一个好人。多加一句的话——这是一个好人，但个性软弱。他个子不高，走路时常常驼着背，脸上总带着一丝充满愧疚的微笑。他把姿态放得很低，低到已经近乎卑微的程度。平时总是"抱歉"不离嘴，每次见面都能听到他说这两个字，不过倒也不会让人觉得不舒服。我想，等他上了年纪后，一定会成为一位慈祥可亲的老爷爷。

他太太给人的印象太深，反倒让我常常忘记他的存在。

"那么讨厌汽车的一个人，丈夫却是出租车司机。这未免也太讽刺了吧。"

"她肯定有一套自己的择偶标准。再说，出租车用的也不是汽油，而是液化天然气。"

我们离河崎太太家越来越近。

说不定她出门了，只有她丈夫一人在家。要是这样，这次的家访一定会非常顺利。然而，大门打开之后，河崎太太走了出来。果然事与愿违，天下哪有这么好的事啊。

"您好！"

我面带微笑地打了个招呼。

"您这是要出门吗？"

原本冷若冰霜的河崎太太，听到这句话马上皱起了眉头。

"你说什么啊？我当然是在等你们啊。"

"等我们？不好意思，失礼了。"

"行了，行了，赶快进来吧，别让人看到。"

进了门，穿过打扫得一尘不染的走廊，我的心中充满了疑惑。

其一：她说在等我们，可为何要特意走出门外迎候呢？

其二：她出来的时机未免太过精准，难不成她一直透过窗户在观察着我们的一举一动？

其三：市政府的工作人员来访，有什么好怕人看到的呢？

我绞尽脑汁得出一个结论——复兴科的人是不请自来的，她连被家访这件事都不想让邻居知晓。所以为了让我们赶紧进屋，才特意守候在门口。既然如此，我还是不要深究了。

不同于上谷家和泷山家，河崎家的客厅充满了鲜活的生活气息。茶几上摆放着相框和花瓶。从窗户看出去，可以看到晾衣竿上挂着的衣架。一个人独居和两个人生活，家庭氛围果然大不一样。刚刚她说在等我们，应该是真的。客厅的桌面上已经备好了白色茶壶和白色马克杯。她坐在白色的木椅上，拿起茶壶给我们斟茶。

"这是洛神花茶，对身体很好的。"

"谢谢，您太客气啦！"

"喝过这种茶，就不会再想喝咖啡那些东西了。"

亏我还诚心诚意地表示感谢，她干吗偏要加上这么一句，我可是很爱喝咖啡的。

河崎太太把茶杯递过来，带着酸味的花香扑鼻而来。我还没来得及端起茶杯，她就立刻说道：

"赶快把隔壁那个白色天线给拆掉吧！"

她上来就是当头一棒。

"白色天线？"

我还想装糊涂，没想到立刻被她戳穿。

"别装傻了。"

果然，她一直在监视我们。

"你们刚才去隔壁家拜访的时候不是已经都看见了吗？就是那个天线。那东西可正对着我们家呢，太恐怖了！得赶紧把它拆掉。"

我该从何讲起呢？河崎太太的眼神认真得吓人，不可能用开玩笑的方式蒙混过关。从科学的角度加以说明，恐怕也行不通。毕竟我并没有掌握多么丰富的科学知识。而且，上谷先生已经证实过了，就算好好跟她解释，她也根本听不进去。

既然如此，只能迂回牵制，另寻他法了。

"我很理解您的心情，只是上谷先生安装天线并不违法。即便我们是政府工作人员，人家的东西不违法，我们也不能随便拆除啊……何况，就算违法了，市政府随意破坏市民的私人财物也是不行的。所以，您的这个要求恕我们无能为力。假如上谷先生的做法违背了无线电波法，那可以举报他，要求他停止发射电波，合理合法地使用无线电。"

这一招好像挺奏效。听我提到法律程序，河崎太太的脸上露出将信将疑的神色。

"所以……如果上谷先生被警察逮捕，就能拆除那个天线了吗？"

"不是的。就算那样，顶多也只能让他把天线发出的电波调弱一点。"

河崎太太顿时脸色煞白，捧着茶杯趴倒在桌上，哭了出来。

"为什么，为什么会这样？我只是想在大自然中好好生活，才搬来这里的。就是为了远离那些恐怖的东西才大老远搬来，可是……谁想到会变成这样！从来没听你们说过隔壁是这样的人。你们这是欺诈！我被骗了！"

她猛地抬起头，用手指着我，说道：

"你不是说过吗，复兴科是移居者的坚强后盾，有什么事都会尽力协助。你倒是快来帮帮我啊！你倒是想想办法呀！"

这下麻烦了。我摊开双手示意她冷静下来。

"哎呀，河崎太太，您先冷静一下。"

我说的根本是废话，哪有那么简单，说冷静就能冷静呢。

观山也慌慌张张地赶忙帮腔道：

"别让人看见了。"

我心想，都到这个地步了，她还怕人看见吗？然而，观山的这句话奇迹般地让她停止了大呼小叫。仿佛换了个人似的，刚才还在哀号的河崎太太，一下子冷静地看向窗外。窗帘敞开着，屋外的蘘石已是一片秋色。

"是啊，叫你们去拆，你们也办不到啊。"

虽然我对她的说法颇有微词，但至少我们在"复兴科没办法拆除天线"这一点上达成了共识。

"要拆除天线可能有困难，但我们还是会跟上谷先生好好商量商量的，看看有没有其他解决方案。比如，在天线和您家之间制作一个遮挡物什么的，这个应该不难。说不定上谷先生会把天线转移到他家的后院呢。"

我觉得自己已经做出了最大的让步，可河崎太太却嗤之以鼻，冷笑一声。

"那只是眼不见心不烦，问题根本就没有得到解决。而且，看不见反而更令人恐惧。"

"不会的，天线有没有对着这边，电波量会差很远啊。"

"你敢保证吗？"

我敢保证，可就算我保证了也没用吧。

我们大眼瞪小眼。不，应该说只有她在瞪着我。为什么会这样啊！

索性现在丢下一句"我不干了"，直接走人好了。

我正胡思乱想着，河崎太太垂下头，深深叹了口气。

"你们一定觉得我是个怪人吧。"

啊……

"哪有，怎么会呢……"

"没关系，我明白。可是，请你们听我说。"

她两只手摩挲着白色茶杯，开始诉说起来。

"我小时候并不怕人工产物。那些看起来很不健康的彩色糖果点心，我也吃得很欢。现在想起来确实有点后怕……

"初中的时候，我才改变了想法。那时候，我外婆和爷爷因为脑梗和心肌梗死相继病逝，他们的年纪并不是很大，却说走就走了。昨天还好好的人，今天就面色惨白静静地躺在那里。我听说，他们的病是因为摄入了过多的盐分和脂肪造成的。我很怕平时不注意饮食，说不定哪天就会面临死亡。

"那时，我爸笑我想太多。我也试着说服自己，也许就像爸爸所说是我杞人忧天。可是，高中的时候，我爸爸又查出得了肺气肿。现在想来，一定是他工作的地方有太多粉尘的缘故。结果，不到五年，他就离我而去，只留下妈妈和我母女二人孤苦无依……从那以后，我就非常在意周遭的环境，对健康有害的东西一概敬而远之。"

各种情绪和想法在我脑中纵横交错。

家人早逝确实令人同情，一路扛过来，她肯定吃了不少苦头。

可是，这和厌恶人工产物是两码事。首先，她自己也说了，家人患脑梗和心肌梗死是摄入盐分、脂肪过多造成的；其次，更重要的是，并非每个幼年丧亲的人都会要求别人拆除业余无线电的天线。那些不幸的童年往事，和向复兴科提出无理要求，看似有所关联，实则并无联系。然而，如果我现在这样回应，她一定会火冒三丈。忠言逆耳，中肯的意见反而最令人难以接受。所以，我现在还是把话吞回肚子为好。

然而，观山并没有保持沉默。

"原来是这样。的确有很多东西会损害身体健康。像食物烧焦会产生致癌物，类似的事情我也听过不少。"

啊，快别说了！

河崎太太惊愕地问道：

"食物烧焦会产生致癌物？"

"嗯，不过，烧焦的食物也不算人工产物吧。不好意思啊。"

听观山这么一说，河崎太太摇了摇头。

"不，不，烧焦的食物也是人用火加工制造出来的。即便是天然的东西，也可能危及健康。真是太可怕了。"

要是自然引发的火烤焦了食物，又该算什么呢？

她斩钉截铁地说：

"不管怎样，请帮我想办法处理一下上谷先生家的天线。我不会强人所难，只是拆除就好。我相信，和他好好谈谈，他一定也能理解。"

我刚刚不是已经说过了吗？那是别人的私有财产，不是叫我们去拆就能拆的。河崎太太心知肚明，却又把话绕回到了原点。我不想再在这个问题上纠缠，可也不能随便应付她，不然日后更麻烦。

"不行啊，我说过了……"

同样的话要我解释多少次呢？我们就是料到会有这种情况，才将家访的时间限定在一个小时之内的。然而如果我们现在就走，很可能会让她以为复兴科已经同意拆除天线。办公室里还有一大堆工作等着我处理，可眼下根本无法脱身。

挂钟表盘上长短不一的三根针无情地向前移动着。

3

有移居者提议，为庆祝新蓑石村的诞生，增进睦邻友好关系，要在村里举办秋日庆典。复兴科也受到了邀请。西野科长综合考虑之后，决定派我们出席。

发起这次活动的，是长塚先生。在蓑石这个巴掌大的地方，他完全没打算掩藏自己的权力欲，无论是什么样的集会活动都试图掌控主导权，提议举办活动也不是第一次了。如果今后南库市I-TURN援助计划顺利走上轨道，蓑石村的人口不断增长，说不定他会以新蓑石村为票仓迈向市议员的竞选舞台。

和我平时工作中接触的某些议员相比，长塚先生热情洋溢、干劲十足，比他们还强得多。这次也是他承包了所有的杂活，帐篷、桌子、烤网、炭火、炭炉、食材的准备，几乎都是他一力完成。虽说是他本人主动请缨，但以他干练的办事能力，确实是可遇不可求的人才。

只是有一点，长塚先生失算了，他错估了蓑石村的气候。秋日庆典定在十月中旬举行，可坐落在山丘高地的蓑石村十月初已转凉。现在又过两周，可想而知更是秋风瑟瑟。

果然不出所料。

秋日庆典当天，天气预报说南库市白天最高气温只有十二摄氏度，海拔更高的蓑石村只怕会更冷。

"穿件冲锋衣够不够啊？"

开始上班才一个小时，观山就看着表嘟囔着。南库市市政府为工作人员提供了各种外出参加活动时可穿的外套。可不知为何，这些工装外套中防寒服特别少。眼下只有冲锋衣这一个选项了。真到了寒冬腊月，也只能穿自己的御寒衣物。

"不好说，里面最好穿厚一点吧。"

"我也觉得。只是……里面的衣服穿多了，热的时候又没法脱。"

西野科长不苟言笑，一脸严肃地说：

"和移居者深化沟通也是我们职责所在，去参加活动要是感冒了那就不好了。你们自己要多注意一点儿啊。"

从开始上班他就在喝咖啡、抽烟、看报纸，这会儿又喝起了咖啡。以防万一，我还是问了一声：

"科长，您不去吗？"

"嗯，我还有别的工作，就不去了。"

我早就料到了。其实他并没有什么其他工作，只是不想去，所以就不去了。

观山若无其事地微笑着听完科长训话，然后问道：

"是从五点开始，对吧？"

"开始时间是五点没错。"

"那四点出发就行了。"

你胡说什么呀？

"中午一吃完饭就要走，午饭最好快点吃啊。"

"啊？为什么呀？"

"虽说是人家邀请我们，难不成我们就干等着吃，什么准备工作都不做啊？支帐篷、搬食材、生火……要忙的事情多得很。一大早就过去，只怕对方会觉得没面子，但怎么可能完全不去帮忙呢？"

观山用演话剧般的夸张语调仰天长叹一声：

"唉！我还以为今天总算可以好好当回客人了呢。"

很遗憾，穿着市政府的工作服，去哪儿都不可能只当客人，在这个世界上任何角落都一样。

长塚先生果然筹备得细致入微，秋日庆典的准备工作正有条不紊地进行着。年久失修已经封闭的公民馆前支起了帐篷，旁边围了一圈桌子，炭炉和木炭也都已摆放好。现场还准备了小瓦斯炉。我以为他们要打火锅，但观山告诉我：

"这个好像是用来蒸菜的。"

真是搞了不少花样。不过，在户外做蒸菜，闻所未闻。开始我还不大相信，可没过一会儿，一位移居者真的搬来了一个大蒸笼。

"竟然还专门买了这种东西。"

观山一听，冷冷地朝我瞥了一眼。

"肯定是租的啦。有店家专门出租这些器具呢。"

"是吗？"

"万愿寺先生，我觉得有时候您还挺缺乏常识的。"

"因为我是公务员嘛。"

"请你收回这句话，并向全国的公务员道歉，特别是我！"

"好啦，快点干活吧。"

移居者们也为各自负责的工作忙活着。穿着蓝色运动服的是上谷先生，他两手抱着个大箩筐，踉踉跄跄地走过来。箩筐太大似乎挡住了他的视线，让他看不到脚下。看着实在太危险，我赶紧上前扶住箩筐的一边。

"我们一起抬吧。"

上谷先生的嘴角扬起一抹微笑，额头满是汗水。

"谢谢。其实一点儿也不重。"

我们两人抬着箩筐打横走着。他说得没错，箩筐确实很轻。里面装的都是蘑菇，有的粗，有的细，有的皱缩成一团，有的根部还沾着泥土。

"这是蘑菇吗？"

显而易见，但我还是问了一句。

"嗯。"

"可真不少啊。"

"只是个头大而已。不过，我好像确实采太多了。"

听到这句话，我惊讶地看向他。

"这些蘑菇都是您采的？"

"嗯，是呀。您别看我这样，其实还挺会采蘑菇、摘野菜的呢。"

我不由得定睛看着上谷先生丰腴的脸庞。

"看起来不像吗？"

"不是，没有啦……"

"哈哈哈……"

他放声大笑起来。

"是呀，我平时都很宅。我的意思是，我喜欢在家摆弄无线电。其实，我老家也在乡下，背靠着大山，时不时还会回去呢。"

他放低了音量，一脸开心地说：

"等春天到了，您再来这里，我请您吃竹笋。这一带应该也能摘到很多竹笋呢。"

"太好了。到时一定来。"

我很久没有这么发自肺腑地做出回应了。

我们把蘑菇分到各个帐篷中。在其中一个帐篷里，泷山先生正在想办法点瓦斯炉。他快把脸凑到炉子上了，让人看着都觉得危险。

"点不着吗？"

被我一问，他不好意思地笑着转过头来。

"嗯，亏我以前还是电器店的店员呢，现在连个炉子都点不着，真是太丢脸了。"

"瓦斯炉又不是电器，这个可不好弄。"

泷山先生摇摇头。

"不会，我们店卖过这种瓦斯炉。"

我想帮他圆场，可他完全不接招。

他又试了两三次，才发现是点火器打出的火花太弱，应该是电池快没电了。

"我家有电池，我马上回去拿。"

话一说完，他就一溜烟跑走了。我看着他离去的背影，没留意到观山不知何时已站到我身边。她悠悠地说：

"跑得真快呀，年轻就是好。"

明明自己也是大学刚毕业，这话说得真令人火大。

前面又有两人往秋日庆典的会场这边走来，正好和跑过去的泷山先生擦肩而过。

"来了！"

观山说着立刻将视线转向别处。我们离那两人还有一段距离，我还没看清楚对方的长相。不过从观山的态度，我心里已经大致有数。那两人一定是河崎夫妇。河崎太太十分坚持自己的生活方式，真没想到她会来参加这样的活动。

我刚和河崎先生眼神交汇，他就立刻朝我这边跑过来。来到我面前，他喘了口气调整好呼吸，摘下帽子，然后深深鞠了一躬。

"万愿寺先生，您好，好久不见！真不好意思，那次以后就一直没机会问候您。"

我早知道他的个性，可许久未见，他这么客气跟我打招呼，我竟然有点不适应了。

河崎一典先生是一名出租车司机，他比妻子大六岁，今年三十五岁了。无论相貌还是举止，他看上去都比实际年龄要大得多。我都忍不住怀疑，资料上登记的年龄是不是搞错了。他身材矮小，平日里总是畏畏缩缩的，说话也不清不楚，如果和他一起工作肯定会让人抓狂。不过，作为复兴科的工作人员，我还挺喜欢他的，至少他不会颐指气使地指挥我们干这干那。

河崎先生回头确认了一下妻子由美子太太还在路上慢慢走过来，又朝我鞠了一躬。

"我太太是不是经常给你们添麻烦啊？我委婉地提醒过她，不要老给大家找麻烦，可她根本不听我的。真是对不住啊！"

"哪里哪里，怎么会是麻烦呢，您别这么说。"

我看了一眼观山，她冷眼睥睨着我。干吗要摆出这副表情呢？我总不能说"是呀，你太太让我们很困扰，请你好好教训教训她吧"。

不过，有件事我非得找他确认一下不可。

"那个，您太太今天还好吧？"

"嗯，她自己说没问题，应该吧……"

"不是啦，我是说……"

我望向帐篷那边，蒸笼已经被放上了瓦斯炉，笼屉上盛满了肉、蔬菜和蘑菇。

我压低嗓音说：

"今天是邻里交流的联谊活动，所以……"

"啊！"

河崎先生立刻对我的意思心领神会。

"您是说，她会不会老毛病又犯了，这也不行那也不对，开始各种抱怨把气氛弄僵？"

"也没有那么严重啦。"

话虽如此，但我的确就是这个意思。我衷心希望这次的秋日庆典可以其乐融融，圆满结束。这么多移居者，不是每个人都能容忍河崎太太任着性子乱来的。

他的脸上挤出一丝笑容。

"这一点，您不用担心。"

"啊？"

"她呀，在人多的地方会收敛很多。虽然她绝对不吃别人递给她的东西，可能会让气氛没那么融洽，但也绝对不会和别人直接起冲突。这点我可以保证。"

也就是说，别人给她倒酒，她也不会喝了。的确会有人介意这一点，但应该也不是什么大问题。不过，恕我直言，河崎先生的保证能有多大作用呢。

可我不能把心中的怀疑表现出来，于是还是笑着说：

"那我就放心了。"

随即走来的河崎太太察觉到我们在讲悄悄话，皱起了眉头。但她什么也没说，只是默默地点头致意。

到了下午五点，风渐渐变冷，大家都围着瓦斯炉和炭火不想离开。不知何时，会场里搭起一个用倒过来的啤酒箱做成的临时演讲台。

我用眼睛扫了一圈广场，发现移居者几乎全员到齐。他们中的大多数都不是那种能迁就别人、容易打交道的人，这样的出席率实属难得。

如此盛况空前，应当归功于长塚先生的人望，多亏他安排周密、准备到位。会场上已经开始准备干杯用的饮料，我赶忙过去帮忙，把倒满啤酒和乌龙茶的纸杯用托盘分送到移居者手中。

长塚先生手持着扩音器走出来。他今年五十四岁，双目炯炯有神，一看就精力旺盛、活力十足。他看上去不像是普通人，可也不像是什么了不起的大人物。他给我的第一印象，是那种"喜欢大谈过往辉煌的中小企业家"，这种感觉直到现在也没怎么改变。长塚先生朝着大家鞠了一躬，站上看起来并不很稳当的啤酒箱。他的身体完全没有摇晃，站得四平八稳，他把扩音器拿到了嘴边。

"喂，喂。"

扩音器发出尖锐的啸叫声，有人赶忙捂住了耳朵。长塚先生若无其事地调整好音量，用力咳嗽一声，清了清嗓子开始说道：

"呃，各位乡亲，大家好！我是长塚昭夫。今天我们在此举行蓑石村秋日庆典，借此机会我谨代表蓑石村的新居民在这里说两句。我们搬来这里之前，各自走在截然不同的人生轨道上，如今却能齐聚一堂，相互交流，只能说缘分妙不可言。打造一个全新的村庄，等于构建一个崭新的世界，迈出的第一步十分重要。如果由我提议举办的这场秋日庆典，能对这一重要的起点起到些许作用，我将不胜欣喜。接下来……"

我看长塚先生应该还有话要说，可他环视四周，敏锐地察觉到大家都已懒得听他长篇大论，便立刻转换话题给致辞做了收尾。

"接下来，让我们共同举杯，祝愿……祝愿蓑石村今后欣欣向荣、蓬勃发展！干杯！"

"干杯！"

大家跟着齐声欢呼起来，欢呼声比我想象中的更热烈，更响亮。

我们的工作总算有了点回报。不可否认，我内心深处的欣慰之情油然而生。我手上端着托盘，无法和他们举杯，但这样才更符合我市政府工作人员的身份。想到这点，我不禁笑了。

广场上摆放的四张桌子各自围了一圈人，心急的人已经开始吃起了烤肉。

"万愿寺先生，快来，快来。"

观山挥手招呼我过去。围坐在那桌的，是河崎夫妇、上谷先生、泷山先生，还有观山五人。一桌坐六个人，似乎太挤了，不过我还是决定至少过去露个脸。

"谢谢您，辛苦啦。"

泷山先生笑着对我说。他手里拿着烤肉夹，站在烤炉前翻动着食物。烤网上有两根粗粗的香肠和一些洋葱、青椒、卷心菜，还有上谷先生摘来的蘑菇，整整齐齐一字排开。

"您稍等一下，很快就能吃了。"

可是似乎火不够大，每样食材看起来都还很生。泷山先生频频翻动着烤网上的食物。虽然只是烧烤，可我光站在一边看移居者做事似乎不大好，于是我走过去说：

"我来烤吧。"

泷山先生摇摇头。

"别客气，这个还挺好玩的。"

瓦斯炉和蒸笼是河崎一典先生在负责。水倒是早早烧开了，从蒸笼和盖子的缝隙里冒出缕缕白烟。

"炉子上蒸的是什么呀？"

他开心地说：

"各种东西，什么都有。"

"哈哈。"

我又问了一遍：

"都蒸了些什么呀？"

"这个嘛，有西兰花、芦笋，还有烧卖。呃，还得再蒸一会儿才能吃。"

虽说还要等很久，可河崎先生还是拿着筷子守在蒸笼前。他一边和我聊着，一边拨弄着两根长长的筷子，看起来还蛮像个厨房的大师傅。

"您喝点什么啊？"

旁边的上谷先生问道。我差点脱口而出"给我杯啤酒"，但这可绝对不行，今天我是开车来的。

"给我杯乌龙茶吧，麻烦您了。"

"好的，给您。"

上谷先生从排放在桌子上的纸杯里拿起一个递给我，帮我倒上乌龙茶。我也准备帮他倒杯饮料，可他已经自己拿起一杯。

不知是因为炭炉的热气，还是身体已经适应了外面的温度，我并不觉得很冷。幸好今天没有起风。隔壁桌传来一阵笑声。他们虽然彼此还不熟悉，但依然可以围成一桌谈笑风生。

突然，一双手按在我的肩头。

"不错嘛。"

原来是观山。她手里拿着个纸杯，我闻到了一股味道。

"希望是我猜错了，你这杯子里是什么啊？"

"咦？啤酒啊。"

她怎么能回答得这么理所当然呢。虽说回去的时候她确实不用开车，可怎么说我们现在也在工作吧。

"太可怜了，您今天不能喝酒。"

我已经懒得骂她了，接下来再有什么事，我绝不会帮她说话。我正在心里暗自嘀咕，就听到旁边传来冷冰冰的嘲讽。

"市政府的人也喝起酒来了，这也行啊。"

你看吧，马上被说了。

虽然不用看也知道说这话的人是谁，但我还是转过头去。河崎太太皮笑肉不笑地捧着一个纸杯，和我四目相交。她又说了一遍：

"竟然喝起酒来了呢。"

明明刚才已经决定不再帮腔，可我也不想对着河崎太太说出"就是啊，真是个不懂事的新人"这样的话。我故作轻松地说：

"没事，今天是我开车。"

河崎太太一脸无趣，不过她只是把脸转向了一边，没再多说什么。河崎先生说她在人前比较收敛，果然是真的。

"好啦，卷心菜应该可以吃了！"

泷山先生高声喊道。说着，他就用夹子夹起烤过之后变得更加翠绿的卷心菜，放到了大盘子里。

在户外烧烤，通常大家会拿着各自的小盘子，夹自己喜欢吃的食物。像这样把烤好的食物都放到一个大盘子的做法，我还是第一次遇到。不过，这么做的确不错。我也觉得肚子有点饿了，于是掰开一次性筷子，伸手去夹菜。

卷心菜半生不熟，还不够热，离熟透还差得远。但稍微加热过后，刚好引出了青菜的甘甜。

"嗯，味道真不错！"

此话倒是出自真心。

除了我们复兴科的两人，上谷先生，还有河崎太太也无事可做，只管吃就好。没过多久，河崎先生开始把蒸熟的蔬菜也盛放到大盘子上。

"烧卖，肯定还没好吧。"

我猜应该还得蒸久一点，不过从刚刚开始就一直在吃青菜，不由得对肉有点眼馋。烧烤的食材里有比较快熟的薄肉片，我刚伸出筷子准备去烤肉，就被泷山先生用夹子挡住了。

"让我来吧。平时没少麻烦您，今天就让我来弄吧。"

说着，他又把粗大的香肠放到了烤网上。

其实我还挺想按照自己的习惯来烤肉的，不过泷山先生的心意和话语还是让我很开心。

4

观山的脸已经有点泛红，没想到她会真的喝起来⋯⋯

这里总共有四张桌子。我穿着公务员的工作服，不能总守着一张桌子吃喝，于是拿起装着乌龙茶的杯子，到别桌去转转。有人喝醉了爱笑，有人喝醉了爱哭，有人开怀畅饮，有人借酒消愁。我听说他们想举办秋日庆典的活动时，还很担心移居者里不全是积极开朗的人，会不会搞不成。没想到，大家像这样聚在一起吃吃喝喝还挺其乐融融的。

太阳快要落山，有点起风了。幸亏到处都摆放着烤肉、烤玉米、烤香肠等食物，我的身体都吃得热起来了，吹点小风还挺舒服的。我抬头望向天空，夜幕还没完全降临，天边已经挂起了上弦月。我看了看表，快晚上六点了。等一会儿，留下来帮忙收拾，应该也不会发加班费吧。

"万愿寺先生。"

身后有人叫我，是观山的声音。

"哦。"

我扭头一看，观山神色凝重。

"哦什么哦呀，现在可是在工作呢，您怎么这么悠闲啊。"

"你还说我呢。"

"行了，快来！"

似乎发生了什么事情，我顿时全身紧绷，神经紧张起来。

"发生什么事了？"

"河崎的状况有点不对劲，一直说头疼、肚子疼。"

"是河崎太太还是河崎先生？"

"河崎太太。"

我想了一下，说道：

"是不是感冒了？要不让她先生陪她先回家吧。"

然而，观山不由分说地拉起我的袖子就走。

"情况可没那么简单，您去看看就知道了。快来！"

看来情况不妙，我立刻跑过去。

河崎太太趴在桌子上，手脚无力，看起来随时会瘫倒在地上。她似乎全凭着意志力在强撑着。情况确实不对。

"河崎太太，你怎么了？没事吧？"

对我的问题，她没有回应，只能听到她紊乱的喘息声，看样子快要昏过去了。

"河崎太太！"

我大声呼唤着。

这时，她缓缓抬起头来，只见她脸色煞白，额头上渗满细细密密的汗珠。

"你不要这么大声……真丢脸……有点常识好……"

说着，她赶紧捂住了自己的嘴巴。

我看了看周围，除了刚开始就在这一桌的上谷先生、泷山先生和河崎一典先生，还有几个别桌的人发现情况不对也凑了过来。

我对河崎先生问道：

"叫了救护车了吗？"

河崎先生看看右边，又看看左边，环顾两边发现没人替他回答，只好一脸愧疚地说：

"还没。"

"赶快叫救护车吧。"

"可是，我太太……"

河崎太太大口大口地喘着粗气，突然站起身来，大叫道：

"不行，千万不要！"

她这么一喊，反而引起了广场上所有人的注意。河崎先生扭扭捏捏，一会儿握紧手，一会儿又松开，带着哭腔说：

"我太太都这么说了，我……"

"现在这情况可不能再拖了。"

"可是……"

这时，河崎太太又叫道：

"你叫了救护车，我以后还怎么见人！你要是这么做，我就是被你害死的。"

说完，她像是耗尽了所有的力气，一下瘫倒在地上。接着，她勉强趴着，开始呕吐，整个人的意识也变得模糊起来。

"河崎先生！"

我冲着河崎先生大吼一声。然而，他还是回答：

"可是，我太太……"

跟他真是没法沟通。见我掏出手机，河崎先生紧张地说：

"啊……啊……可是，我太太……"

我没有理他，径直拨通了119。

"你好，这里是119，是火灾还是急救？"

"喂，我要叫救护车。"

"是什么情况？"

"我们正在户外烧烤，有一位女士突然身体不适，头痛、肚子痛，还不停地呕吐。"

我一边说，一边扫视了一下桌面。直到刚刚说明症状时，我才意识到自己都没空认真思索她发病的原因。头痛另当别论，饭后突然肚子疼又呕吐，很可能是吃了什么不该吃的东西。不赶紧处理，其他人说不定也会出现相同的症状。

桌子上摆放着一个塑料托盘，用来盛放生的食材，还有一个大盘子用来装做好的熟食，此外就是各人自己使用的小盘子。身体不适与生的食材无关，因此我看向用来盛放熟食的大盘子。

大盘子里做好的熟食堆积如山。负责烧烤的泷山先生可能没掌控好节奏，一下子烤了太多东西。切好的小肉块、卷心菜、青椒、洋葱，还有蘑菇，每一样都有烤网留下的黑色焦痕。如果是肉坏了，应该不会这么快就有如此严重的症状。我的视线自然而然地转向带有焦痕的蘑菇。

这时，耳边传来一阵刺耳的尖叫声。不过，哀号听起来并不像出了什么大事，原来是河崎太太还在大喊着"别叫车"。

5

秋日庆典之后，又过了两天。

我在间野区公所复兴科的办公室里，呆呆地看着手边的文件，半天没动。我要写检讨书。

这不是我第一次写检讨书，我手上也有公文文书范文集和检讨书范例，可我还是不知道该写些什么。那天，我到底有什么地方应该反省呢？就算只是应付交差，我也不知道该写些什么。

那日，救护车还是花了四十分钟才赶到。虽然比救立石速人那次快了一些，可依然等了许久。很多移居者对南库市的地理位置还没概念，对他们而言等待的时间尤显漫长。不断有人过来问"救护车还没来吗？""确实已经叫了救护车吗？"……可是，不管怎么说，救护车姗姗来迟又不是我们的错。干脆，这次的教训就写"应该事先准备救援直升机"好了。

河崎太太当时的状况看起来很严重，不过，不幸中的万幸，听说被送到医院后只是输了点液就渐渐恢复了。她既没有生命危险，也不会留下后遗症。

办公室的磨砂玻璃前闪过一个人影。没听到敲门声，门就直接被打开了。观山走了进来。她拿着一张薄薄的文件纸在我面前晃了晃。

"万愿寺先生，保健所的调查结果出炉了，问题果然出在蘑菇上。"

"我就知道。是什么菇？"

"很可能是褐黑口蘑。"

原来如此。

"我都没听说过这种菇。"

"万愿寺先生，您知道哪种蘑菇有毒吗？"

"被你一问我才发现，我也不认识什么毒蘑菇，顶多就知道豹斑毒伞。"

"那您干吗问我是哪种毒蘑菇？"

因为，说不定可以把这点写进我的检讨书里。

除了写检讨，我还得写一份详尽的报告交给科长。因此，我必须掌握详情，哪怕原因出自我听都没听说过的毒蘑菇。观山把文件放到桌面上，突然换了一种腔调，语气沉重地说：

"另外还有一件事。我有个坏消息要告诉您。"

"意义重大的第一次秋日庆典都搞砸了，还有比这更糟糕的消息吗？而且，搞砸的责任还得由我来承担，怎么可能还有比这更糟糕的事呢？"

"呃，哪个更糟糕我也说不准，要不等一会儿再说吧。"

观山撅起嘴，没再出声。就算自己遭受不合理的处分，也不该把气撒在新进的同事身上。我深吸一口气，又慢慢吐出来。

"不好意思，你刚刚说的坏消息是什么？"

"其实，也不算什么坏消息啦。"

观山耸耸肩说：

"上谷先生不见了，连夜逃走了。"

"啊！"

我不由得提高了声音。这已经是第六户了，亏我还以为项目已经逐渐走上轨道呢。

"原因呢？"

"谁知道呀。不过呢，猜也猜得到。"

"那倒是……"

秋日庆典上食用的蘑菇是上谷先生上山采的，有人吃了蘑菇食物中毒，他自然难脱干系。何况，好巧不巧出事的还是本来就很难搞的河崎太太。就算食物中毒只是意外，她肯定也不会善罢甘休，所以上谷先生逃走也很正常。只是，虽说在情理之中，但如果我能早点想到，说不定可以劝解一下，挽留他别走。

"又空出一套房子没人住了。"

我无心再回应。从开村仪式到现在……不，从更早之前开始，就没有一件好事，这到底是为什么呢？

"上谷先生该不会是故意下毒的吧？"

我无意说漏了嘴。

观山"咦"了一声，停下了手边的工作。我立刻意识到自己的话说过头了，无力地挥挥手。

"哎呀，开玩笑啦。我这玩笑开过头了啊。"

"您真的是开玩笑的吗？"

"我只是太累了，你千万别和科长说啊。"

然而，观山摆了摆手说：

"您别误会，我也这么想过。"

"你也觉得……上谷先生是故意给她吃毒蘑菇的？"

观山默默地点了点头。回归沉寂的办公室里只能听到风吹动窗户的声响。

"来，你先坐下。"

我说完，观山从自己的位子上把椅子搬到我旁边，坐了下来。她前倾着身子探过头来，小声说道：

"这件事，您不觉得有点奇怪吗？四张桌子上的蘑菇都是上谷先生准备的。采了那么多，说不定真有毒蘑菇混进去也很难说，可是吃到的人却偏偏只有……"

"你是说，吃到毒蘑菇的只有和他起冲突的河崎太太，这事也未免太凑巧了？"

"您不觉得吗？"

我环抱双臂，靠在椅背上。老旧的椅子稍稍一受力，就发出快要散架的嘎吱声，估计过不了多久就真的要坏掉了。

我保持着坐姿，摇了摇头。

"让河崎太太吃到毒蘑菇，对上谷先生有什么好处呢？他只是想好好玩业余无线电，在这种情况下给河崎太太下毒，肯定会怀疑到他。到头来，他反而丢下自己辛辛苦苦架起来的天线逃离了蓑石村，这么做的目的何在呢？"

观山不可思议地看着我。

"您真是看不懂人心啊。"

"为什么这么说？"

"说不定，他是受不了河崎太太总是找碴，早就决定离开了，最后为了泄愤才给她下的毒。"

啊，我还没从这个角度思考过。这么说来，上谷先生已经被逼到不顾一切想要报仇的地步了？确实也不是没有这种可能性。

"嗯。"

可是，回想起上谷先生的态度，我还是无法赞同观山的说法。

上谷先生很享受蓑石村的生活，至少他给我的感觉是这样的。虽然河崎太太的抗议给他带来了困扰，但也只是跟我们稍微抱怨过一次。若是真已经被逼到要下毒的地步，应该会更严肃地要求我们应对调解吧。而且，多少会表现出一点什么征兆呀。在我的印象里，上谷先生一提到自己的兴趣爱好就两眼放光，说到有人担心无线电波对身体有害，则是一副被误解也只能委曲求全的样子。突然在众目睽睽的秋日庆典上下毒，这剧情未免也太跳脱了。

难道他委曲求全的态度背后，隐藏着无法向人倾诉的积郁？

"从外表可看不出来啊。"

我伸直了双腿。

"人不可貌相，您在学校没学过吗？"

"观山，你对职场前辈说话能不能尊重点啊。"

我仰头望向天花板。

"如果真是那样，就该归警察管了。"

"我们不说又有谁会知道。"

观山满不在乎地说着，语气轻松得好像只是在谈论午餐好不好吃一样。

怎么可能……我很想这样说。可确实如果谁也不说，这件事只会被当成一个单纯的意外。蘑菇中毒的情况年年都会发生很多起。而且，我们只是没有主动报告而已，并不是在警察调查的时候故意了隐瞒什么。好吧，在被调查之前我们就保持沉默吧。

"真的会是上谷先生吗？"

观山又嘟囔了一句。听她的语气，似乎对这个结论也有所怀疑。

"嗯，有可能，毕竟蘑菇是他准备的。"

"他对山货很了解。去摘秋日庆典上食用的蘑菇时，偶然发现一个毒蘑菇，于是临时起意想到可以拿给河崎太太吃就摘了回来。这个假设也不是没有可能。"

我正要赞同她的说法，突然意识到一个漏洞。

"他发现毒蘑菇，摘回来，然后带到秋日庆典的活动现场，后来呢？"

"嗯？然后就让河崎太太吃了啊。"

"怎么让她吃的？"

"怎么让她吃的？我记得，那天的蘑菇是烤的。"

没错。那个场景我记得很清楚。那天，蘑菇是放在烧烤架上烤的，后来大盘子里整齐地摆满着烤得香喷喷的焦黄蘑菇。

"蘑菇烤得焦香可口，然后就……"

观山突然卡壳，歪了歪脑袋。

"对哦，怎么让她吃的呢？他有一直劝她吃吗？"

河崎太太应该没想到会有人给她下毒，所以有可能别人一劝她就毫无戒备地吃掉了。

不对，我想起来了。

"河崎太太只会吃自己拿的食物。"

"啊？你怎么知道的？"

"河崎太太的丈夫在庆典开始前说过。他说，他太太绝对不吃别人拿过来的食物，这有可能会让现场气氛变得有点僵。"

观山重重地点了点头。

"啊，这确实像她的作风。"

河崎太太在生活上很坚持自己的主张，她对路过的车辆和无线电波都充满戒备，对自己食用的东西自然更加谨慎。别人拿给她的食物，她怎么可能想都不想就吃下去呢？入口的食物不经过自己的挑选，她是绝对不可能吃的。

观山也斜靠着椅背倚在座位上。她的椅子同样很老旧，发出嘎吱嘎吱快要散架的声音。

"我去医院问过河崎太太事情的经过，如果是吃了别人拿给她的食物而中毒的，她肯定会和我提起。然而，她什么都没说，那就说明……"

"说明蘑菇不是别人拿给她的。"

"这么说来，还是意外。就算是意外，上谷先生觉得自己有责任也在情理之中。"

"是意外吗？"

"您觉得还有蹊跷？"

"怎么说呢……"

又是一阵静默，只听到椅子的嘎吱声和窗户被风吹发出的声响。

我缓缓开口道：

"说实话，我并不觉得是巧合。河崎太太确实让上谷先生很烦，也把泷山先生搞得有点不知所措。"

"要说被她搞到很烦的话，她的丈夫一典先生应该也算一个。都是因为他太太喜欢大自然，他才不得不搬来蓑石，连工作都变得很不方便。我也听他抱怨过呢。"

"一圈人围着桌子各吃各的，结果只有河崎太太一个人中毒……这事怎么想都太奇怪了。"

我转向桌面，拿过来一张纸，在上面用圆珠笔画了一个长方形，试图还原那天的场景。

桌子上放了盛放生食材的托盘、装满烤熟食物的大盘子、啤酒瓶、瓶装乌龙茶、每个人使用的小盘子、纸杯、一次性筷子、烤肉酱、盐罐，以及放了蒸笼的瓦斯炉……桌旁还放着烧烤用的炭炉。

"我看到的情况是——泷山先生负责用炭炉烧烤，河崎先生负责蒸菜，给大家倒饮料的是上谷先生。其间，我去了别的桌子，不知道后面情况有没有改变？"

观山从头到尾都待在那桌吃喝，可是她有留意到每个人的行动吗？然而，我的担心是多余的，她的回答比我预想的还直接干脆。

"一直都没变过。泷山先生呢，烧烤夹子就没离开过手；河崎先生也是一直在忙活，好像生怕没事可做似的。"

"你确定吗？"

观山盯着空气想了片刻，才慎重地回答：

"我也不是从头到尾盯着每个人的一举一动，所以如果有人有什么小动作，我不一定会发现。"

"比如下毒？"

"是的。负责烧烤和蒸菜的人确实从头到尾没换过，可上谷先生就不一样了。刚开始是他给大家倒饮料，后面每个人都是想喝什么自己去倒。”

“也就是说，上谷先生给大家倒过饮料。”

“虽然如此，可是再怎么说，饮料杯里要是飘着毒蘑菇一定会被发现的。”

那可不一定。我们只知道引起中毒的是褐黑口蘑，可吃下去的到底是不是一个完整的蘑菇我们就不得而知了。说不定，上谷先生是把毒蘑菇磨成粉末混入饮料中了呢。

“可是，如果河崎太太真的不吃别人拿给她的食物，肯定也不会喝别人倒给她的饮料呀。”

“嗯……”我沉吟了一下，这么说也有道理。

“那么……只有一种可能性，那就是河崎太太自己从大盘子里，或者说从烤好的蘑菇里选中了那朵毒蘑菇。”

“这么说来，就的确是一场意外了。”

我摇摇头。

“只要用某种方法，让她自行从一堆蘑菇中选出毒蘑菇不就行了？”

观山一脸不屑地说：

“这么魔幻的方法……难不成用了催眠术？”

我反驳道：

“这不是魔法，是魔术。我听说，有种魔术手法叫作强迫选择法，可以让人以为是自己做出的选择，实际上选中的却是魔术师所给的特定选项。”

“您是从电视上看来的吗？”

“电视里演过。”

观山长叹了一口气。不知道是不是彼此越来越熟悉了，她对我的态度越来越不客气。

“万愿寺先生，我对魔术也略懂一二，一般的强迫选择法是不可能让河崎太太从那张桌子上挑中毒蘑菇的。”

我还是第一次听说观山会魔术。她经常在意想不到的时候让我看到她意料之外的一面。

先不管是不是强迫选择法，就算魔术做不到，还是有可能运用什么别的手段诱导对方做出选择。比如说……

我实在想不出来。这根本不可能办到。在同一个烧烤炉上烤好的蘑菇，每个都烤得焦黄，盛放在同一个大盘子里，如何能让特定的对象特意从中挑中毒蘑菇呢？这简直就是天方夜谭啊。

泷山先生没有离开过烧烤炉一步。

河崎先生没有离开过蒸笼。

上谷先生刚开始时会为大家服务，后面就是大家根据喜好自己添加饮料……

我回想着秋日庆典活动现场的场景，突然……

"仔细想来，有个地方，只有那一桌和其他桌不同。"

我自言自语道：

"其他桌的人都是直接从烧烤的网子上夹东西吃的，只有那一桌是把烤好的食物先放到大盘子里，然后再各自夹到自己的小盘子里吃。"

这中间是不是有什么特殊的安排呢？还是说，这并没有什么特别的含义？

在我百思不得其解的过程中，时间慢慢流逝，检讨书仍是一片空白。

6

我和观山分工合作，合力写完了检讨书。两天后，当科长说"把河崎家的人叫来"时，我还猜不透他的用意。

这两天，平时随便应付工作的科长难得地一直坐在桌前认真阅读那份报告。其实，我并不确定他是不是专注于审阅，但至少因为看报告他停下了其他工作。

我不由得问道：

"为什么呀？"

这个问题包含了两层含义：一是"为什么要见河崎家的人"；二是"想要见河崎家的人为什么不直接去找他们"。科长很少去蓑石村，可就算亲自跑一趟也不会掉一块肉吧。

科长把本就松松垮垮的领带拉得更松，然后说：

"这个嘛，我看过你写的报告了。我觉得这次再不做点什么可不行了，所以还得我亲自出面做点工作啊。"

我都怀疑自己的耳朵出了问题。原来科长知道自己平时都没有认真工作呀。

"有件事我要向他们了解，找河崎家的人直接问问。"

"我倒是有他家的电话号码。"

"不行，在电话里说不太好，我已经预约好区公所的会客室了，你帮我联系一下他。"

连见面的会议室都准备好了！科长工作这么高效，让我一时有点儿跟不上节奏。

"我明白了。不过，河崎太太的身体还没痊愈，让她跑来这边，可能有困难。"

科长似乎更在意时针已经快指向六点，他挥挥手说：

"啊，只叫河崎先生也行。我的意思是，只叫河崎先生来就行了。那就拜托你了。"

区公所的会客室里挂着一幅神似富士山的挂画，画中梯形的上方是白色的，所以我一直认为那就是富士山。不过直到现在，我也不清楚那张画上画的到底是什么。我问过合并前就在这里工作的同事，对方不置可否地说："上面是白色的，不就是富士山嘛。"

西野科长要求我和他一同去见河崎先生。坐在椅子上的河崎先生将身体缩成一团，似乎比平时更拘谨，狭小的会客室反而显得比平时更宽敞了。

"您好啊！好久没联系了，不必起身，您太太身体怎么样了？"

西野科长打招呼的语气很亲热，或者说很随意。河崎先生满脸狐疑，他慢慢地把椅子拉近身前坐下，不安地用眼睛瞟着科长。他肯定很奇怪，为什么特意把他叫来。

"谢谢您的关心，她已经好多了。"

"那就好。今天无论如何都想当面和您说一声，请帮我问候河崎太太。"

河崎先生皱起了眉头。

"啊，谢谢您。"

他不敢相信仅仅是为了一声问候就把他叫来办公室。他的困惑我非常理解，现在就算问我为什么要叫他来，我也答不上来。

"不过，您太太肯定受了很大的打击吧。"

"打击吗？"

科长的面前摆着一摞文件。那是记录秋日庆典详细情况的报告。科长手按着文件，说道：

"我属下的报告写得非常详细，每次都帮了大忙。从报告来看，您太太崇尚自然主义，在生活上十分注重养生。其实，我也很想这么做。前阵子体检，我的身体各项数值都不乐观呢。"

"哦。"

"您太太那么注重养生细节，却偏偏不巧吃到了毒蘑菇，而且还是她自己最相信的自然产物。这简直就像老天跟她开了个玩笑，实在太让人同情了。"

河崎先生点了点头。

"让您费心了，她确实有点难过。"

"我想也是。"

之后，科长一字一顿地继续说道：

"这实在太不幸了。庆典上大家都吃了蘑菇。可是只有您太太一人中招。保险起见，之后我们也检查了剩下的食材，可并没有发现褐黑口蘑。也就是说，那晚很可能只有一朵毒蘑菇。真有这么凑巧的事吗？巧合得让人不寒而栗啊。"

"是啊，那个……"

河崎先生从口袋里掏出手绢，擦了擦额头。

"您找我来如果只是慰问的话，您的心意我已经收到了。那个，不好意思，我们能快点结束吗？我今天是晚班……"

"哎呀，请等一下，我现在才准备进入正题。"

科长伸手示意他坐下，咳嗽了一声继续说：

"请恕我冒昧，您太太好像和周围的人有过不少摩擦。在这种情况下，只有她吃到了毒蘑菇，我们不可能只当作单纯的巧合草草了事。"

河崎先生震惊地抬起头。

"怎么可能！您是说，有人故意下毒让我太太吃到了毒蘑菇吗？"

"河崎先生，您不这么认为吗？"

被这么一问，河崎先生又恢复了原本战战兢兢的态度。

"啊，是的。不过，其实，我觉得，说不定那么多蘑菇里刚好混进了一朵毒蘑菇。谁都有可能吃到，只是我太太刚好不幸中招了。"

"这也不是不可能。"

"就是呀。"

科长抱起双臂。

"真是奇怪呀。我刚刚可是说，您太太这次遭此厄运很可能是有人故意为之。可是，您作为当事人却说只是个意外。说得难听点，这人就是罪犯。您不痛恨这个让您太太吃到毒蘑菇的罪犯吗？"

河崎先生斩钉截铁地说：

"我不会没有证据就平白无故去怨恨别人。"

"原来如此。"

两人言谈之间好像逐渐产生了火药味。

科长似乎认为这次食物中毒是有人故意为之，而河崎先生显然想否定这种看法。我顺口插嘴道：

"科长，我在报告里也说了，河崎太太只吃自己拿的食物，就算有人把毒蘑菇递给她，她一定不会接过来吃。"

"对，对，没错。我太太是自己夹到毒蘑菇的。"

河崎先生听到我支持他的观点，连说话的声音都变得洪亮起来。

"原来如此。"

"您不妨去问问她。"

"原来如此。"

科长把身子往前挪了挪。

"倒过来说，如果能有办法诱导您太太自己选中毒蘑菇，罪犯就能轻而易举得逞了。河崎先生，您说我可以去问您太太是不是自己夹了毒蘑菇，我倒是想问问她另外一件事。"

"万愿寺，你说说看，河崎太太会主动避开什么呢？"

"这个……"

当着河崎先生的面，这么说可能不太好。

"行了，拜托你说吧。"

虽然不太好，但毕竟西野科长是我的上司，他嘴上说拜托，其实是命令，我非说不可。

"她讨厌汽车尾气，还有上谷先生的无线电。其实，是害怕天线发射的电波对身体有害，还有……她也说过咖啡不好。"

"还有呢？"

"她亲口说过的就这三样。"

"呃……"

科长沉吟了一下。

"你可能太忙就忘记了，这份报告里还写了一样河崎太太会主动避开的东西。"

突然，河崎先生大叫道：

"是泷山！虽然不知道他动了什么手脚，但如果真有人下毒，让我太太吃了毒蘑菇，那一定就是他！"

河崎先生异常激动，眼睛瞪得浑圆。他手按桌子，眼看就要从椅子上腾空而起。他继续大声说道：

"肯定没错。那天就是那家伙烤的蘑菇。我太太对那男的，对那家伙……"

说到这儿，河崎先生突然把话吞了回去，像是电池没电的机器人一样，瘫在椅子上垂下了头。

科长一副很扫兴的样子，接过话头。

"是啊，烤蘑菇的是泷山先生。如果上谷先生没有逃离，可能被怀疑的对象就是泷山先生了。这是您所期待的吗？可惜啊，让您的期待落空了。"

怎么会，怎么可能！

"科长！您是说，是河崎先生让自己的太太吃了毒蘑菇？这么危险的事，他怎么会……"

"河崎太太虽然中毒呕吐，被送上了救护车，但并没有生命危险。"

"上谷先生说不定还了解一些毒蘑菇的知识，可河崎先生……"

"你怎么能断定上谷先生知道，而河崎先生不知道呢？虽说最近我没怎么去过山上，可对蘑菇多少还有一点了解。我从来没听说过有人吃了褐黑口蘑死掉或者留下后遗症的。而且，据我所知，这种毒蘑菇个头不大，轻轻松松就可以放进口袋夹带进去。"

接着，科长又问我一遍——

"先不说这个，你想起来了没？河崎太太想避开的东西。观山不是提到过吗？"

观山？是我不小心把车拐到河崎家前的路上，结果被河崎太太截停那次？不对，那次观山并没有和河崎太太交谈过。那就是家访那次了。

"啊！"

我不由得叫出声来。

对呀，我想起来了！河崎太太告诉我们她讨厌人工产物的原因时，观山确实顺嘴说过。

"食物烧焦会产生致癌物，是这个吗？"

科长用力点点头。

"河崎太太本来不是很在意食物烧焦的问题，听说给泷山先生送去的烤鱼有时也焦得像炭一样。可是，我们办公室的观山说了食物烧焦会致癌，您太太就对此非常担忧。她对使用无铅汽油的车辆排出的废气都那么在意，一旦开始排斥烧焦的食物，一定会做得更加彻底。"

河崎先生缩着脖子，低垂着头。

"泷山先生把用炭炉和烤网烤熟的蘑菇盛放在大盘子里，蘑菇上都带着烤网压出的焦痕。也就是说，蘑菇都烤焦了，所以河崎太太是碰都不会碰的。如果这时候里面有一朵完全没有焦痕的蘑菇，那会怎样？"

"对呀！如果是烤网烤的蘑菇，多少都会有焦痕，河崎太太是不会吃那样的蘑菇的，所以她吃的就是……"

我突然插嘴，科长好像并没有不高兴。他点点头，说：

"对呀。我明天打算去探望您太太，然后问问她'那天晚上，你是不是挑选了没有焦痕的蘑菇吃？比如，蒸好的蘑菇'……"

蒸好的蘑菇？那天负责蒸笼的，就是河崎一典先生。

"刚好大盘子里盛放着烤好的蘑菇，因此很难让人想到怎么能让特定的人吃到特定的蘑菇，所以大盘子就是个障眼法。对了，我应该去问问泷山先生，'当天到底是谁出的主意要把烤好的食物都放到大盘子上的'，希望他还记得。"

如果在布满焦痕的蘑菇中掺杂了一朵蒸熟的蘑菇，河崎太太一定会选那一朵。难道这就是隐藏在秋日庆典中的魔术强迫选择法？

此时，河崎先生俯身趴在桌子上。我看不到他的脸，只能听到他的声音。

"不是，不是这样……"

科长并没有和他争辩，而是继续说道：

"你这么做一定有你的理由。你应该已经知道你太太和泷山先生的事了吧。你是不是想给太过崇尚自然的妻子一个教训？不过，这些都和我们无关。只是，你做的事情太过分了。你们夫妻怎么闹我们都可以睁一只眼闭一只眼。可是你有没有想过，说不定会有别人不小心吃到那朵毒蘑菇呢？虽然十有八九是你太太吃到，可也不是百分之百。一不小心，说不定被送上救护车的就是我们科的万愿寺了。到时候，河崎先生，你也觉得无所谓吗？"

"我，不……我没有……"

"算了，我不是来听你的答案的，我也不想听。只是这场纠纷给我们的工作带来了不小的麻烦。怎么样，河崎先生？你如果收拾行李走人，这事也算有个了结。我这个提议还不错吧。"

"不是……是上谷先生，是他准备的蘑菇。"

"你还要狡辩吗？"

科长微微叹了口气，摊开桌面上的文件，里面夹着一个我从未见过的白色信封。

"上谷先生连夜逃走以后，观山在他家找到这封他留下的信。"

科长从信封里把信掏出来摊开，推到河崎先生面前。他浑身颤抖，并没有看。

"信里面呢，他主要是说，他并不知道为何会发生食物中毒事故，那些蘑菇根本不可能让人中毒。因为，他说谎了。蘑菇并不是他从山上采来的，而是从市场上买来的。可是里面却混入了毒蘑菇，这一定是某人的阴谋。这个地方居然有人偷偷用毒蘑菇给人下毒，实在太可怕了。他不敢再继续住在这里，所以才逃走的。"

河崎先生缓缓抬起头来，用颤抖的声音说：

"是他买来的？"

他的眼睛变得通红，脸色乌青，不断重复着相同的话。

"他买来的？可是，他说那是自己摘的……"

"你是听他这么说才策划了这次的事吗？好吧，河崎先生，你知道上谷先生为什么要说谎吗？"

河崎先生愣在那里，摇了摇头。

"他在信中解释说，如果让大家知道他对山里的东西很了解，说不定可以成为突破口，使他和热爱大自然的邻居们搞好关系。他的这份努力真是令人感动啊。您觉得呢？"

听到这句话，河崎先生变得比平时更加畏缩。他张开嘴巴想说点什么，却又什么都没说出口，只是像金鱼一样嘴巴一开一合。

就这样，又有两户人家离开了蓑石村。

寒冬将至。上谷先生住过的房子前还架设着天线，想拆除就需要额外花钱，估计一时半会儿只能把它留在原地了。说不定，上谷先生会找个机来处理掉。大众对业余无线电的偏见，给上谷先生带来不少困扰，想必他不会留下这个东西给人添麻烦的。

第五章　深沼

1

四个地区合并后的南库市市政府使用的是从前南山市市政府的办公大楼。这里距南库市市中心最近，且建筑物本身体量大、楼龄新，因此成为新合并的市政府办公所在地。不过，现任市长饭子又藏对这个安排并不满意。竞选市长时，他就指责前市长之所以选择这里是有意偏袒自己的家乡。经过五年时间，去年饭子市长二度参选并成功连任，如今他不再提起改变市政府办公所在地的事了。

我平时上班的地方是设立在间野区公所的复兴科，不过还是因为工作关系要时不时回市政府本部办事。现在已经是21世纪了，没什么工作不能靠电话和网络解决。可是，为了到各部门盖章，每周我还是得有一两次要专门花三十分钟跑回市政府本部。今天我身穿西装，打着领带，胸前别着公务员的徽章，走进南库市市政府的自动门。此时虽是秋高气爽，我却前所未有地紧张到冒汗。今天，我们应饭子市长的要求，前来说明蘘石村的现状。

我早就料到会有这一天的到来，但这一天来得比预想中要迟。四月底，开村仪式还没举行前，就有两户搬离了蘘石村。开村仪式后，又有五户搬走了。所以，我早就做好心理准备，会被质问到底是怎么回事。

"哎呀，太好了，今天天气可真不错！"

西野科长的语气中没有丝毫的紧张感。原本只需要科长一人来就好了，可是他说"你掌握的第一手资料最多"，于是硬把我也拉了过来。其实，观山和我一样，也一直在和移居者直接打交道。只是今天显然不是来领赏，而是来受罚的，叫一个新人来当炮灰，确实太过分了。而且，复兴科也不能没人留守，所以今天把她留在了办公室。

市政府的一楼大厅是市民科。今天也是一如既往人头攒动。有的人来办结婚手续，有的人来办离婚手续；有的人迁入，有的人迁出；有的人办出生证明，有的人办死亡证明；有的人来拿居民证，有的人来开印章证明，有的人来取户籍证明……受理或者不受理，都有我们的同事在负责对接。如果是受理的项目，要引导市民继续办理接下来的手续，不受理的要告知对方正确的申请方法。南库市每天就是这样在运作着。

"请问……"

身后突然传来一个低沉的声音。一位驼着背的老太太不安地抬起头看着我。

"我想申请护理服务，要去哪里办理呢？"

"哦，这个啊……"

这项业务一般人确实容易弄错。是否符合护理服务资格，通常是由市民科来核定，但南库市是在地域管理科办理。

"要去二楼的地域管理科。您可以搭乘扶梯上去。"

老太太冲我笑着点头致谢。等她走远，西野科长一脸不可思议地用夸张的语调说：

"哟，万愿寺，你没在市民科和地域管理科工作过，没想到你居然记得要去哪里申请护理服务。"

"嗯，是呀。"

这不是本来就应该知道的吗——我把这句话默默吞了回去。

市长派人来通知我们去他办公室汇报蓑石村现状。我们乘电梯直接去往办公楼的最顶层。我被派去复兴科之前，在土地管理科待了两年，也在这个办公楼工作。我自认一直勤勤恳恳工作，以前还有同事调侃，说下次人事调动我肯定会被提拔重用，调去总务部。结果，却被派到了复兴科这个莫名其妙的部门。南库市I-TURN援助计划眼看就要惨淡收场，我离晋升之路已渐行渐远。

不，也不一定，要是峰回路转呢？说不定市长突然看好我呢？我看着电梯玻璃门上的自己，领带似乎有点歪，不由得一再扭动领结的位置。

市长办公室整体是深棕色系的装修。市长的办公桌不是一般的大，正常根本用不着这么大的桌子。平常市长就坐在与这把桌子配套的大班椅上。

饭子市长今年六十二岁，他的体型说好听点是壮实，说难听点就是胖。他脸颊饱满，皮肤油光发亮，晒得黝黑却满面红光，一看就是精力旺盛的人。他讲话时声如洪钟，经常一边讲，还一边配上夸张的手势。不过，这应该不是刻意营造的效果，他天生就是声音洪亮、激情澎湃的人吧。之前他是一家建筑公司的老板，当上市长之后就把公司交由女婿打理。

此刻，市长双手搁在桌子上一言不发，身体微微向后倾，看起来心情并不太好。那双平时总像在探寻别人弱点的眼睛，今天却无力地低垂着。

房间里还站着两个人，一位是山仓副市长，一位是大野副市长。据说副市长必须从原南山市和间野市各挑一人，所以这个只有六万人口的小地方竟设置了两个副市长的职位。山仓副市长戴着一副方形眼镜，身材高挑，头发向后梳成大背头。大野副市长肩宽膀阔、体格壮硕，听说读书时玩橄榄球，他本人也一直以此为傲。两人都冷冷地看向我们。

办公室里配有待客用的桌子和沙发，可没人出声叫我们坐下。西野科长赶紧先打了声招呼。

"让各位领导久等了。我先把资料发给各位。万愿寺，过来帮忙发一下。"

这份资料共有二十二页。我昨天加班到晚上十一点半才做完。分发给三人后，市长一页一页慢慢地翻，山仓副市长快速地浏览了一遍，而大野副市长一直盯着封面，连翻都没翻一下。

"下面我们将就着这份资料，来汇报一下蓑石村的现状。万愿寺，开始吧。"

虽然我已经料到科长什么都不打算做，可没想到他真的完全袖手旁观。

"好的，下面我来汇报一下情况，首先请看资料的第二页……"

从四月份发生的事情开始，我按顺序一路汇报下去。

首先是开村仪式前就搬来的久野家和安久津家，因为发生了火灾，安久津家连夜逃离了蓑石，久野家也紧跟着迁了出去。

五月开村仪式之后，打算创业的牧野先生事业遭受重挫，也离开了。七月，立石家还没上小学的小孩走失，被发现昏倒在久保寺先生家的地下防空洞。久保寺先生因差点让邻居家的小孩遭遇生命危险感到非常内疚，而立石家对蒉石村的急救应对体制感到不放心，所以两家都选择放弃继续留在蒉石生活。

之后，十月举行秋日庆典活动时，发生了食物中毒事件。提供蘑菇的上谷先生和食物中毒的河崎一家，双双搬离。

按照西野科长的指示，资料里只写了这些事件的表面情况。可是，事情的真相还是得向市长汇报。也就是说，四月的火灾很可能是久野先生一手造成的，而河崎太太蘑菇中毒是其先生有意为之。如果警方要调查这两起案件，我们一定会全力配合，但是要不要报警要看受害者的个人意愿。对于我的汇报，山仓副市长和饭子市长似乎一点都不意外，两人在听我报告时连眉毛都没动一下。他们八成早就知晓了事情的经过。

大野副市长却听得目瞪口呆。他满脸通红地大叫道：

"这是怎么回事？也太夸张了吧！怎么尽是些奇奇怪怪的人？这些移居者都是谁挑选的？"

我不由得看向西野科长。从申请者中选定移居者并不是复兴科的管辖范围。科长也一脸困惑，只是皱着眉头，一言不发。我只好无奈地回答：

"是市长。"

山仓副市长接着说道：

"实际上是我选的人，秘书科也有参与。"

我记得，有一天西野科长突然拿着一份名单进来，说"这是移居者的候选名单，有劳你啦"。我只知道这事与秘书科有关，不知道原来山仓副市长也参与其中。由此可见，选人的工作完全将复兴科排除在外了。

"哦，这样啊。所以选人方面是没问题的喽。"

山仓副市长翻着资料说道：

"移居者中出现这些问题的前因后果，我们已经清楚了。关键是，他们为什么不愿意留在蓑石村，一心要搬走呢？万愿寺啊，你怎么看？"

没想到他会问我的看法，我迟疑了一下。

"这个……"

不知此时说出自己的想法是否合适，我看了看西野科长。科长仿佛什么都没听到，没做任何表示。我默默叹了一口气。

"呃，蓑石村虽然接连发生了几件不幸的事情……"

我一边说，一边思考该如何措辞。

"但我认为，最根本的原因是移居者对蓑石村还没有产生故乡情结，他们大都从小在城市长大，没有山区、乡村的生活经验。怀抱梦想来到蓑石村，可梦想与现实之间一定会有落差，他们还没对蓑石产生故乡情结就遭遇到挫折，因此无法弥补这份落差。从而，也就无法找到坚持留下来的理由。我想这就是他们离开的最大原因吧。"

"故乡情结啊……"

大野副市长感触良多地低叹一声。继而，他的表情瞬间明亮起来。

"没错，必须得让移居者产生故乡情结才行。我们不如搞点活动吧，比如写一首蓑石之歌，让他们加深对这块土地的眷恋。"

要是靠一首蓑石之歌就能解决所有问题，那这份工作未免也太轻松了。况且，我刚刚汇报过，之前搞的秋日庆典和蓑石之歌完全是一样的思路，结果活动中有人食物中毒，又有两户搬离了蓑石。

山仓副市长并未理会蓑石之歌的建议，他接过话头。

"刚刚搬来肯定不可能产生故乡情结，这种眷恋要住久了才能慢慢培养出来。"

没错。

"是的，正如山仓副市长所讲，这是最根本的原因，但不可能一蹴而就。可是，除此之外，还有一些是技术性问题。"

我看到市长微微抬起了头。我顿了顿，整理了一下思路才谨慎地继续往下说。

"我们这个项目为移居者提供了搬迁补助金，本来是为了方便他们从原本居住的地方搬来蓑石村。可是，移居者在搬来蓑石村一年内，也就是从今年四月开始到明年四月，如果搬离蓑石去其他地方，也同样可以得到补贴。所以，我们这项补贴既能鼓励大家搬来蓑石，也会促使他们轻易地离开。"

大野副市长的脸一下子又涨红了。

"这是怎么搞的？为什么会定这样的制度？这是谁拍板决定的？"

这是谁决定的？这个钱是补贴，能决定的当然只有——

"市议会。"

我也不清楚提出这个方案的人是谁。迁出时也提供搬迁补助金，实在太奇怪了，应该说太莫名其妙了。可是，这个方案已经在议会上通过。规定好的补助金，我们复兴科也不能随意改变。

"这样啊，那制度本身应该也没有问题。"

大野副市长喃喃自语道，脸色又恢复了正常。真是有趣。

从头开始，市长就一直沉默不语。他紧抿着嘴巴，皱着眉头，死盯着桌上的资料。

山仓副市长扶了一下镜框，又说道：

"对了，七月份那件事，找到那个走丢孩子的人就是你吧。"

报告上并没有写是谁找到孩子的，山仓副市长是怎么知道的呢？

"是的。"

"本来，你热心救人应该给你颁发奖状，可我听说你不想接受表彰，这是为什么呢？"

"我只是在工作中做了自己的分内事，实在不值得被公开表彰。"

这个理由足够充分。其实，我最担心的是，救助小孩的事要是传开来，那就等于把蓑石发生事故的事公之于众了。这样一来，说不定会有人质疑这个项目，移居者们很可能也会跟着产生动摇。如果有媒体来采访，我也不会隐瞒，可是自己绝不会主动公开这件事。

山仓副市长隔着镜片盯着我看了良久，才轻描淡写地回应了一句：

"这样啊。"

好一阵子，谁都没有再开口。过了一会儿，山仓副市长向饭子市长问道：

"市长，您有什么要问的吗？"

市长依然眉头紧锁，轻轻叹了口气。

"没有了。"

说完，他咳嗽一声清了清嗓子，用力点点头。

"你们一直很努力，希望接下来也能把工作尽力做好。"

此时，一直保持沉默的西野科长以惊人的速度立刻回答：

"谢谢市长。如果没有别的事，我们就先告辞了。"

果然，没有别的事情了。

2

刚才的状况太不可思议了。我还以为会被臭骂一顿，结果只有大野副市长稍微有点激动，没有人打算追究复兴科的责任。最令我奇怪的是，饭子市长竟是这么沉默寡言的人吗？

"呼……比我预想的要顺利得多。万愿寺，你也辛苦了。"

是说"我也"辛苦了吗？

西野科长按下电梯按钮，然后看看手表。我也看了看手表，才刚刚三点过半。科长郁闷地说：

"呃，离下班时间还早呀，那只能回办公室了。"

才这个钟点就在考虑下班的事，也太夸张了吧。不管他了，我今天还有别的事情要处理。

"不好意思，我还要在这边办另一件事。"

"另一件事？什么事啊？"

"我要去土木科办点事。"

不知道科长是不是真的知道我要去干什么，他一边频频点头，一边说：

"哦，哦，要去做那个啊。"

"那我先走了，你去吧，等一会儿你回科里吗？"

"回的。"

"好。"

科长随口回应完，电梯门就开了。看他走进去，电梯门合上，我才转身离开。

我要去的土木科就在下一层。其实和科长一起搭乘电梯下去也不是不可以，只是市政府有一条不成文的规定——"政府公务人员上楼两层以内，下楼三层以内应走楼梯"。就算是膝盖受伤，就算是拄着拐杖，若破坏了规定，就会被大家投来责难的目光，当作不环保的自私分子。所以，我还是乖乖走楼梯比较好。

南库市市政府以开放性著称，各部门之间不用墙壁区隔，几乎联通成一体，因此通风良好、视野开阔，但空调制冷制热的效果相对就不怎样了。我一走近土木科所在的区域，跟我约好的人就冲我招了招手。

"万愿寺，这边。"

"好。"

土木科的中池和我同年进入市政府工作，我还待在本部的时候经常和他一起喝酒。在饮酒文化盛行的公务员世界里，我们两人虽然不讨厌喝酒，但酒量都不太行。所以作为难兄难弟常常聚在一起，喝着饮料大倒苦水。中池以前就有点发福，一阵子没见更显圆润了。他坐在椅子上笑着说：

"好久不见啊。最近怎么样？"

"还行吧。我们区公所太破旧了，到处漏风，把人吹得够呛。"

"改建区公所可不是我们土木科的管辖范围哟。"

我对他的公务员玩笑回以一笑，然后拍了拍自己的公文包。

"我带过来了，在这里看吗？"

中池竖起大拇指，指了指办公室的一角。

"我借了会议室，咱们过去那边说吧。"

我按照他说的走去会议室。说是会议室，其实只是用隔板隔出的一个简单空间，里面只放了两把椅子、一张桌子，甚至连个白板都没有。

不过，确实各部门的预算都不太够。

"我就不给你倒茶了。"

说着，中池拉出一把椅子坐下。我坐在他对面，迅速拿出资料在桌子上摊开。这是蓑石村的地图，移居者所住的房子都标了红色。

"我在电话里跟你说过，这些房子是有人居住的。"

中池一看就面露难色。

"住得很分散啊。"

的确，涂成红色的房子分散在蓑石村的各个方位。这不是我们故意安排的，而是将可以出租的物业分配给移居者后，自然变成了这样的局面。

"这怎么……"

说到这儿，中池就说不下去了。

中池是除雪计划的负责人。在经常下雪的南库市，除雪是生死攸关的大事。除了中池，参与除雪工作的还有好几个人。之前我已经和他打过几次电话，讨论蓑石村的除雪问题，可是一直理不出个头绪。所以，这次想趁着来向市长汇报的机会跟他当面讨论一下。

"万愿寺，这事不用说你也知道……"

中池语气沉重地做了个铺垫。

"市里面规定，主干道才由政府来除雪。除此之外，就是学校周边的道路、连接各地区的干道、主要设施周边，还有市中心的道路。蓑石村通往原间野市市区的道路还可以算是连接各地区的干道，但是其他部分就不在政府除雪的范围了。退一万步，顶多也只能加上这条路了。"

中池指着通往蓑石那条被称为"荷包束口"的南北干道说道。

"原则上，居民住宅到干道之间的道路都得由各家自己除雪。"

这太不合理了。

"中池，我不说你也知道，规定里还有一个准则：如有必要，为维持基本生活所需的除雪作业也可由市政府操作。事实上，蓑石村以前应该全部道路都是由政府来除雪的。如果你们只负责这条南北干道，有好几户人家必须自己除雪上百米才出得了门。这难道不算是维持基本生活所需吗？"

我指着地图上的一角，继续说道：

"最远的这家要自行除雪三百多米，这太不现实了。很多移居者根本对积雪一无所知。"

"不能因为对积雪不了解就给予特别优待啊。移居者大多都还年轻吧，其他地区很多人家里只有七八十岁的老人，我们也没办法帮他们把门前的雪都除完呢。"

中池抱着双臂，又说道：

"我也明白，让居民自己除三百米的雪确实不大可能。就算是一百米，一两天还勉强可以，到了雪季天天要除雪简直没法搞。"

"就是啊。"

除雪可以说是市政最大的难题。当然，垃圾回收和道路维修也关乎日常民生，不可或缺。但如果因为预算不够而停止除雪，那可是会闹出人命的。不除雪，大家就没办法外出工作、购物。虽然没法说哪项市政工作最重要，但从历年的降雪量来看，停止除雪的严重性堪比停水断电。我知道土木科的预算不够，其实没有哪个部门是预算充足的。桥墩和管道早都过了耐用年限，中央公园的水系也早就干涸了，图书馆没钱雇用正式的管理员，只能找编外人员，我们复兴科办公室的窗户都破到透风漏气了。可是，除雪不同，这件事非做不可。

"当然……我们做预算的时候，也充分考虑了蘘石村的除雪费用，只是没料到居民会住得这么分散。现在只能祈祷今年是一个暖冬了，不然……"

中池盯着地图，无奈地耸了耸肩。

"光靠着原来的预算肯定不够，现在只能看看修正预算时能不能加上这笔费用。"

我双手合十，拜托中池：

"就靠你了，帮帮忙！"

中池笑着摆摆手。

"别这样，咱俩不都是为了工作嘛。"

确实如此，我并不是凭着两人的私交在谈工作，是以复兴科工作人员的身份来说明情况，而中池也只是按照土木科的规定公事公办。然而，私交和工作很难泾渭分明区隔开来。毕竟工作是人在做。我想到中池接下来要为了修正预算奔忙，甚至还会被追究预算失准的责任，不免对他感到亏欠。下次一定要找个馆子好好请他喝酒。

"对了——"

中池顺手将蓑石村的地图推回给我，刻意微笑着说：

"你在复兴科干得怎么样啊？那可是市长直属的部门。"

"啊，是呀……没啥大问题。"

"这是怎么了？今天你不是来见市长的吗？怎么了，被骂了？"

"没有……"

我不禁想起今天市长的样子。他一直坐在椅子上沉默不语、目光黯淡，难道他的身体出了什么状况吗？

"我们工作进展得不太顺利，不过市长也没批评我们，他什么都没说。"

中池瞪大了眼睛。

"真没想到……我还以为，以这位市长大人的个性，一定会毫不留情地狂批一顿呢。"

"完全没有。他从头到尾一言未发，只是最后说了句'你们尽力了'。"

"哇，看来市长很欣赏你嘛。太好了，万愿寺，你前途无量啊。"

我知道中池没有恶意，可是对着仕途已经中断的人说什么"前途无量"，他讲话还真不过脑子。或许，他只是想用这种方式安慰我一下。我不置可否地笑了笑。他摸着下巴说道：

"嗯，你们科长是出了名的职场精英，所以市长一定对你们寄予厚望啊。"

精英？

"你说西野科长？"

中池点点头，做出投球的姿态。

"你知道职业棒球的'小泰山'郭源治吧，听说合并前，你们科长可是被称作'间野市的小泰山'哦。"（注：郭源治，一九五六年出生于中国台湾，职业棒球运动员，效力于日本职棒中日龙队。）

"郭……是谁啊？"

"如果是我，我会称他为'南库市的佐佐木主浩'。"（注：佐佐木主浩，一九六八年出生于日本，著名日本棒球投手，绰号"大魔神"。）

"这个人名我倒是听说过。"

中池一脸扫兴地又比画出投球的姿势。

"你对棒球不感兴趣啊。总之，他就像队里的守护神，或者说像救火队长，多复杂的案子都能妥善处理，多棘手的问题都能大事化小，成功摆平。我听说过他不少事迹，下次，有机会讲给你听。"

中池一边说，一边竖起中指在脸颊上画了一竖道，似乎暗示与黑道有关。

可能是看我表情太过呆滞，他问道：

"怎么回事？你在复兴科没感觉到？"

"不是……"

西野科长不管大事小事都往我这边推，我每天至少会在心里抱怨两三次"你能不能自己做点事啊"。说他是"绣花枕头"好像不准确，说他"当一天和尚撞一天钟"又太轻描淡写，说他"三天打鱼两天晒网"似乎也不贴切。总之，就是和职场精英挂不上钩。

"可是……"

四月份的那次小火灾，上个月的食物中毒事件，西野科长本人什么都没做，甚至都没给下属任何指示，可最终解决问题的又确实是他。

"万愿寺，怎么啦？"

被中池一问，我才回过神来。

"啊，嗯，是呀，是这样吧。"

听了我含糊的回答，中池不明所以地皱起了眉头。

3

回到家已是晚上十点。不算早，也不算迟。

一直没时间吃晚饭，所以回来的路上我在便利店买了一盒鲑鱼饭。这一带的商店晚上九点前就已经关门了，可是我几乎没在九点之前下过班，所以回来的路上要是没有便利店，我真不知道要怎么活下去。回到家换了衣服喘口气，趁着放洗澡水的工夫，我把盒饭用微波炉加热先解决了晚饭。然后丢了空饭盒，把明天要扔的可回收垃圾规整好放到门边。再看表已是晚上十一点。

今晚约了要给人打电话。保险起见，我先看了看短信。

"找我的话，晚上十一点左右打我手机。要是没接，就是有事，不好意思啦。"

我想时间应该差不多了，于是拨通了电话。铃声响了几下，电话里传来语音提示："您拨打的电话暂时无法接通"。我叹口气，刚把手机放下就听到来电铃音响起。是弟弟打过来的。

"喂。"

"哥，不好意思，刚才有点忙。抱歉，你能不能再打过来。"

弟弟在东京一家公司当程序员。具体的工作内容他从来没提起过，总之一直都很忙。我和他用的是不同服务商的手机卡，所以没有家庭成员之间免费互打的优惠。要我打回去，也就是说电话费要我来出。虽然很窝火，但毕竟是我找他有事，所以也没得抱怨。再打过去，这次接通铃音刚响他就立刻接了起来。

"喂。"

我好久没有听到他的声音了。我和弟弟的感情，不能说不好，但也说不上多好。我觉得，弟弟的声音和父亲很像。

"哎呀，不好意思，大晚上打给你。"

"没事，我还在加班。"

"还在单位？讲电话方便吗？"

"没事，旁边没有别人。"

我很想问他出了什么事要一个人加班，可话到嘴边还是咽了回去。独自一人在办公室加班，也不是什么稀罕事，我自己也常常如此。

"找我什么事？"

"你记得吧，下下周是爷爷的两周年忌日。要预备斋饭，所以老爸让我确定一下人数。"

爷爷不敌病魔离开我们已经快两年。他将一生都奉献给了农田。平时他少有笑容，可盂兰盆节、新年的家宴上看到大家添饭，他会笑眼弯弯，表现出很开心的样子。三年前的秋天，他的健康状况开始出现问题，连站起来都变得很困难，可他还是坚持搞完了秋收。老爸带他到医院却为时已晚，没多久他就离开了人世。两周年忌日会做法事，到时要给大家预备斋饭，准备多少得先安排好。

"哦，不好意思，我去不了。"弟弟答道。

那就没事了。

"好的。你多保重。"

"谢谢。我会的。"

"那就这样。"

我刚要挂断电话，弟弟突然语气沉重地问了一句：

"哥，你怎么样？"

"你说我？"

弟弟从来没有问过我的近况，我条件反射地给出一个含糊的答案——

"还好。"

"千花很担心你呢。她怕你在单位被挤到一边坐冷板凳了。"

"她和你说的？"

妹妹并没有在我面前表露过。

"措辞不太一样。她说，你被派去负责一些奇奇怪怪的工作，很难搞。到底是怎么回事啊？"

"我也不知道。"

这是真话。

"我现在的工作，肯定不属于有望升迁的典型路数，可也算是市长直接管的项目。今天也才去见过市长。至于是不是被边缘化，我也不清楚。"

"项目？什么项目？"

我没跟弟弟提过复兴科的事，一来没机会，二来也没必要。不过，他问我，我也不想隐瞒。我把I-TURN援助计划的目标、进展从头到尾讲了一遍。这个项目要给无人村蓑石招募新居民，使村落重新焕发生机。从最开始和房东交涉，挑选中介公司，向移居者解释说明，好不容易走到了开村典礼这一步，结果因为一些不幸的意外好几户人家又离开了蓑石。我也顺带说了一下一起工作的两个同事，一个是大大咧咧、不拘小节的新人，一个是每天只关注上下班时间的上司。弟弟一直默默地听着，没有插话。他很少会这样。

"今天还去见了市长，大概就这么个情况。"

我讲完，过了一会儿他才略带迟疑地说：

"让十户人家搬来蓑石又能怎样呢？加起来也就三十来人。变成了无人村，就代表这块土地已经没用了。哥，这样开倒车的项目是没有未来的。"

站在我的工作立场，我没法说"的确如此"。

"开田町已经消亡了。"

弟弟说的"开田町"是合并前我们老家的市名，以前爸妈开的小餐馆就在那里，现在这里已经成为南库市开田区。

"开田和周围几个地方合并起来，改成南库市这种莫名其妙的名字。原本再小还算个市镇，现在却成了一个城市的边角。其实，就算是南库市，在全国也不过是个边缘化的小地方。哥，不管你们再怎么努力，南库市也不可能变成像东京、大阪、横滨、福冈那样的大城市。这样的地方，连个像样的产业都没有，只是不断鲸吞纳税人税金的沼泽。哥，你不觉得吗？"

"……"

南库市幅员辽阔，要应对大雪、台风、地面结冰等难题，维持市内正常运作就要不断更换老旧的设备。可由于地广人稀，这样的工作变得愈发困难。以南库市的税收，根本没办法与这些问题长期作战，市财政只能依靠中央拨款……就算南库市的财政收入能翻一番，还是远远不及每年的支出。

"哥，你是个聪明人，何必留在这种地方打杂？快来东京吧！这里有的是工作机会，就算一下子找不到，我也可以给你介绍啊。下决心，要趁早！"

没想到，弟弟这么为我操心。他一直觉得，我与其屈就于南库市被边缘化的部门，还不如像他一样去东京闯一闯。他从小就爱说"哥哥这么聪明"，有时候还会很自卑地不断重复着"你就好了，这么聪明"，可实际上并不是这样的，我只是在本地的学校算是成绩比较好的，但放眼全国顶多也只是中上而已。我很清楚自己的斤两，可弟弟直到现在还觉得我是个"聪明人"。

"哥，你到底为什么要做这份工作呢？把自己的人生奉献给一个已经消亡的小镇，你能得到幸福吗？"

没想到弟弟竟然这么关心我。看到他学会了关心别人，不禁让我感慨万千。然而，他的话太过傲慢了。

"幸福啊……"

我喃喃自语：

"那我问你，你幸福吗？"

"我？"

"老爸退休的庆功宴你不回来，爷爷的两周年忌日你也不参加，几个孙子里，爷爷可是最疼你的。"

"我……"

弟弟的语气变得激动起来。

"做这些不过是徒增伤感。我不是不重视老爸和爷爷，只是，做法事有什么意义呢？首先，我没有假，就算有一天的假也该好好休息，不然身体怎么吃得消……"

"这算什么幸福呀？"

"我真的很忙呀。"

我听到弟弟低声嘟囔着。

"你说南库市是个大沼泽，没错，你形容得很好。可是，所以呢？我们该怎么办？把全市所有的人都迁到东京，就能得到幸福吗？那是强制迁移。我知道有的国家做过这种事，但没听说一个有好结果的。况且，这样做得到的幸福，是谁的幸福呢？"

"我就直说吧……连更换生锈的水管都无法自掏腰包的市镇，有什么资格抱怨？你以为是谁在给你们补贴？是我们纳税人。中央收的税，都让这些小地方花光了。像南库市这种地方，就算存在下去也是白白费钱费力。你还不明白吗？"

"难道住在小地方本身就是罪过吗？"

"这个，我也没这么说。"

他话里的意思，我不是听不出来。

"你的意思我明白，可是这不是本末倒置了吗？不是人要去配合经济的合理性，而是合理的经济分配要去服务于人。如果经济合理性变成衡量一切的标准，那奴隶制、种族隔离不都变成合理的了？"

"哥，你太天真了。奴隶制被废除了，可其实只是被与它相似的制度所替代。人不可能不考虑经济合理性，顺应其道才是明智的做法。"

"这是一个思路，却不是唯一的标准。要住哪里是每个人的自由，对幸福的定义也因人而异。只要不妨碍别人，要在哪里生活，要过怎样的生活，都没问题。我们公务员的工作，就是要保障居民的基本生活权利。我觉得，这是值得投入一生去努力的事业。"

"这不就是把压榨合理化吗？哥，不管怎么说，南库市已经没有居住的价值了。在合并的时候，不，在更早之前，这个穷乡僻壤就只剩下那片土地而已。这样的市镇遍地都是，各地都有这样的地方。要是在日本住哪里都差不多，那负担着高额的生活费住在大城市，不就是有害无益的感情用事了吗？"

"人就是感情用事的动物啊。"

"哥，你这是打撤退战。"

"那你就是在打消耗战。前进是战斗，后退也是战斗，这个世界是没有天堂的。"

弟弟的语气像是快要急哭了。

"哥，南库市会怎样我不管，我只希望你能生活在可以发挥自己才华的地方。"

我明白。

"谢谢！你在那边好好努力，我也会在这里继续奋斗。"

半晌，电话那头没有出声。

最后，弟弟才说：

"对不起，哥，我并不是想诋毁你的工作。帮我跟老爸和奶奶说一声抱歉！我没法回去参加法事了。"

"好的。你自己多保重。"

我挂断了电话。

耳边传来水流声，是洗澡水溢出了浴缸。

每天的生活依然照旧。

第六章 白佛

1

"没想到圆空和尚是江户时代的人,我还以为是年代更加久远的高僧。"

我一边用手轻轻控制着方向盘,一边喃喃自语般说道。坐在副驾驶位的观山游香立刻回应道:

"可能是因为人们对空也和尚、行基和尚的印象太过深刻了吧。"

通往蓑石村的路蜿蜒曲折,在这里开车必须非常专注。但我还是瞄了一眼副驾驶位,观山正拿着小镜子整理头发。她应该是想说:提到云游僧人,人们就会想到空也和行基,因为对他们的印象太过深刻,所以才会觉得圆空和尚也是古人。我也觉得她的说法很有道理。更关键的是,我才发现,我竟然对观山的洞察力一直熟视无睹。

如同梳齿一个个掉落后被遗弃的木梳一样,居民一个个离开后的蓑石村也终被废弃。自从我被调去接手给这个无人村招募新居民,让村子重新焕发生机,大多是与观山搭档行动。我对她的第一印象是一身学生气的散漫新人。她和宝贵的移居者讲话时经常没大没小,时不时就让我吓出一身冷汗。接电话和写文件也不规范,常常令我哀叹怎么这么倒霉,要和一个如此不靠谱、学东西又慢的新人搭档。

如今,冬日将近,移居者已搬来半年多,我对她的印象却大为改观,变得更为复杂。至少她不是一个什么都懵懂不知的小姑娘,也绝不是那种空有知识却不谙世事的书呆子,虽说大大咧咧,可工作上没出过岔子。有的移居者对她讲话的态度颇有微词,却也没有人专门跑来投诉过。所以,难不成她对公务员刻板的程序,以及应对市民时如同背负着十字架般忍辱负重的态度嗤之以鼻,是因为其个人能力很强,处理工作游刃有余?不对,我觉得,她的个性不像那种叛逆期的少年。那么,她表面上的随性散漫又是怎么回事?

观山突然打了个喷嚏,我猛然一惊把方向盘打多了一些。路边没有护栏,车子一边陷入了泥沼。我忍不住抱怨道:

"你别吓我啊。"

接下来，我都把注意力集中在开车上。观山瞪大眼睛，拍着胸口，嘟囔着"吓死我了"。

2

我们会在车上聊到圆空，是因为蓑石村有座圆空佛的雕像。

此前，蓑石村已经无人居住。移居项目首先要从村子里挑选出还能居住的坚固房子，然后由政府委托房地产中介，将业主的空屋租给移居者。原先的业主有的居住在国内，有的已经生活在国外，但都已经不打算再搬回蓑石。与其一直白白交房屋税，还不如租给别人多少赚点租金。屋主们被我们用这个理由成功说服，纷纷签订了租赁合同。

好几家空屋里还放着不少东西，这些物品大都以房屋附属物的方式一起租给了移居者。除了衣柜、桌子、餐柜之类的家具，还有按摩椅、老式脚踏缝纫机、显像管电视机，有的人家甚至还保留着神龛或者佛龛。我们刚才谈论的圆空佛就是其中一家遗留的物品。

"是圆空佛啊，真的是圆空佛，这个可就厉害了。"

惊呼连连的是其中一位移居者——长塚昭夫先生。他今年五十四岁，搬来蓑石村之前在横滨一家零配件厂工作。具体是什么情况，我也不太清楚，听说是因为离婚才决定搬来这里的。他在移居者中表现得格外积极，显然是有意充当新蓑石村的领导者。

"圆空佛家喻户晓，如果送去相关机构，一定会被当作国家重要文化遗产保护起来，到时可就麻烦了。我认为呢，我们应该以圆空佛为镇馆之宝，建一间博物馆。然后，以'圆空之乡'作为宣传卖点，再举办一些相关活动。啊，这个'圆空之乡'可是我的首创，你们不能随便就拿去用啊。当然了，这个也不是什么有版权的东西，但总要说清楚嘛。你说是吧，万愿寺先生。"

"嗯。"

我实在不忍心把真相告诉他，这个说法我早就听过了。

长塚先生坐在客厅里，背对着自家的壁龛，高谈阔论了一个小时。他家的壁龛空空荡荡什么都没放，显得格外突兀。

昨天傍晚，长塚先生打来电话，说有事找我们商量，要我们立刻过去。我客客气气地告诉他没法马上出发，他立刻说"那就明天吧"。不知道发生了什么大事，他会这么着急，今天我便带着观山来到他家。他带我们一进到客厅，就立刻开始高谈阔论。房间里的暖气不太给力，我正襟危坐听着他讲话，一阵阵寒意沁入膝盖。而观山早已把茶喝干，十来分钟前就放弃端坐，一副想打瞌睡的样子。观山本来挺擅长跪坐的，可见此时她有多么无聊。

"说起来，蓑石这个地名本来就和圆空有关，这一点也必须充分利用起来。照我看来，这个地方缺乏产业支撑。所以，今后还是得靠文化。现在可是靠文化赚钱的时代呀。"

估计他搞错了，我听说蓑石村的名字并不是源自圆空和尚，而是弘法大师。

"圆空，就是这个村子发展观光的爆点，还得在离村子最近的火车站安排一趟接驳车。不过，关键是那条路。只有那么一条弯弯曲曲的山路，可没法发展观光业。得有一个有发言权的人提出改善村里的道路才行。"

再继续的话，只怕他要说出"所以，在下长塚昭夫将不惜一切代价……"之类的话了。我赶紧插嘴道：

"您说得很有道理。我会把您的提议转告科长。那个，您不是说今天有要事要谈吗？"

"对啊，就是圆空佛这件事啊。"

长塚先生急不可待地继续说道：

"圆空佛，是这个村庄，乃至全市的宝贝。要如何善用它，不看到实物就无从谈起。可是那对夫妻把圆空佛当作他们自己的东西，这个太过分了！对吧？"

我知道他口中的那对夫妻是谁。他说的是若田夫妇。他们两人都二十来岁，俊男美女，是一对恩爱夫妻。申请书上写着，他们之前住在神户。长塚先生所说的圆空佛，就在若田夫妇租住的房子里。不知为何，他们坚持不给别人看那尊佛像。简而言之，现在是长塚先生想看圆空佛，所以希望我们能想办法说服若田夫妇。

"不管怎么说……"

他更加激动地大声说：

"那尊佛像并不属于他们夫妻，是原屋主留下来的，虽然我也不知道原屋主的名字，可他们摆出一副那是自家东西的嘴脸，说什么不能给任何人看。凭什么呀？你们不觉得他们太不讲道理了吗？真是有毛病！"

"您说得对。"

我的回应只是针对圆空佛不属于若田夫妇这一点，可长塚先生听了却满意地点点头。

"就是嘛。他们家先生太古怪了，简直是神神道道的。"

他的脸上尽是不满的神色。

不知观山刚刚在想什么，她一直盯着自己指甲，这时突然一脸倦意地问道：

"那尊佛像不是有复制品吗？"

确实如此。如今已经离开蘘石的久保寺先生提起过那尊佛像的事。我后来和教育委员会确认过，合并前间野市曾有意将这尊佛像收入历史资料馆，并为此做了树脂材料的复制品。而且，据说还做了好几个样品。

长塚先生似乎没料到观山会开口，瞪大了眼睛，继而生气地回道：

"我知道！复制品我见过了。可我想看的是真品。赝品没有真品那种气场。像你这种人可能理解不了。"

我思酌着该说点什么缓和一下气氛，观山只是淡淡地"哦"了一声，似乎对他的话并不十分介意。于是，我也没再多说什么。长塚先生不再理会观山，又加重语气对我说道：

"万愿寺先生，就是这么回事。你要和那对夫妻好好谈谈。你得说服他们，让想看那尊佛像的人都能看到，让想借的人都能借出才行。

这件事关乎整个村子的未来，请务必尽力而为！这里能不能打造成'圆空之乡'就看你的了。你们科长那边我会再去找他，这件事可全拜托你了。"

"嗯……"

对于我不置可否含含糊糊的回应，长塚先生不以为意。或许因为已经一吐为快，他表现出一副心满意足的样子。

离开长塚家，我伸了个懒腰。本来和市民打交道就是一项让人神经紧绷的工作，尤其对象还是长塚先生这样的人，更让人费神。我吐了口气，一团白雾随风消散。

清晨的风冷飕飕的，待太阳升起也没能暖和一些。天空清澈湛蓝，周围俨然已是一派岁暮天寒的冬日景象。进入十二月，蓑石已经下过初雪，虽然只是零星飘落了几片雪花，但恐怕离被大雪封村的日子已经不远了。环抱着山村的连绵青山，变成一片暗绿。过去数百年间，应该说自打有人开始在这里居住，山上的林木就不断被砍伐，已经没有什么过去自然生长出来的大树了。现在山上几乎清一色种植着人工培育的杉树。到了冬天，叶子的颜色会暗淡许多，却不会掉落。如今蓑石村的林业衰退，不知何时才会有人再来砍伐这些树木。有朝一日，我要是被调到林业科，就要好好理一理思路了。

我打开车门，坐上公务车，问道：

"刚才长塚先生说的事，你怎么看？"

观山坐上副驾驶位，一边系安全带，一边回答：

"其实他就是想看若田家的佛像嘛。这有什么，看就看呗。"

"你说得倒挺轻巧，好像这事与你无关似的。"

"本来就不关我事啊。"

"这可是咱们的工作。"

"这也关我们的事？"

被她一问，我反倒不确定了。长塚先生想看佛像算不算市政府该管的事呢？可是，我们平常总是把"任何事都可以找我们商量"挂在嘴边，人家真找来了，我们也不好置之不理，拒之门外吧？

我发动着引擎，从空调吹出来一阵暖风。我没有立刻启动车子，而是看了看仪表盘的时钟。现在才刚过下午三点。

"天还早，要不我们去一下若田家？"

"什么？"

观山直接表露出不满。

"招呼都没打就突然跑到别人家，肯定会让人很不爽的。再说，这工作日大白天的，会有人在家吗？"

"若田夫妇现在都还没有固定工作。可能是在家做什么兼职，但肯定没有外出上班。现在顶多会出去买东西，但在家的可能性还是很大的。"

"您怎么知道得这么清楚啊？"

了解移居者的动向可是我们的分内事。

"他们搬来都半年多了，房租再怎么便宜，一直不工作能行吗？"

"谁知道呢。"

"这种情况，肯定是夫妻有一方家里特有钱。"

观山一副对这种事了然于胸的样子。不过，这次实际状况很可能如她所料。不管怎样，她说得对，无端端跑去别人家里，确实不太好。

"好吧，咱们先回去和科长汇报一下吧。"

观山一听就笑眯眯地点了点头。

我发动车子，开向蓑石村通往市区的唯一通道。观山将座椅靠背放倒，毫不客气地进入了放松模式。虽说我不是那种很在意年资的人，可让前辈开着车，自己一副无所顾忌的态度也太过分了吧？我刚想让她注意点，观山却先开口问道：

"对了，那尊圆空佛到底是谁的呀？"

"这还用问？当然是若田家原来房东的东西啊。"

"我就是问那个房东是谁。"

我刚想说她怎么连这个都不知道，可转念一想，在处理空屋出租的初期，观山还没来复兴科呢，所以当然没有机会了解此事。

"那栋房子的屋主叫桧叶太一，已经七十多岁了。他家有兄弟姐妹五人，他是家中长子。年轻时，他就离开村子出去打工了。双亲过世后，他继承了家中的土地和房子。但现在人在仙台，连孙子都有了。自从父亲过世以后，除了扫墓，他都不会回来，所以现在也不可能再搬回蓑石村了。"

观山不解地歪着头问：

"他应该知道自己家里有座圆空佛吧，怎么就这样放着不管呢？"

"听说他们家代代相传，说'这尊圆空佛是他们家的守护神，也是村子的守护神，今后世世代代都不得将其挪移'。"

观山猛地坐起身来。

"搞什么呀，我最怕这种神神道道的东西了。"

这么怕还一直问。

"没事没事，我逗你的。不好意思。"

观山愣愣地张大嘴巴，皱起眉头，又靠在椅背上躺下。

"万愿寺先生，您平常都不苟言笑的，不要突然改变人设嘛。"

"什么人设？"

车子经过视野不佳的弯道，我按了一下喇叭。这里只有一条机动车道，如果对向突然有车开过来，就避无可避了，所以一定要先发出警示。

"玩笑归玩笑，其实桧叶先生一直觉得那尊圆空佛是假的。他觉得若真是赝品，公之于世岂不丢脸。他说，当初父母就不该同意制作复制品。可毕竟是祖上传下来的东西，也说不定就是真品。所以，他打算好好调查一下。调查清楚之前，还是先把佛像放在屋子里。"

几十年了，他真有心调查早就调查清楚了，所以他只是错失了丢掉佛像的机会吧。

"嗯……"

观山把手指放在嘴唇上，沉吟了片刻。

"所以，是桧叶先生把佛像交给若田夫妇保管的。呃，那从法律的角度来看，这个物品应该是……这题好像公务员考试有考过。"

我想了一下。

"这是无偿保管的东西，可以当作自己的所有物一样来保管。但如果是房屋租赁的附属物，就应尽善管义务。说实话，这个情况应该算哪个，我也不太确定。"

观山面露难色地开口道：

"万愿寺先生——"

"什么？"

"什么是善管义务？"

"竟然问我这个？"

一般人不知道这个词也就算了，她可是参加了公务员考试，而且还考过了的人，怎么也该知道个大概吧。我真是搞不懂这个家伙到底是怎么回事。难道她是在跟我装傻？

"善管义务，就是善良管理人的注意义务，要妥善保管自己负责的东西。别说是不小心弄坏了，就是丢在一边不管导致发霉，都要承担赔偿责任。"

"您一解释我就想起来了。"

真的吗？

我瞥了观山一眼，她似乎搞清楚了前因后果，嘴上发出"嗯、嗯"的声音，频频点头。

"我明白了，所以若田夫妇才不想让别人看佛像的。要是随便给别人看，不小心弄坏了，日后发现是真的圆空佛，那不就……"

"不就要破产了……"

我随口附和道。

原来如此——我暗想道。之前我还纳闷若田夫妇为何不愿意让别人看那尊佛像，原来是因为有可能会给他们造成巨大的经济损失呀。虽然还不确定这是不是他们拒绝的理由，但要是答应了长塚先生，就得想想该如何说服若田夫妇。

我正在思酌着这个问题，弯道前方突然传来了喇叭声。我也按下喇叭，提示对方这边有车，同时轻踩刹车让车速降下来。连接蓑石村与市区之间的这条路只有一条行车道，只要不是太大型的汽车，还能勉强会车。很快从左弯道的尽头开过来一辆绿色的面包车。

"啊，是鱼新。"

观山把座椅靠背调直，朝对面开过来的车子招了招手。面包车的司机看到观山，也朝她挥了挥手。那个男人体格魁梧，使驾驶位看起来显得太过逼仄。我把车停下来，让面包车从旁边开过去，只见面包车的车身上印着白色的"鱼新"二字。

蘘石村连一间商店都没有。日后或许会有人想开店，但目前在这里连食品和日用品都无法买到。要买东西只能驱车前往市区，往返得花一个半小时。不过，最近小超市"鱼新"开始开车来此卖货，蘘石村的生活应该会大为改善，然而——

"鱼新的风评好像很差。"

听我这么说，观山有些生气地说：

"是哪里做得不好？鱼新的老板人很好的。"

"刚才那个不是鱼新的老板吧，是他儿子……"

"鱼新的情况我很清楚，刚刚你说鱼新哪里不好呀？"

"不是我说鱼新不好，是移居者对他家评价不高，说他家没有绿叶菜卖，自己常用的厕纸品牌也买不着。"

"哼，这有什么。"

难得看到观山如此愤慨。

"要求可真多。人家鱼新本来是卖鱼的店，给他们提供蔬菜和厕纸，他们还不感恩。"

"你和我说也没用啊。"

"鱼新很注重食物的新鲜度。你看他们送货的那辆车，为了能把新鲜的鱼送货到家，可下了一番功夫，专门设置了聚苯乙烯泡沫的保温箱呢……"

"奇怪啊，你怎么总向着鱼新说话呀？你跟他是同学吗？"

观山颇为自豪地说：

"我高中的时候在他们家打工。要离职的时候，老板还特意送了我一个大红包，感谢我一直以来努力工作呢。鱼新，真的是一家很好的店。"

原来是被红包利诱，成为他家的忠实粉丝了呀。鱼新的老板，可真会收买人心。车子开过山路，前方豁然开朗，市区已在不远处。

3

西野科长似乎对长塚先生的提议很感兴趣。

负责复兴蓑石村工作的复兴科，办公室不在市政府本部，而在远离市区的间野区公所。办公室很小，而且冬冷夏热。科长在堆满各种通知和申请文件的房间里兴致勃勃地说：

"圆空之乡，未来前景很广阔呀！找个有名的建筑师，好好建一座圆空博物馆，之后游客络绎不绝，创造大量就业岗位，说不定还能成为世界遗产呢。馆长一职得找熟悉蓑石村的人来担任。你看，我对蓑石村就很了解嘛。这下连我退休都有保障了。不错，不错，万愿寺啊，你要好好帮帮他。"

"真的可行吗？"

虽说复兴科有义务为移居者提供各方面的协助，可也不是闲着没事干，如果要去处理长塚先生的提案，那其他工作就得暂时放一放。不过，更重要的是……

"我真不觉得这个能发展什么经济。"

科长笑眯眯地问：

"是吗？为什么？"

"就算各项进展很顺利，顶多也只能促进旅游观光吧。"

科长身子一仰靠在椅背上，椅子发出嘎吱的声响。

"你说得也对。观光业瞬息万变，有时候因为一条负面评价，昨天还是天堂，今天就坠入地狱。如果原本有一定的产业基础，锦上添花来搞旅游业确实不错。可是想只依靠旅游来发展经济，那只是穷途末路的小地方最后的挣扎……你想说的是这个意思吧。"

我感到背脊有点发凉。原来科长心如明镜啊。明知如此，他还要我把长塚先生的提案当作一项工作去处理，原因不外乎两点：要么他觉得让长塚先生看过圆空佛，可能就不会再提什么发展观光、大搞宏图伟业的话了；要不然，就是观光业发展失败，他已经不在复兴科了。所以现在如何都无关紧要。

科长像无聊的小学生一样，把椅背压得嘎吱作响。

"不过，这年头也很难说，有的地方设计的吉祥物一下子就红了，说不准有朝一日蓑石村自创的圆空娃娃也能火遍全国呢？"

这应该是全日本每个地方共同的梦想，谁不希望能有这样的好事？

"算了，以后的事情以后再说，也不是一点儿希望都没有，还是去努力实现吧。当然，如果若田夫妇实在不同意，那也没办法。不过，你还是去和他们谈谈。"

"我知道了。"

"那这事就靠你了。长塚先生一打电话就没完没了的。"

说着，科长站起身来，伸出两根手指放在嘴边。

"我出去抽根烟。"

离下班还有三十多分钟。我敢打赌，下班前科长不会再回来了。

当天我就给若田家打了电话，约好了隔天下午两点去拜访。第二天一大早，我先在市政府这边开会。呼吸着久违的本部空气，听大野副市长埋怨了一个半小时为何移居者不能稳定下来，然后和观山会合一起前往蓑石。

若田家住的房子建在山坡上，被一圈荒废的梯田所环绕，但房子周围整饬得很平整。一栋很大的主屋和一间半新的小偏房相邻而建，占地面积不小。因为这一带年年大雪，所以屋顶都是用白铁皮制成的。偏房是十年前房主的长子继承房屋土地时新建的，当时想着将来可以回乡养老，然而实际并没有用到。天空阴沉沉的，笼罩着铅灰色的乌云，所幸没有风，但仍旧寒气逼人。

主屋的门前有个门铃，按下去却没有响声。

"是坏了吗？"

观山歪着头说。

"好像是。"

我一边说，一边拉了拉玻璃门的把手，门是锁着的。没办法，我只能喊了一声：

"有人在吗？"

过了一会儿，屋内有人应道：

"来了……"

有人来到玻璃门前，没等我们报上姓名，就开了门。开门的是若田一郎先生。他冲我们点点头，说道：

"你们好！"

他穿着加厚卫衣和棉裤，一副居家的休闲打扮。可近距离一看还是令人忍不住赞叹他真是一个帅哥。他不仅身材高大、五官精致、脸很小，而且明明已经二十七岁了，可肌肤细腻紧致，说他是十几岁的少年也绝不会有人怀疑。和先前几次见面时一样，他低垂着眼眸，神情中带着几分忧郁。

我光顾着暗自赞叹，愣了一会儿才赶忙和他打招呼。

"啊，好久不见。感谢您今天抽空见我们。"

"谢谢您。"

观山也附和道。若田先生用轻到近乎听不到的声音说了一句"请进"，做了一个请的手势示意我们进屋。

他引我们进到一个非常宽敞的房间，看起来大约有二十平方米。不知这个房间平时做何用途，房间中央摆着一张大大的矮桌，旁边放着厚厚的坐垫。主屋是老房子，通风良好，因此到了这个季节会变得格外寒凉。房间的一角开着暖炉，然而房间里一点儿都不暖和。

"我去倒些茶。"

听到若田先生这么说，我赶忙说"别客气，您别张罗了"，不过对方没做任何表示，径直走出了房间。

观山哆哆嗦嗦地缩着身体。

"哇……这房间可真够冷的。"

"别这么大声。"

"我带了暖宝宝。"

"我也是。"

蓑石村的房子，我们已经来过不知多少回。为了防潮，日式老房子的门窗往往气密性较差，房间自然很冷，所以我们事先都做好了准备。可这间屋子还是冷得让人难以忍受。我维持着端坐的姿势，把手伸进口袋，紧紧握住口袋里的暖宝宝。还好没等太久，若田先生就端着茶壶和茶杯，和他太太一起回到了房间。

若田先生的妻子名叫公子，她身上有种与众不同的气质。公子太太性格恬静，从不多言，可一举一动都透着优雅，让人无法忽视她的存在。她一看就是那种出生于富裕家庭，从小家教良好的大小姐。因此，她搬来蓑石，不像定居，更像是来别墅小住。公子太太的身材略有几分丰腴，笑起来总感觉像有什么心事。

若田先生将茶杯放到我面前。

"不好意思，不是什么好茶。"

我又说了一次"不用客气"。若田先生还是没有回应，只是默默把茶斟满。确实，没人会听到别人说"不用客气"就真的把茶杯收回去。

"谢谢！太好了，我就不客气了。"

观山朗声道谢，立刻端起茶杯吹了几下，开开心心喝起茶来。她长吁一口气，笑容满面地说：

"整个人都暖和起来了。今天可真冷啊。"

若田先生也笑了笑，一脸抱歉地说：

"真是不好意思啊，我家的暖炉不给力。主要是这房子太大了。"

"早晚应该更冷吧。生活上有没有什么不方便的地方啊？"

听我这么问，若田先生轻轻点了点头。

"确实很冷。不过，我本来就想搬到冬冷夏热的地方，所以正合我意。只是让我太太跟着受苦了……"

他这喜好还真奇怪。不过，世上就是会有这样的人存在吧。公子太太握住若田先生的手，说道：

"我一点都不觉得辛苦呀。"

两人都才二十来岁，可莫名有种老夫老妻的感觉。突然，观山开口问道：

"这么说来，你们都没用过旁边的偏屋吗？"

我不知道她说的"这么说来"是从何谈起，不过若田先生很自然地回答：

"是啊，基本上没用过。"

这倒提醒了我，偏屋是新盖的，门窗的气密性更好，温差应该也不像主屋这么大。看来观山早已留意到这点。既然若田先生想体验冷暖差异，自然主屋更合适，偏屋反倒没那么好了。

"偏屋还在使用的只有佛堂，那是之前的屋主留下来的，所以我们都没动。"

刚好对方提起了佛堂，我赶忙接过话头。

"其实，今天我们就是为这件事而来。"

若田先生惊讶地看着我。

"这件事是指……"

"就是之前屋主留下来的东西……这房子里有一尊圆空佛的雕像，对吧？"

"嗯，是有。"

他挺直背坐起来，老老实实地回答道。我莫名觉得他的声音里似乎透着一丝紧张。

"那尊圆空佛……"

话一出口，我就语塞，不知该如何继续了。虽然从昨天开始我就一直在琢磨该如何说服他，可还是没想到恰当的措辞。

"有人很想亲眼见识一下那尊佛像。如此难得一见的宝物，自然会想一睹真容……不知道您意下如何呢？"

"你的意思是，要我们公开展示那尊佛像？"

"也不是要公开展示，我只是想和您商量商量，看看有没有可能让蓑石村的居民私下参观一下。"

若田先生正色答道：

"我不同意。"

"可是……"

"那尊佛像交由我们保管，我们不能随随便便就拿出来展示。我们只是刚好搬来蓑石村碰上了这样一间有佛像的房子，不能未经允许就擅自处理佛像。"

他说得也在理……应该说完全合情合理。可是我总感觉不知哪里有些牵强。他的态度似乎特别强硬，像在刻意坚持什么。

若田先生又继续说：

"而且，我觉得，也许我与这尊佛像相遇并非偶然。如果别人要看，我就必须郑重其事地展示——可我又不是什么文物专家，要是有什么闪失，该如何是好？所以，我真的无法应承您。"

"您的心情我理解，毕竟这尊佛像属于桧叶先生。"

"桧叶先生？他是谁？"

桧叶先生是房东，但房屋租赁合同是由房屋中介公司处理的，所以他们二人可能并没有直接碰过面。虽说合同上有桧叶先生的名字，但他没有印象也无可厚非。

"就是把佛像交由您保管的人。刚才您也说过，佛像是帮别人保管的嘛。"

听我这么说，若田先生俊美的脸庞露出一丝不屑。

"啊，你是说佛像法律意义上的所有者啊，他姓桧叶是吗？我不记得了。我说帮忙保管，并不是指帮他保管。"

"不是他，那是谁呢？"

若田先生停顿了片刻，敛容屏气地说道：

"是老天爷。"

原来如此。

"我知道是谁想看佛像，那个人只是想把佛像当成赚钱的工具而已。你们复兴科夹在中间也很难做，可这件事恕我难以答应。如果没有别的事，我就失陪了。"

说完，他就站起身径直离开了房间。我和观山面面相觑。她愕然地瞪大了眼睛。

"我先生实在太冲动了。"

公子太太柔声细语地说。

"哪里哪里，是我们太强人所难了。"

"请你们千万不要误会，他只是觉得自己保管的东西太贵重了，所以才会有点儿神经质。"

假如那尊佛像确是真品，保管这种市值难以估量的古代艺术珍品当然要小心翼翼，可若田先生的态度似乎不仅仅是因为这个。

公子太太转头望向若田先生走出的那扇门，依旧用温婉柔和的语气说：

"其实，我们从搬来这里的一年前开始，一郎就接二连三遭遇了许多不幸。"

我点点头，继续安静地聆听。

"他弟弟在工作中发生意外，父亲被检查出患了重病，母亲在路上遭抢劫受了重伤，之后姐姐又被坏男人欺骗背负上债务。接二连三遭遇不幸，使得一郎心神不宁。后来，有人建议他去找算命师看看，结果他对算命师的话深信不疑。"

"算命？"

观山插嘴问道。

公子太太似乎也有点不明就里。

"具体我也不太清楚，也可能是巫师吧。总之，那个人对一郎说，之所以会遇到这么多倒霉的事，都是土地在作祟。人们的欲念积淀在城市的大地上，形成恶之花。如果不赶快搬家，接下来不幸就会降临到他自己身上……"

听到这番话，我突然联想起一件事。

"所以，刚才若田先生说想住在冬冷夏热的地方，也是算命师的建议？"

"应该是，也有可能是听到'搬离城市'，一郎自己想当然的解读。"

不管从哪个层面来看，蓑石村都不是都市。在市政府的复兴项目开始之前，这里已经多年无人居住。对若田先生来说，这里应该是可以安心定居的好处所了。

"后来，我们搬来这里，一郎看到原屋主留下的佛像非常惊讶。他觉得这是命运的安排，所以认为自己有义务好好保护那尊佛像。"

"他会对着佛像祈福吗？"

"我不知道，但他每天会在佛堂里待很久。"

接着，公子太太用一种置身事外的语气补充道：

"一郎这状态，就像社会上流行的伪科学，信则有不信则无。只要他自己觉得安心，就由他去吧。"

只要若田先生觉得好就好，那公子太太呢？你自己怎样都无所谓吗？

"您不觉得委屈吗？"

对我的问题，公子太太心事重重似的微笑着回应道：

"我从来没觉得委屈。"

4

圆空佛的事被暂时搁置下来。我把若田先生坚决反对的意见告诉科长以后，他只说了一句"这样啊，太可惜了"，就没再下任何指示。长塚先生时不时会打电话来问，我每次都采用拖延战术，跟他说我们正在处理应对。

我每天照旧忙碌于日常的工作，可脑中偶尔还是会浮现公子太太说的话。虽然她叫我们不要误会若田先生，可她的话简直就像印证了长塚先生所说的"若田先生有点'神神道道'的"。她到底是如何看待自己丈夫的呢？

"人家不是说了嘛，就由他去吧。"

我问观山对那日在若田家的谈话有什么看法，她直截了当地用一句话就打发了我。

"我觉得那应该是她的真心话，没有什么其他含义。"

或许观山是对的。

然而，如果真是这样，公子太太的心愿恐怕要落空了。一周以后，若田先生打来电话。

很难得，接到电话的是西野科长。因为需要再次协调明年的垃圾处理预算，我被叫到了市政府本部。午后回到复兴科，科长满面愁容地对我说：

"万愿寺啊，那个若田先生打来电话，说佛堂的情况不对劲儿。"

"不对劲儿？什么意思？"

"他说佛堂的氛围怪怪的。"

我完全听不懂这话是什么意思。

"科长，这个……怎么说呢，我可没能力帮人做心理治疗啊。"

"这个我明白，只是……"

科长用手指敲着桌面，闪烁其词地说：

"我听到的大致意思是，若田先生不希望佛龛放在新建的偏屋，想把圆空佛放回原本的位置去供奉，可是他也不知道佛像原本放在哪里，所以十分苦恼。他说，仓库里存放着老桧叶先生的日记，就是屋主父亲的日记，说不定可以从中找到线索。可是，上面的字写得龙飞凤舞，日记的量又很大，一个人实在整理不完。"

我有一种不祥的预感。

"科长，难道您想……"

"啊，嗯，说不定这样可以搞定。"

他随即悄然撇开视线。

"既然人家叫我们过去帮忙，万愿寺、观山，你们两个就去一趟吧。后天你们应该都有时间吧。"

"后天？不是星期六吗？"

"嗯，所以，当作私下帮个忙嘛。"

看来他是不想算周末加班了。

科长的表情像在打什么如意算盘，他又补上一句"去帮一天忙，我们就好交涉了"。

显然他是想将说服若田先生当作自己的功劳，可是这种事真希望他一开始就能拒绝。然而，既然已经答应了，我们也只能硬着头皮上。我将忍不住想要脱口而出的叹息又默默咽了回去。

"好的，我会出这趟公务。"

理所当然，出公务就能领到周末加班补贴。平时为了离开复兴科回到市政府本部，我愿意放弃加班费，可这次实在忍无可忍。

科长一脸的不快，抱着双臂，说道：

"啊？公务吗？行吧，算了，这次就特事特办，我会处理的。那就有劳你们了。"

"去之前我会联系一下桧叶先生，看看他记不记得以前圆空佛是摆在哪里的。"

科长瞪大眼睛，呆若木鸡地看着我。

"哦，对呀，还有这个方法。"

"我等一下就打电话。"

然而，情况并没能如我所愿。桧叶太一先生早已从他工作的钢铁公司退休，现在含饴弄孙过着悠闲自在的生活。虽然我一下就联系上他，可是听说若田先生想把圆空佛放回原来的地方，他只回了一句"搞不懂他要干什么"。而对于我的问题——圆空佛移到偏屋之前放在什么地方，他也只回了一句"不知道"。

这下，周末加班已成定局。

天气晴朗，又是出公务，所以我决定今天开单位的公务车前往。本来可以顺路接上观山，可一问她，她却说：

"我会坐鱼新的车过去，回来的时候再麻烦您。"

我稍微调查了一下写日记的人，他是桧叶太一先生的父亲，名叫振太郎，四年前才过世。他一直以林业和农业为生，将自己的一生都奉献给了蓑石。

今天天清气朗，但寒风凛冽，我们约定的时间是上午十一点。我不便留在市民家中让他们请吃午饭，可蓑石村并没有餐饮店，回市区吃饭又太花时间，所以我提前在便利店买了盒饭放在车上。平时开公务车时我是不会放音乐的，但毕竟是周末加班，听听音乐应该不算什么大问题。我一边开车，一边播放着自己喜欢的摇滚乐。

到达若田家门口，比约定的时间早了十分钟。倒不是我听着摇滚乐，所以加大了踩油门的力度，而是以防迟到，我充分预留了时间。正在这时，我看到若田家门口站着一个人，穿着羽绒外套、围着围巾、戴着帽子和手套，全副武装。那人正朝我挥手。原来是观山游香。没想到她竟然比我还早到，我很不爽地下了车。

"早上好啊。"

观山热情地先和我打了个招呼。

"你好早啊。"

"不是我早，是鱼新他们早，没想到星期六他们都起这么早。"

突然，我意识到一个问题——公务员搭民众的顺风车合适吗？市政府的法律风险防范讲座上好像没有举过类似的例子。鱼新属于利害关系人吗？他们确实是在蓑石做生意……

"算了……"

"你说什么？"

"没什么，没事。"

每次接受别人的好意都要检讨一番是否有悖工作准则，未免也太累了。

我犹豫了片刻，还是决定把盒饭留在车上。今天这么冷，应该不会坏掉。我没像观山那样全副武装穿着整套防寒装备，还是和平常一样穿着西装，外面套了一件印有市名的防风夹克。如果天气真的太冷，恐怕就受不了了。本来我打算在车里待到约定的时间，可既然观山已经到了，我也不必再耗在车上。

"你见到若田夫妇了吗？"

"见到了，若田太太还给了我一个小豆包。"

"是吗？真好啊。"

观山拉开大门，朝里面喊了一声：

"若田先生，万愿寺先生来了！"

听到声音，若田先生从里面走了出来。他依然把胡须剃得干干净净，整个人看起来清爽整洁，穿着则和我们上周来访时一模一样。

"万愿寺先生，真是对不住，周末的休息时间还让您跑来帮忙。您肯来真是太感谢了！"

说完，若田先生向我鞠躬致意。

我顿感欣慰。做我们这行，经常被叫去干活，但结果还要挨骂。我倒也没指望得到什么回报，但能有一句感谢的话还是很开心的。

若田先生仍旧带我们去了上周那个大房间，桌子上已经摆放着十几本笔记本。

"这就是您说的日记？"

显而易见，我问不问都一样。

"日记上没写名字，但我觉得不会错，就是之前住在这里的桧叶先生写的。"

此时不知为何，观山开始发号施令，安排起来。她脱了帽子和手套，但依旧穿着羽绒服，围着围巾，干脆利落地说：

"万愿寺先生，您和若田先生在这里看资料。我去偏屋那边。"

"偏屋？"

我四下望了望，这个房间有二十多平方米，再多的资料都摆得开，三个人待在一起也不会觉得局促。

"干吗要去偏屋？在这里看不了吗？"

观山瞪大了眼睛。

"我在这儿工作会死掉的。"

有那么夸张吗？

我仔细打量了一下观山，进入房间她也没把羽绒服脱下，我猛然意识到原委。

"哦，原来是这样。"

这个房间太冷了。虽然房间够大，但因此暖气效果不佳。若田先生尴尬地补充道：

"偏屋只有佛堂在使用，所以我把需要翻阅的日记放了一部分过去。我不怕冷，在这里也没问题，可观山小姐想在暖和一点的地方，所以问我能不能使用偏屋那边的房间。"

观山竟然提出这种要求？要是若田先生是那种个性差一点儿的人，只怕又会引来一番争执。真不知道该说她是大大咧咧还是天真无邪……她就是没个公务员该有的样子。不然以她的个性，一定会是大家都很喜欢的地方公务员。我瞥了她一眼，观山满不在乎地说：

"我拜托了若田先生呢。"

"其实，本来应该也安排万愿寺先生过去偏屋那边的，那边没这么冷……只是，偏屋的佛堂比较小，两个人用好像挤了点。"

"不用，不用，我没问题。可是，那间佛堂不是说……"

若田先生不是觉得那间佛堂有点儿奇怪吗？我倒是并不相信什么神灵附体、鬼怪作祟的说法，可是把单位的同事独自放到奇怪的地方，总归有点说不过去。

若田先生立刻接过话头，说道：

"是啊，我跟你们科长说了，那里有点不对劲儿。不过，只有我觉得怪怪的，我太太并没有觉得哪里不对。观山小姐去查看过了，也说没问题。"

观山跟着点点头。既然她本人不介意，我当然无所谓了。真要被什么附体了，就让科长请人来给她驱邪吧。

我再次确认了一遍需要调查的东西。情况跟科长说的基本一致。若田先生想知道以前住在这里的桧叶先生是如何处理圆空佛的。如果有礼佛，具体参拜的方法是怎样的，还是说仅仅是收藏而已。调查的目的就是要确认这件事。我暗下决心，只要能让若田先生安心住在蓑石，管它是日记也好，月记也好，我都要好好找一找。

"那我们就开始吧。"

观山说着，自顾自站起身来。

若田先生要领观山去偏屋，我独自留在大房间有点奇怪，而且我也想确认一下她的工作地点，于是也跟了过去。

观山离开大房间之前，拿起搁在房间一角的一个运动大提包，扛在肩头。只是看看资料干吗带这么大一个包呢？

我随口问道：

"那是什么？"

"你觉得是什么呢？"

如果是工作日，我肯定会说"我才不想在工作的时候，当着市民的面去玩这种无聊的猜谜游戏"，可是毕竟今天我们是周末加班的难兄难弟，我还是回应一下她吧。今天最奇怪的是她这一身全套防寒装备，就算预计会在寒冷的地方工作，但又是毛线帽，又是防寒耳罩，未免也太夸张了。

"等一会儿，你和人约了去滑雪还是玩单板？"

观山默默竖起大拇指，冲我咧嘴一笑。

偏屋盖在主屋的旁边，两栋建筑以穿廊连接。

地板冷得像结了冰一样，如果不是顾及眼前的若田先生，我恨不得用脚尖点地溜过去。

"就是这里了。"

若田先生停在一扇门前。和主屋的拉门相比，偏屋的门框要高得多，门扉表面光滑油亮，一看就知道修建的时间并不算久。若田先生推开门，里面是一个干净雅致的小房间。

房间大约六七平方米，有一扇小窗。圆形的矮桌上堆放着十几本笔记本。除了一张茶色的坐垫和一个煤油暖炉之外，房间最里面有两扇对开的纸门。或许是刚从二十平方米的大房间过来，越发觉得这个房间有些逼仄。两个人在这里看资料确实太拥挤了。

"这扇纸门后面就是那个吗？"

我估计八九不离十，但还是问了一句。

"是的，里面放着佛龛。"

"所以那尊圆空佛也……"

"对，就安放在里面，所以……"

若田先生转头对着观山说：

"所以，请不要打开！"

"好的，我明白。"

观山爽快地应承道。

她回答得太干脆，反而让我有些担心。但是，她应该很清楚，要是偷看被发现的话，绝对会引起轩然大波。

接着，若田先生交代了洗手间的位置。

"那我先回主屋了，有什么事你随时叫我。"

说完，他就往回走。我也跟着准备离开，临走前我不经意地扭头看了一眼观山，她冲我轻轻挥挥手，将佛堂的门关了起来。

回到大房间以后，我们也开始着手调查。其实，我很怀疑，桧叶振太郎既非神职人员，也非僧侣，会特意将圆空佛的安置方法写进日记里吗？不过，我还是按捺住心中的疑惑继续推进工作。对我而言，不去多想按照指示行动并非难事，简直就是工作中的家常便饭。我随手拿起堆放在最上面的一本日记。指尖触碰到尘封已久的纸张时，似乎稍一用力纸就会碎裂。

日记本是市面上那种最便宜的笔记本，封皮上只用墨水写着"昭和四十年日记"几个字。上面没写名字，我怀着偷看他人日记的些许好奇，翻开了本子。(注：日本的昭和四十年，即公元一九六五年。)

一月一日

希望今年一切顺利。

日记并非天天都写，有些日子写了，有些日子没写。有时一连十天什么都没写，有时又心血来潮连续几天一写就好几行。我一页页往下翻，一行行文字从眼前掠过。

三月十八日

苏联人遨游太空。

或许不久的将来月球旅行不再是梦。

如果能乘热气球去就好了。

七月六日

抓到了拐骗小孩的犯人。

受害者的父母实在太可怜了。

傍晚暴雨如注，得去检查一下水槽。

十二月六日

气温骤降，午后开始下起了雪。

煤油暖炉送来了。点火非常快，就是臭得让人受不了。不过，没有烟真是太好了。而且，不用担心容易引发火灾。

孩子们好开心，还说以后傻瓜才烧木柴。那以后不就是傻瓜才去种可以用来当柴火的柏树和栎树了？国家鼓励种植杉树，杉树才能赚钱。经济即教育，教育即经济。

"我老婆……"

若田先生突然开口说道：

"她是不是和你们说了我的事？"

"嗯，稍微提了一点儿。"

"您一定认为我这人很怪吧。"

"不会啊。"

看着日记的若田先生猛然抬起头。

为避免刺激到他，导致他去单位投诉，我小心翼翼地遣词造句。但是我也不打算对他说谎。人们会依赖各种各样的事物，有的人前一天还坚信自己可以搞定一切，第二天却变得必须依靠什么才能活下去。自从被调到复兴科，这样的情况我见过很多。所以，就算看到若田先生信奉什么，我也并不觉得奇怪。

若田先生笑了笑。

"是吗？谢谢您。"

日记里没有什么晦涩难懂的地方，而且只要找到记载了圆空佛的地方就好，所以进展很快。我迅速翻完昭和四十年的部分，接着又打开下一年的日记。

"我老婆以为我是因为相信算命的说法，才辞职搬来蓑石村的，其实并不是这样。不，应该说不完全是这样。"

若田先生自顾自地说了起来。

"您可能已经听说了，那一年我简直就是犯了太岁。一家人非常倒霉，不是生病就是碰到意外或者案件，而我本人也过得一团糟。"

我停下手边的工作。公子太太并没有提及发生在若田先生身上的灾祸。

他一边翻着日记，一边缓缓道来。

"我在申请书上写了之前的工作。您应该知道吧，我之前在神户一家服装公司工作。能找到自己心仪的工作我本来很开心，然而喜悦转瞬即逝，那个职场实在太恐怖了。我自己虽说不上多有教养，可长这么大还是第一次被人指着鼻子骂'去死'，而且仅仅是因为我没能完成销售业绩。"

我也没少被情绪激动的市民骂"去死"，不过我并不会因此就说公务员的工作更为艰辛。

"后来，那个言语刻薄的部门经理被调走了，本以为这下终于可以一门心思扑在工作上了，谁曾想后来我的遭遇更惨。有人直接对我暴力相向，而且专挑被衣服遮住的、不会被人发现伤痕的地方动手。之后，我当上了店长，可是空有头衔，薪水却一点儿没涨，反而连加班都拿不到补贴，到手的钱比以前还少。有时忙到没法回家，就在店里的椅子上直接睡了。我真的觉得自己快撑不下去了。可是，我又没有其他工作，要是就这样辞了职，我之前受的苦就白费了。而且，我老婆一定会很担心，既然如此……我思前想后，不知如何是好，这时我的家人接连遭遇不幸。说实话，那时候我整个人都快疯了。"

"确实……"

我不知道该怎样安慰他，最后还是用了最保险的句子。

"真是太不容易了。"

"嗯。"

他的目光仍旧落在日记上。

"真的很不容易……就是那时候，有人建议我去算命。有个客人告诉我，中华街上有个很灵的算命师。其实我并不是很相信那些，但想到算个命也花不了多少钱，有个周末加完班回家的路上，正好路过那家店，看到他们开门，就进去了。后面就像我老婆说的那样，算命师叫我赶紧搬家。"

这和公子太太所说大相径庭。若田先生并非对算命师深信不疑，算命师顶多算是幕后推手。

"于是，你们就搬来蓑石村了呀。"

"对，这里真是一个好地方。"

虽然我也不知道蓑石村好在哪里，没办法回应，可是听他这么说，我还是感到十分欣喜。

至少他们在这里可以好好生活。若田先生在职场上吃了不少苦，现在终于挣脱出来选择了一条能保护自己的路。日记中的桧叶振太郎先生放弃了种植柏树和栎树，决意改种杉树。后来，人们才发现，全日本都种植杉树造成了产能过剩，而且根本竞争不过外国的进口木材，种杉树完全赚不到钱。可是，谁又能嘲笑桧叶先生没有先见之明呢？就像日记中所写，他选择了当时最佳的道路。至少他在努力应对，想好好生存下去。然而，岁月变迁，谁又知道在时代的洪流下怎么做才是最佳的选择呢？

"我想知道如何安放圆空佛，并不是出于要积功德之类的目的。当然，能遇到这么珍贵的东西，不能不说与佛有缘。更重要的是，我不希望那尊佛像被随意处置。代代相传的东西，如今因缘际会来到我这里，如果交到下一个人手上之前，在我这儿有所损伤，我真怕……想想都觉得恐怖。"

"我明白您的心情。"

"况且……"

若田先生欲言又止，很不好意思地继续说：

"我这么说，您肯定觉得我这人很奇怪……我听说，圆空佛是不能随便挪动的。所以，我觉得蓑石村接二连三地出事，说不定就是因为佛像没有放对位置。一想到这个，我就寝食难安，所以想尽我所能做点什么。真是不好意思啊，连累您和观山小姐过来帮忙。"

我有点理解若田先生的心情了。无论是否相信那些看不见的力量，人们在遇到坏事时，总会怀疑是不是自己做错了什么才招致了噩运。

"没事，您别多心，不用客气的。"

话刚说完，放在桌子上的手机突然震动起来。我一看，原来是观山打过来的。我接起电话。

"喂，怎么了？"

"喂，那个，呃，我也不知道是怎么回事……"

"怎么了？你发现了什么吗？"

"不是日记，而是，好像发生火灾了。"

什么?!

5

虽然偏屋和主屋是两处房子，但毕竟是连在一起的，有必要打电话吗——我刚在奇怪，就看到观山拿着手机，慌慌张张地跑了进来。

"你刚才说火灾，是蓑石村吗？"

蓑石村一旦发生火灾，消防车赶来至少要四十分钟。之前四月份发生的那件事足以证明这一点，所以我已经把组建消防队提上了议事日程，可还没能展开具体行动。

观山皱着眉头，惶恐不安地摇摇头。

"不是啦。"

我绷紧的神经顿时放松下来。

"具体情况我也不清楚，我朋友打来电话，说我家附近着火了。听说火势很猛，他问我要不要赶紧回去把重要的东西搬出来。"

"你住在哪里啊？"

"我住绿町。"

我立刻拿起手机，给一起考上公务员的一个朋友打电话。他现在在消防局的总务科工作。现在是周六早晨，他很有可能出去玩了或者还在睡觉，可没想到电话一下就接通了。

"哇……难得你会打电话给我。"

"不好意思，周末打扰你。你听没听说绿町发生了火灾。"

"我知道呀。"

"果然是消防局人士。"

"瞎说什么呀，因为我家就在绿町。"

我本来想说我怎么知道你家住哪里，可仔细一想，每年寄贺卡时的确有写他家的地址。这时，电话那头传出一阵警笛声。

"对哦，不好意思啊。是这样的，我的一个同事家也住在火灾现场附近，她不知道现在是不是该立马回去把贵重物品拿出来。"

"你等一下啊。"

只听到咔嗒咔嗒的声音，警笛声变得越发清晰刺耳。估计他是开了窗或是走到了阳台上。

"啊，我也不太清楚。消防车已经来了，但那一带的道路非常狭窄。"

"所以现在只怕不能放心等待喽？"

"我估计不是极端严重的状况，但是火势看起来还挺猛的。"

"明白了。谢谢你啊。"

"没事。"

我挂断电话。观山双手抱着胸，忧心忡忡地看着我。我把刚才问到的情况告诉她，她犹豫起来。

"还考虑什么呀，我去开车吧。"

"不用了……我自己可以开。"

每次驾驶公务车出去，她都毫不犹豫地坐上副驾驶位，我差点忘记她也有驾照。

"可是，就算立刻过去可能意义也不大了，路上要四十分钟呢。"

"说不定四十五分钟以后火还没熄灭呢……"

"可是……"

观山回头看了看偏屋。

"现在还在工作，中途离开不太好吧。"

当着若田先生的面，我还是说：

"工作可以以后再做，东西烧没了可就再也找不回来了。"

"可是，说不定我家没事。"

我不知道她在顾虑什么。明面上所有的工作都一样重要，可实际上还是有轻重缓急之分。虽说可能有的工作确实比自家着火还紧急，可调查桧叶先生日记的工作显然没到那个程度。观山是不是觉得要是自己白跑一趟会很丢脸呢？

若田先生体贴地说：

"观山小姐，你还是赶快回去看看吧。当然最好是没事。"

在我们的催促下，观山仍然有些迟疑。她虽然朝大门口走去，却再三回头望向偏屋。

"放心，快去吧！"

她似乎终于下定了决心，开始穿鞋子。我把钥匙递给她，她斩钉截铁地说：

"万愿寺先生，偏屋的日记是我的工作，一定要留给我。"

"好啦，好啦。"

"我说真的，你千万别动，我会回来的。如果不做事，干吗跑来加班呀。"

"好的。你开车小心点，要是出了事故，那可真是赔了夫人又折兵了。"

观山勉勉强强上了车，很快外面传来汽车发动的声音，继而渐行渐远。

"真是的。"

我嘟囔着转身走回大房间。若田先生的脸色非常难看，他很可能又把火灾和圆空佛的事联系在了一起。然而，我也不知道该怎样宽慰他。

过了几分钟，若田先生猛然抬起头。

"观山小姐有没有关掉暖炉啊？"

她从偏屋跑过来，然后就开车回去了，的确很可能忘记关暖炉。我赶忙站起身说：

"我去看看。"

"不好意思，麻烦您了。"

若田先生顿了顿，像是想到什么，又说道：

"您要是想在那边看日记也行，那边更暖和一点。"

说实话，他的提议正合我意。我早就知道日式老屋的寒冷不容小觑，可一动不动地坐在这儿看资料，还是比想象中更冷。观山叫我别管她那份，可是不知道她什么时候才能回来，没必要耗在这里等她。要是她能早回来，到时再把偏屋让给她就好了。

"那我就恭敬不如从命了。"

说完，我拿着看到一半的日记转到了偏屋。

佛堂的门是开着的，不知为何，观山的运动提包横在外面挡着门。我环视了一下房间，煤油炉已经熄了火，空气中还弥漫着些许煤油味。桌子上摆着一本摊开的日记，看来观山是在认真翻阅日记时突然接到了电话，得知发生火灾才立刻跑出去的。虽然暖炉的效果比较好，但大约是房门一直敞开的缘故，屋内早已没了热气。

我走进佛堂，把观山的包从门边挪开。她的袋子看着很大，拿起来却很轻，里面装的估计是衣物之类的东西。我打开暖炉，顺手把坐垫翻了个面。我正准备继续看日记，目光却突然被房间内的那扇纸门所吸引。那扇门里放置的就是传说中的圆空佛。门把上不知绑着个什么东西。我凑近一看，两边的门把上系着一条纸绳，用透明胶带固定着。想要拉开门，得先把纸绳取下来。可能是若田先生听观山说想在偏屋工作，怕她偷看圆空佛，于是就设置了这样的机关。先前我只是看了一眼佛堂，并没有留意到这样的细节。为了保险起见，我又确认了一下。

想要取下这个纸绳就不得不拽断它。纸绳没断就表明观山并没有打开过纸门。虽说理应如此，我还是稍稍松了一口气。

我把桌子上摊开的那本日记往旁边挪了挪，继续看自己刚刚看的那本。

日记时而寥寥几笔，时而娓娓而谈，记录了蓑石村的日常生活。经过漫长而艰辛的冬季，鸟叫虫鸣，欢庆春天的到来。草木青葱，生机盎然，炎炎夏日之下农活暂时告一段落。秋日硕果累累，到处一片农忙景象。继而，又是静谧的冬日。孩子们日渐长大，家里添置了各种电器，家家户户都购买了汽车。蓑石村的居民慢慢上了年纪，村子里的年轻人变得越来越少。

我在小小的佛堂，听着煤油炉在燃烧的声音，阅读着这个逐渐消亡的小村庄的故事。

我看了一眼手机上显示的时间，已经过去了一个半小时。

合上手中不知是第十几本的日记，我伸了个懒腰。莫名地一阵困意来袭，我的注意力再也无法集中起来。可能是平日累积的疲惫一下涌了上来，我决定先休息一下，顺便吃个午饭，于是从坐垫上缓缓站起身来。然而，眼前猛然一阵眩晕，这是一种我平时从未体验过的感受。

"啊，好困啊。"

我嘀咕了一句，伸手去拉门把手。

"怎么搞的？"

难道是往外推开的门？我试着推了推，还是打不开。难不成锁上了？我看了看门把，并没有钥匙孔。我转了转门把，又更用力地拉了几下，还是打不开。难道外面放了什么重物把门给堵上了？不可能，门是朝内开的。我回想了一下先前的情形，若田先生确实是站在走廊上把门向内推开的。

"奇怪。"

屋内一直开着暖炉，我确实已感觉不到寒意，可现在却后背一阵发冷。难道我被关在佛堂里了？

我仔细看着门和门框之间的缝隙，当我转动门把时，门闩确实动了一下。所以，门并没有上锁，零件也没有坏，也没有什么东西挡住了门。既然如此，应该能打开。我又转动门把用力往里拉，门还是纹丝不动。

到刚才为止，我都没敢太用力，怕不小心用力过猛把市民家的门拉坏了，到时就不是挨一顿骂那么简单了。可是，门要真的打不开，那就另当别论了。我双手抓紧门把，站定后再用力往里一拉，结果脚下一滑，整个人差点跌坐在榻榻米的地板上。这个门把本就不太牢靠，被我这么用力一拽开始有些松动，再用力只怕门把要拉坏了。

"不行……"

这样都打不开，看来我铁定是被关起来了。不会是若田先生干的好事吧？我应该没有得罪他呀。真要是他，他是怎么把我关起来的呢？

我突然想到一招，尽量若无其事地说：

"若田先生，你在外边吧。"

没人应答。

"若田先生？"

还是什么声音都没有。我轻轻握住门把手。

"那个，若田先生，你听我说……"

我猛然用力拽了一下门把，结果还是一样，门依旧没有打开。

所以，应该不是若田先生站在门外用力拉住了门。毕竟，他并不知道我什么时候会出去，一直守在寒冷的过道上紧紧拉住门把手的可能性很低。那么，会不会是用了什么设备？比如，用气动泵之类的东西把门吸住？

我把耳朵贴在门上仔细听了听，外面静悄悄的，是住在城里的人难以想象的死一般的寂静。如果是用什么设备吸住了门，不可能一丁点儿声音都没有。

"等等，不一定。"

我喃喃自语道。要是用了电磁铁呢？比如在门里面放置了金属板，然后从外面用强力磁石吸住。我不太清楚电磁铁的构造，但如果将电源和电磁铁安装好，通电后就能悄无声息地制造出强烈的磁力。或者更简单点，在过道的门把手上绑上绳子，另一头固定在足够重的东西上，都有可能。

运用了什么手段并不重要，就算我知道他用了什么方法，一样还是出不去。而且，未必就是若田先生干的，现在我能做的只有一件事。

我深吸一口气。

"若田先生！"

我又大声地喊了一遍：

"若田先生！"

我清了清喉咙，继续大叫道：

"喂！有人吗？有人在吗？"

我的呼喊起了作用，门外传来嗒嗒嗒的脚步声。

"万愿寺先生，您怎么了？"

是若田先生的声音。我本来怀疑是他有意把我关了起来，可一刹那我的疑虑消失殆尽，心中充满了对他赶来救我的感激之情。我终于松了一口气。

"这个门打不开了。"

"打不开？怎么会！"

门把咔啦咔啦地转了几下，还是没打开。

"万愿寺先生，您没在里面挡着门吧。"

他有所怀疑也很正常。

"没有啊，我正准备出去拿我准备的盒饭，结果发现门打不开了。"

说完，我才想起我的盒饭放在车上，而车已经被观山开走了。她应该还会回来吧……再说，现在哪还有心思管盒饭呀，我总不能一直不上厕所吧。

除了门之外，能通往外面的只有一扇用于采光的小窗。小窗的高度到我脸颊的位置，窗户是磨砂玻璃的，看不到外面。窗户上装着挂钩式的锁扣，应该能打开。只是窗子小到连我的头都伸不出去。

"这个门平时就很难开吗？"

"没这回事啊。奇怪，怎么会这样？怎么回事？"

安静了片刻。我听到若田先生大声叫喊起来。

"这扇门又不能上锁，怎么可能打不开？"

我一直提醒自己要镇定，可是听到他这么慌乱，我也有点乱了阵脚。

"有没有……有没有什么办法呢？"

"你说什么办法？"

若田先生气急败坏地说：

"我连门为什么打不开都不知道，怎么可能知道什么打开的方法？"

接着，外面又陷入了沉默。

"万愿寺先生，保险起见，我得问您一句，您没有碰佛龛里的佛像吧？"

我感到毛骨悚然。

"当然没有。"

"奇怪了，怎么回事？"

门把又不断发出咔啦咔啦的声音。若田先生好像什么都没听见。不可能是鬼怪在作祟，可眼前的门确实纹丝不动，像被一双看不见的手紧紧顶住了。啊，还有，我的头为何昏昏沉沉的呢？这个时候怎么会这么困？

"怎么了？"

我听到一个女人的声音，应该是公子太太。

"佛堂的门怎么都打不开。"

"怎么可能？这个门又不能上锁。"

"对呀，所以才奇怪。"

我的头脑变得有些迟钝，但我还是想到了一个可能性。

"若田先生，外面是什么情况，下雪了吗？"

"下雪？"

被我没头没脑地这么一问，若田先生惊慌失措地叫道。

积雪会使屋顶变重，从而将门压得打不开。对于多雪地带的居民来说，这是基本常识。但若田先生是从神户搬来的，很可能对此一无所知。我从主屋的大房间来到偏屋时还没下雪，待在这里不到两个小时，应该不可能下了这么大的雪吧。但我实在想不出还有什么别的理由。

"现在没下雪，就算下雪了又怎样？"

"没什么，这样啊，我知道了。"

我甩甩头，想要赶走困意。煤气暖炉还开着，我有点担心再这样下去搞不好会缺氧。若田先生和公子太太不停地转动着门把，声音听起来格外刺耳。门把被不停转动着，所以我没法再去帮忙拉动，只好呆呆站着，失神地思考着到底发生了什么事情。

"工作……我得继续工作。"

我喃喃自语着，又坐回坐垫上。当我翻开摆在桌上的昭和四十二年的日记时，眼角的余光看到了一个奇怪的东西。是人的脸！

外墙的采光小窗上映现出一张人脸。隔着磨砂玻璃，只见那张模糊的脸张大了嘴巴，露出两排白牙，喉咙深处黑黢黢的，像无底的黑洞。那张脸仿佛在惨叫，我顿时寒毛倒竖，背脊发凉。

"啊……"

我将差点脱口而出的尖叫硬是咽了回去。

不对，那不是什么灵异现象，而是有人在窗外窥探。张大嘴巴只是在说话而已，我刚意识到这一点，就听到了声音。

"万愿寺先生，万愿寺先生，你没事吧？"

是观山。

"火灾的情况如何？没问题吧。"

被我一问，窗外的观山一时语塞。

"没事，没烧到我家。先别管我了，万愿寺先生，你这边是怎么回事？出什么事了？我看到若田夫妇在外面大喊大叫。"

"我这边门打不开了。"

"什么？你说什么？"

"门打不开了。"

玻璃窗外，观山转过头，把耳朵朝向我这边。

"不好意思，你说什么我听不清。你可以把窗户打开吗？"

我很想跟她说，你干吗不进屋直接问若田夫妇呢，不过说了她也听不到，所以我也懒得说了。我拖着疲惫的身躯走到窗边，打开锁扣，用手抓紧窗框。一瞬间，我好担心要是窗户也打不开，我该如何是好。

"怎么了，万愿寺先生，快点打开啊。"

"好，我现在就开窗。"

一定要能打开啊，我在心里祈祷着。

我加大手指的力度，但窗户纹丝不动。怎么回事？一定只是关得太紧了。这是铝制的窗框，应该不会那么容易弄坏。我运气至丹田，咬紧牙关，用尽全身力气一拉——

窗户开了。

这时，我感觉到似乎有什么东西从小小的佛堂里溜了出去。虽然眼睛看不见，但我确实感觉到有东西离开了。紧接着下一秒，门打开了，若田先生冲进了房间。

不知是因为惊讶还是恐惧，他脸色铁青，清秀的脸庞变得扭曲，只是瞪大眼睛看着我，似乎想说什么，但还是把话咽了下去，只是默默地走到房间，站在对开的纸门前。

"不会是……"

他喃喃说着，扯断封住纸门的纸绳，把纸门向两边推开，然后急不可待地打开佛龛的门。接着，他长叹一口气。

"还在……"

我并没有打算看，但还是看到了。佛龛里有一块不到三十厘米长的细长木雕。由于光线太暗，我并没有看清楚木雕是不是佛像。

若田先生一动不动地凝视着木雕。

"有什么不对吗？"

我开口问道。然而他并没有回答。他把手伸向佛龛，但又立刻收了回来，接着从口袋里拿出手帕擦了擦手。

"好像，有点不对劲……"

他喃喃自语着，从佛龛上取出那个应该就是圆空佛的木雕。借着灯光和从窗外照进来的阳光，他眯起眼睛仔细观察，继而怅然若失般嘟囔着：

"不对，这是赝品。"

"啊？"

我不由得也看向他手中的佛像。那佛像虽然雕工并不精细，可面容非常慈祥。

若田先生指着佛像的一处问：

"这是白色吗？"

"对啊，白色的。"

那个地方不是原木色，而是泛着光亮的不自然的白色。

"这是怎么回事？"

"还用问吗？当然是脱漆了。"

他敲了敲，佛像发出空空两声闷响。若田先生盯着手中的佛像，失魂落魄般喃喃自语：

"这是树脂做的复制品，前阵子还不是这样的……被人调包了。"

他猛然抬起头，怒气冲天地冲出房间。

我本想立刻追上去，但必须得先把火熄了。我按下煤油炉的紧急关闭按钮，一股煤油味涌上来。我赶紧去追他，却早已看不到他的身影。

观山站在大门口，还是和来时一样穿着全套防寒服。

"万愿寺先生，出什么事了？"

不知道情形的观山惊恐地看着我，尖声问道。

"圆空佛是假的，你看到若田先生了吗？"

"看是看到了，他跑出来，冲到山坡下面去了。"

"快追！"

听到我的喊声，观山点点头，拔腿就跑。我连外套都来不及穿，门口一阵风吹过，冷得我浑身起鸡皮疙瘩。但现在顾不上那么多了，我迅速穿好鞋，跟着跑出去。若田先生现在已经失去了理智，不知道会做出什么事来。

我冲出屋外，天空一片湛蓝。扑面而来的寒风中夹杂着银色的雪花。远方的大雪被风裹挟而来，蓑石村渐渐地下起了小雪粒。空气纯净清新，远处的山川树木清晰可见。从建在半山腰的若田家往下看，整个蓑石村一览无余，跑下山坡的若田先生和追在他身后的观山也立刻映入了我的眼帘。观山已经把车钥匙还给我，我一边后悔没开车去追，一边深吸一口气继续往下跑。

才跑了几步我就累得上气不接下气。平时大都坐在办公室里，身体都生锈了。可是，说起来，若田先生应该也很少运动，亏他还能跑得这么快。虽说我穿的是皮鞋，他穿的是运动鞋，可我们之间的差距绝不仅仅是鞋的问题。我离他们越来越远。跑到一半我就猜到他要去哪里了。他的目标是前面红色屋顶的二层小楼。那栋房子的楼龄还很新，前面有一个大停车场。那是长塚昭夫先生所住的房子。长塚先生正站在屋前，在寒风中挥舞着棒球棒练习击球。若田先生率先跑到长塚先生面前，两人很快就起了争执。观山也随后赶到，我气喘吁吁地第三个赶到。若田和长塚两人已经你一言我一语地争吵起来。

长塚先生满面通红地大叫道：

"你这个人真是莫名其妙！不管是圆空佛还是什么佛，你怎么能为了这么一个不值钱的东西大吵大闹，骂别人是小偷呢？"

另一边，若田先生的脸色惨白如纸。

"你少装蒜了！我早就知道你在打它的主意。你成天在我家门口鬼鬼祟祟地干什么？"

"我都说了我不知道。"

"就是你动了佛像，我家的佛堂才会……你要是不赶紧还回来，下一个就该轮到你了。"

"你胡说什么！"

这时，长塚先生留意到我过来了。

"万愿寺先生，您来得正好！这个男人疯了！突然跑来我家，说了一大堆莫名其妙的胡话……你快来帮我说说他。"

复兴科只是市政府的一个部门，并不是警察机关。不过自从有人搬来蓑石村，我遇到的各种各样奇奇怪怪的麻烦事儿也不少，可以说已经练就出了某种直觉。这件事不太对劲儿。

长塚先生因若田先生不让他看圆空佛一直心怀不满，他觉得只有把圆空佛交给自己保管，才能发挥它应有的作用，带动村里的观光业发展。他从未掩饰过自己的想法，对一心只想保护圆空佛不想让它沦为展品的若田先生，甚至有些鄙视。

而且，以长塚先生素日的言行，他现在的态度不免令人生疑。按照他一贯的做法，不管若田先生如何咄咄逼人，他必然会抓紧一切机会说服对方交出圆空佛。可现在……

"长塚先生，您这么说……"

我的话还没说完，若田先生就绕过观山，不由分说闯进了长塚家。

"啊！"

我不由得大叫一声。长塚先生和观山都愣在了原地。还是长塚先生先回过神来。

"你，你，你怎么可以随便闯进别人家啊……站住！站住！"

长塚先生拿着棒球棒也冲进了屋子，留下我和观山面面相觑。观山看看我。

"怎么办？"

我立刻回答：

"我们也进去吧。他们现在都这么激动，要是打起来就麻烦了。"

我顾不得那么多，赶忙脱了鞋子进入他家，紧跟在长塚先生身后大声喊：

"若田先生，你千万别乱来！"

长塚先生在走廊上左顾右盼，不知在担心什么，接着急急忙忙朝着其中一边追赶过去。我们也不好在别人家随便乱看，也追随长塚先生的脚步跑过去。长塚先生要去的地方我有印象，就是上周我们去过的客厅。

门已经敞开，若田先生背对着壁龛，站在那里。看到我们，他扭头指向壁龛，大声说：

"长塚先生，你能解释一下吗？"

我顺着若田先生的视线看过去，壁龛里赫然摆放着一尊圆空佛。

哐当一声，长塚先生手中的球棒掉落在地上。

6

长塚先生坚称，利用好圆空佛才是最正确的选择，自己的所作所为都是为了让蓑石村焕发新生，并不是犯罪。

"这个道理说不通。按你说的这样，是不是只要是正义的，谁都可以为所欲为了？"

西野科长问道。

为了"商讨"这次的冲突该如何"善后"，我们把长塚先生叫到了区公所的会议室。这次连桌子都没准备，直接让长塚先生坐在了折叠椅上。科长也没叫观山一起来参加。

从一开始，长塚先生就不断试图将自己调包圆空佛的行为合理化。对他的说辞，西野科长一概否决。其实，本应在若田家的佛像却摆在长塚家的壁龛里，长塚先生的偷盗行为已不言自明。然而，科长既没有断然处理，也没有当作什么事都没发生，只是一直听他唠唠叨叨地解释着。真搞不懂科长在想什么……不，我似乎渐渐明白是怎么回事了。

"我并不是想侵占圆空佛。确实是我从若田家借走了佛像，可我肯定会归还的。"

"只是借走吗？你借走佛像打算干什么？用来装饰你们家的壁龛吗？"

"那是因为……"

长塚先生擦了擦额头的汗水，一口气说下去。

"那是因为没有别的地方可以放，总不能摆在厨房里吧。我只是想找人鉴定一下那个佛像，绝对没有据为己有的意思。等到鉴定完了，我就会放回原处。这样一来就什么事都没有了。都是那个家伙跑来闹事，才搞成现在这个样子。"

科长不耐烦地用食指敲着桌面。

"你说的'闹事'是什么意思？跑去叫别人把偷走的东西还回来，

结果真的找到了自己丢失的东西，这叫'闹事'吗？"

"我都说了，我不是偷东西。"

长塚先生说得理直气壮，他似乎真的相信了自己的说辞。

"呵呵。"

科长抱起双臂，靠在椅背上。

"看来我们的想法不大一样啊。当初你说对圆空佛感兴趣，所以我才把复制品借给你，没想到你却拿它当成调包的工具，你让我颜面何存啊！"

虽然我没听说过这件事，但我早已猜到，放在若田家佛堂里的树脂佛像应该就是间野市历史资料馆收藏的复制品。因为看起来非常相似，所以若田夫妇才没有立刻发现。若田先生如此珍爱圆空佛，甚至看都不让别人看，自然不会没事就拿在手中仔细揣摩。长塚先生说调包是为了鉴定，说不定也是真的。

然而即便如此，仍无法改变他偷盗的事实。

"你做的这事算不算盗窃，还是让专门的司法机关去判断吧。事到如今，我们也没办法了。"

听到这句话，长塚先生哭丧着脸，蜷缩着身子说：

"还是别闹到警察那里吧，对彼此都没有好处。"

"彼此？"

科长突然看了我一眼。

"万愿寺啊，你怎么看？发现了违法犯罪行为，却因为对方是重要的移居者，就装作没看见，作为公务员这行得通吗？"

突然被问到，我语无伦次地回答：

"公务员条例里没有类似的案例……不过，照理来讲，检举违法犯罪是公民的义务。"

"义务啊，有道理。不过呢，万愿寺，我们在工作中也常常遇到有的人擅自焚烧垃圾、随地小便……这类事严格来说都是违法行为。不过，这些事呢，一般都会交由警察去处理，而我们就做好我们自己的工作。成年人嘛，都是这样处理问题的。"

这次我果断回答：

"违法犯罪也有程度轻重之分。"

科长挠挠头。

"嗯，你说得也没错。这次的犯罪案件……不好意思，还不能定性为犯罪，总之这件事我觉得还挺严重的。"

"是挺严重的。"

且不说私闯民宅和偷盗是犯罪，长塚先生的行为还给蓑石村带来了巨大的伤害。

若田先生从长塚家拿回真正的圆空佛后就陷入了恐慌。他对佛像如此重视，本来只是因为那尊佛像历史悠久而已。然而，安置在佛堂的佛像被拿走之后，就发生了打不开门的怪事。算命的话，可信可不信。可真真切切发生在眼前的"怪事"，就没法当成玩笑了。

惊慌失措的若田先生讲明原委，留下圆空佛就搬离了蓑石村。他们的动作非常迅速，事情发生两天后的星期一办理了迁出手续，星期二就找来搬家公司清空了房子。看来他们是真的被吓坏了。

自打春天开始就麻烦不断，已经有过半的移居者离开了蓑石。如今，连若田夫妇也搬走了。老实说，我对这次的罪魁祸首长塚先生真是恨得牙痒痒的。

"好吧，那就请若田夫妇报警提告吧。你知道他们的联系方式吧。"

"知道。"

话说到这里，长塚先生彻底投降了。他坐在椅子上，埋下头低语：

"求求你们，千万不要报警。对不起，我真的只是一时鬼迷心窍。"

科长气势汹汹地问：

"你到底是什么时候掉的包？"

长塚先生有气无力地低垂着头，认命似的开始交代。

"周三还是周四那天，我看那家伙开车出去了，估计是去买东西，就拜托他太太让我进去看看。他太太很爽快地让我进了佛堂。我近距离看到佛像之后，觉得还是得去鉴定一下。可要是让他知道了，肯定又要费半天口舌，还不一定能成功，于是就想到不如用复制品调包。我回去拿了复制品，假装落了东西又去了他们家，他太太还是很爽快地让我进去了。我把佛像拿回来之后，觉得不能随便乱放，于是就摆在了壁龛里。没想到，那家伙这么快就发现了。"

说到最后，他已是声泪俱下。科长深深地叹了一口气。

"唉，长塚先生，你这次真的太过分了。不过我们也不想看到蓑石村有人被逮捕……这样吧，请你离开蓑石村吧。"

不知长塚先生是不是没听懂科长的意思，他满面泪痕地抬起头，什么话都没说。

科长又说了一遍。

"如果你自己离开，我们就不报警。这样吧，最晚下周，如果下周一你还待在蓑石村不走，我就立刻拨打110报警。"

长塚先生一再鞠躬致谢。

"我……我明白了。谢谢，谢谢你们！"

"不过，还有一点，要是若田夫妇报了警，那就另当别论了。我们也爱莫能助。"

"那可怎么……"

长塚先生忧心忡忡地嘟囔着。他会不会被警察抓走全凭若田夫妇的心情，他自然没法放心。

其实，想必若田夫妇已经不想再跟圆空佛扯上任何关系。虽然长塚先生会有一段时间睡不好觉，可这点儿惩罚未免也太微不足道了。

和长塚先生的"讨论"结束后，西野科长一如往常离开办公室去抽烟。观山还留在复兴科填写周末加班的申请表。

我告诉观山"长塚先生也要搬走了"，她熟练地转动着手中的笔，漠然地说：

"越来越冷清了呀……"

她的语气平淡得没有一丝感情色彩。

"是啊……"

"是吗？"

这话明明是她自己说的。我懒得吐槽，瘫倒在自己的座位上。我把双手交叉着支在脑后，往后仰了仰，拉伸了一下后背。

我还没和观山聊过那天的事。当天我忙于安抚陷入恐慌的若田先生，后来观山又坐鱼新超市的车回家了，所以没机会和她在车上讨论。

"火灾，没事吧？"

"没事。"

观山一边看着文件，一边说：

"多谢关心。隔壁那一栋的墙都熏黑了，我家这边没事。"

"没事就好。"

"是啊。"

那天，观山不到两个小时就回来了。从蓑石村到市区来回至少要一个半小时，可见她回家看了一下问题不大就立刻折返了。她对工作还挺上心的。我看着墙上的挂钟，随口问道：

"佛堂的门为什么会打不开呢？"

"您说门打不开，可是……"

她停下手中的笔，抬起头来看着我。

"我没亲眼见到。但是，我不太相信。当然，我也不是说您在撒谎。"

"那你的意思是说？"

"我只是觉得难以置信。"

说完，她又开始提笔疾书。

"不过……"

她又不情不愿地补充了一句：

"真要是那样的话，一定是若田先生在外面拉住了门。"

"可他干吗要那么做？"

"啊，写错了！"

加班申请表又没有多少东西要填，她怎么写了那么久呢？观山画了两条删除线，在旁边盖上章，又继续填写表格。

"公子太太跟我说了她让长塚先生进去看佛像的事，她很怕事情暴露，不知该怎么办。如果若田先生察觉到公子太太的隐忧，继而发现圆空佛被调包了，那是不是就有拉住门假装打不开的理由了？"

我想了一下。

"他在外面拉住门……我在里面呼救……他看准时机把门打开……不对啊，我有听到若田先生走过来的脚步声。"

"真的是从别的地方走过来的脚步声吗？会不会只是原地踏步？"

被她一问，我也不太确定了。

"然后，他去检查圆空佛，发现是赝品，借机大闹吗？"

"这样一来，他就不会暴露他发现公子太太放长塚先生进家的事，而且也可以借机直接把圆空佛拿回来。"

逻辑上确实说得通。

"如果不是这样……"

观山终于填完了文件。她放下笔，拿起写好的文件对着日光灯，正儿八经地说：

"不然，就是有神灵在作祟了。"

圆空佛依旧被放置在无人居住的空屋里，十年、二十年……直到屋主桧叶太一先生回到故土。

窗外开始下起了雪，这次的雪会积很厚吧。

终章　I 的喜剧

周一，复兴科来了客人，是移居者丸山女士。

丸山家是两位女子一起搬来的。她们二人是什么关系，对我们的工作影响不大，所以我并没多问。丸山女士穿着一身驼色套装，手里拿着一件藏蓝色外套，还特意擦了口红，和平时在蓑石村看到的样子很不同。看她阴沉着脸，我大概猜到了她的来意。

刚好科长和观山都出去了，丸山女士字正腔圆地对我说：

"不好意思，我要申请迁出的补助。"

"好的，请填一下这张表。"

我立刻拿出手边准备好的文件。丸山女士笑了笑。

"都准备好了呀。您不打算劝阻我吗？"

"我当然想劝您别走，可劝了也没用吧。"

若田先生和长塚先生的事，给了蓑石村致命一击。若田先生在搬离蓑石之前说"这个村子有东西在作祟"。后来，这句话很快在移居者中流传开来，甚至在I-TURN计划之前村里最后一位居民试图自杀的事情，也传到了移居者的耳中。

我不知道移居者们是否相信若田先生说的话。但是不管他们信不信，开村仪式时蓑石村还有十户人家，若田夫妇和长塚先生搬走之后就只剩下三户了。作为一个村庄，这样根本难以为继，所以我已经不抱任何希望了。移居者们争先恐后地搬离了蓑石村，最后仅剩的丸山家也终于来复兴科办迁出手续了。

"其实，我们很喜欢蓑石村。这里很安静，非常安静，真是一个宜居的好地方。"

"谢谢。"

"可是……"

丸山女士停下笔，抬起头。

"我总觉得，似乎有一股力量并不想让我们继续留在这个村子里。"

我不知该如何作答。她笑了笑，又把目光转回到文件上。

"感谢您一直这么照顾我们。多说什么也于事无补，您也别太难过啦。"

说完，她盖下自己的印章。申请表填写无误。她听我讲完接下来的流程就离开了复兴科。

呼啸的北风吹动着窗子，我独自一人在办公室回味着丸山女士刚才的话。一股力量，一股试图赶走移居者的力量……无论我怎样挣扎，那尊小小的圆空佛都印在我脑中挥之不去。

如果说并无什么奇怪的地方，那蓑石村发生的状况未免也太多。到如今，最后一位移居者也离开了，我们的努力都化为泡影。我坐在桌前，什么事都做不了，只是默默地思考着。

星期三，我和西野科长、观山一起造访了蓑石村。蓑石村将再度成为无人村，我们得检查一下是否有需要移居者恢复原状的地方。

我们已经很久没有一起来过蓑石村了……不对，或许这还是我们第一次三人一起来到这里。检查完之后估计就到下班时间了，所以大家各自开车前来。天气暖和得不像已到十二月中旬。我们把车并排停在公民馆前，宛如日常散步一般走在杳无人烟的村庄里。

公民馆附近有一栋在蓑石村算是比较新的二层小楼，科长抬头看了看那栋楼的二层窗户，用手拍了拍额头说：

"那片烧焦的地方，有点麻烦啊。"

窗框的地方残留着被火熏黑的焦痕。这是之前安久津家住过的房子。发生了那起窗帘起火的小火灾后，他们就搬离了蓑石村。然而，火灾实际上是久野先生有意制造的。真相曝光之后，久野家也搬走了。望着那片面积不大，却异常显眼的焦痕，我不禁将一直盘旋在心中的疑问说了出来。

"观山就是在窗帘着火的那个房间找到久野先生纵火的证据的吧。"

观山找到的是烧焦的稻壳。我并没有见过证物，还是西野科长在质问久野先生时我才听说的。

"是啊。"

观山答道。她的脸上没有一丝得意的神色。

平常几乎都是我和观山一起来蓑石村探访，可我却是听到科长的话才知道她已经调查过火灾现场。

"你是怎么进去的？"

"从大门进去的啊。门没上锁呀。"

科长挠了挠头说：

"那个屋主可生气了，在电话里冲我大发脾气。"

挨骂是必然的。虽然房子已经被闲置，但人家是信任市政府才答应把房子租出去的，结果租出去不到一个月就着了火，屋主肯定十分恼火。本来应该由屋主向安久津先生索要火灾的修缮费用，但于情于理南库市市政府都不能坐视不管。所以，到现在复兴科还在向火灾后逃跑的安久津家追讨修缮费用。

我们从安久津和久野两家住过的房子出发，沿路朝山边走去。恣意生长的杂草在入秋之后渐渐枯萎，看上去满眼荒芜。已变成一片荒野的水田里撑着四根金属杆，本来杆子上还架着网子，但如今网子早已残破不堪，淹没在荒草之间不见了踪影。

"那些东西，应该可以拔掉了吧。"

观山指着那些杆子说。

那些杆子是牧野先生围蔽水田养殖鲤鱼时残留下来的东西。想当初，他还在电视镜头前信誓旦旦说要证明蓑石村的未来是光明的。

"呃，不管做什么，还是得先征求物主本人的同意才行啊。"

科长的说法分明是在装傻，牧野先生早已联系不上。由于担心个人信息被乱用，所以我们不能通过居民证去追查他现在的电话和住址。本来打个电话征得他的同意就能拔掉这些杆子，可现在连这通电话都不知从何打起。

"太可惜了，我们去晚了一天。"

听我这么说，科长一副不明所以的表情，没做任何回应。

牧野先生发现鲤鱼减少时，还以为有人偷走了鱼苗，其实是他搞错了。如果接到他的电话，复兴科第一时间就派人前往，或许多多少少能保住一些鱼苗。可是，那天我去新潟出差不在南库市，观山也因为科长早早离开，不得不独自制作议会用的资料无法抽身。然而，这延迟的一天造成了无法挽回的损失。最后，一条鲤鱼都没有了，牧野先生也伤心离去。

接着，我们往河边走去。溪谷旁有一栋在蓑石村都算很大的老宅。久保寺先生带着他的大量藏书一起移居此处。立石速人小朋友在这栋房子的地下防空洞里发生了意外。他试图从地下通道进入久保寺先生家中，结果捅坏了地板，被塌下来的书压在了下面。我还记得，久保寺先生说起这么大的屋子可以装得下他一生的藏书时那欣喜的神色，以及后来听说孩子被埋在书下受伤时绝望的表情。

"这栋房子的地板怎么样了？"科长问道。

"久保寺先生找人修好了。"

"他这个人很有责任感啊。"

我不由得想起久保寺先生离开蓑石时愈发佝偻的背影。

我们绕到屋后，向下俯瞰。速人走失时还是夏天，防空洞入口所在的斜坡上杂草丛生，郁郁葱葱。如今，已是寒冬，那些遮挡视线的杂草早已枯萎，可是从上面还是无法看到防空洞的入口。

"亏那孩子能找到防空洞的入口，简直就像……"

观山把我没讲完的话接了下去。

"简直就像探险家。对不对？我小时候也喜欢到处乱钻呢。"

我想说的并不是探险家，但还是勉强笑了笑，回应道：

"是吗？"

我们又往前走了一段路，在隔着马路相对而建的两栋房子前停下了脚步。那是喜欢玩业余无线电的上谷先生和害怕一切人工产物的河崎太太住过的房子。从最终的结局来看，安排他们两家住在一起就是一个错误。为移居者分配住房的西野科长，或许完全没想过会有这样的结果吧。

"河崎家，没事吧？"

观山的耳朵很尖，一下就听到了我的自言自语。

"你是说河崎太太，还是河崎先生？"

"两人都是。"

河崎太太害怕这世上所有的东西。只要听说什么人工产物对身体有害，就不管三七二十一立刻深信不疑。虽然给我们找了不少麻烦，可想到她活得也很不容易，我对她不禁有些同情。河崎太太真正需要的也许只是心理咨询，可是复兴科并不能给她提供这样的帮助。

"河崎太太本来并不害怕烧焦的食物，搬来蓑石村让她又多了一样恐惧的东西。虽然错不在我们，可还是觉得要是她能在这里幸福地生活下去就好了。"

恐惧令河崎太太浑身布满尖刺。当初上谷先生为了玩业余无线电在前院一角设置的天线，被河崎太太认定对身体有害，一再指摘。如今，天线已不见踪迹。还没入冬的时候，上谷先生专门找人把它拆除了。安装架设天线的支柱应该会在地上挖洞，我过去看了一下，地面也都填平恢复了原状。

虽说今天很暖和，可毕竟已是十二月，时不时仍有寒风吹过，然而科长却汗水涟涟。他用手帕擦了擦额头，提议道：

"我们稍微休息一下吧。"

然后，他伸出两指，示意要去抽烟。南库市的一些市镇禁止在路上吸烟，当然蓑石村不在限定范围。科长自在地抽起来，任凭烟雾随风飘散。观山抱起双臂，走到上风处。

最后，我们走到建在高地的一栋平房前。这间建有偏屋的房子，之前住着若田夫妇。

"那尊佛像已经放回去了吧？"

科长又确认了一遍。

"放回去了，我检查过，放在偏屋的佛堂里了。"

"确定不是复制品吧。"

"嗯，应该不是。要不您再确认一下？"

听我这么说，科长立刻不耐烦地摆摆手。

"不用，没问题，我相信你。"

说是相信我，其实多半是懒得管，把责任推给我吧。

那天，偏屋佛堂的门究竟为何打不开呢？观山说是若田先生在外面拉住了门。当时，我也觉得似乎只有这个解释说得通。可是，后面我越想越觉得奇怪。我确实亲耳听到若田先生走过来的脚步声，那和原地踏步的声音完全不同。当时，我也疑心会不会是若田先生所为，可是他并不知道我何时会起身，怎么可能一直在走廊上拉住门伺机而动呢？而且……

"为何若田先生会觉得挪动了圆空佛就会发生不好的事呢？"这个问题，也没有答案。

从若田家的屋前可以将整个蓑石村一览无余。凛冽的寒风吹过，天空不见一片云彩。放眼望去，无人居住的老屋伤痕累累，无人耕种的农田荒草蔓蔓，无人经过的道路冷冷清清伸向远方。放置农具的小屋被台风掀翻了屋顶，随意弃置的旧车淹没在荒草之中。时而传来几声鸟鸣，被常绿树木环抱的蓑石村丝毫看不出隆冬将至。

"视野真不错，不过……"

西野科长感叹道：

"不过，称不上是美景，说不上有多漂亮。"

他摸索着口袋，像是在找烟盒。

"我曾和朋友去废墟探险，同行的朋友非常兴奋，我却没什么感觉。绝美的自然风光也好，精致的人工景观也罢，我都能体会其中的美感。像梯田那种自然和人工结合的产物，我也很喜欢……但废墟，我只能看到消亡。"

"您的意思是……蓑石村也一样吗？"

"不是吗？"

科长终于找到了烟盒，但里面已空空如也。他无奈地笑了笑，把空烟盒揉作一团。

蓑石村只能面临消亡，这都是复兴科的错。复兴科没能让移居者安心地生活下来，没能采取有效的措施挽留住他们。我一直觉得，蓑石村实在太倒霉了。然而，四月来接二连三地发生了这么多事，都只是因为流年不利吗？真的仅仅是这样吗？

"丸山女士来申请迁出补助金时，临走前说了一句话。她说好像有一股力量不想让他们继续在蓑石村生活……现在我觉得，她说得很有道理。"

"呵呵，她的话很有意思啊。"

科长背对着我，把玩着手中的空烟盒。

"万愿寺啊，那股力量是什么？你找到了吗？"

"我不明白。我怎么都想不通，为什么会变成这个样子。不过，或许，我知道是谁赶走了这些移居者。"

科长忍不住笑出声来。

"赶走？他们可都是自己选择离开的。要不然就是咎由自取，自己逃走的。这一桩桩、一件件你都亲眼看到了，应该最清楚不过呀。"

"这是有人刻意促成的结果。"

"你是说圆空吗？"

我感到气温似乎一下子下降了好多。

"不是……这个您应该最清楚啊。"

为了所有离开蓑石的移居者，我断然说道：

"就是您啊，西野科长！"

说完，我又转头看向那位职场新人。

"还有你啊，观山小姐。"

"哎呀，今夕不同往日了。"

科长把本来想丢出去的空烟盒又放回了口袋。

"圆空佛一事有点太急于求成了，眼看就要下雪，所以我有点心急。"

观山大叫一声：

"科长！"

"没事，万愿寺早就发现了。刚才他一路上都在寻找疑点，我说的没错吧？"

疑点？也可以这么说。

纵火的证据是观山独自找到的。

鲤鱼全军覆没也是因为观山整理资料浪费了时间。

西野科长早就知道防空洞的入口。

说食物烧焦会致癌的也是观山。

借出圆空佛复制品的是西野科长。

每一桩、每一件我都看在眼里，却到人都走光了才反应过来。

科长把手插在口袋里，转身朝向我。

"我就知道迟早会被你发现。你的认真，超乎我的想象……而且，你是个聪明的公务员。"

科长微微一笑。

"没错，为了能让移居者痛痛快快地离开蓑石村，我和观山每天都在努力想办法。"

我很想大吼一声"为什么"，但我早已养成习惯，行动之前要先搞清楚来龙去脉。

就算证据确凿，可公务员绝对不能在没有获得许可的情况下擅闯民宅。那么——

"观山真的在安久津家找到了烧焦的稻壳吗？"

"当然没有。就算家里没人，没有搜查令是不能随便进别人家的。"

"你早就知道久野先生是用稻壳来纵火的？"

观山轻轻叹了一口气，说道：

"因为，暗示他可以用这个方法的人就是我。"

对呀，第一次面谈之后，和久野先生对接的工作都是由观山在负责。

"不过，久野先生以为这个方法是他自己想出来的。"

"你以为，久野家和安久津家互相不爽对方也是我搞的鬼吗？"

观山耸耸肩。

"我可没做到那份上。"

是吗？我该不该相信她的话呢？

牧野先生养殖鲤鱼创业失败，也有疑点。

"我去新潟出差那天，观山忙着做议会上要用的资料，所以没时间处理牧野先生的问题。可如果那天科长从旁指导，观山很快就能做完资料，也就能早点发现防鸟网的疏漏了。"

"也对，早一天的话，鲤鱼就不至于全被吃掉。"

"鲤鱼如果没有全军覆没，牧野先生说不定还会留在蓑石村从头再来。那天，科长真的是丢下第一次做议会资料的观山，自己先回家了吗？"

"呃……"

科长沉吟片刻，莫名地笑了笑。

"这一点你想多了。那天我确实按时下班回家了。只是观山忙着做资料抽不开身，有点夸大了。牧野先生打电话的时候，观山已经差不多把资料搞完了。对吧？"

观山默默地点了点头。

所以，他们是故意拖延时间不理会牧野先生的求助，让情况变得更严重，从而让牧野先生自动离开蓑石。

"科长，你早就知道他的鱼池上没有挂防鸟网吧。"

科长没有回应，那就是默认的意思了。

久保寺先生和立石家的那件事，我觉得科长也脱不了干系。立石速人小朋友竟然一下子就找到了防空洞的入口，仿佛……早就知道那里有防空洞似的。

"是你告诉速人防空洞的事吗？"

"是啊，就是我。"

除了这里原来的居民，知道防空洞的就只有科长和速人，所以我自然猜到他们之间早有联系。

然而，科长语气严肃地接着说道：

"但是，速人受伤在我的预料之外，那纯粹只是意外。我只是告诉他久保寺先生家的地下有个秘密地下室，没和他说别的出入口，其实当时我也不知道这件事。幸好你找到了速人。"

我突然发觉，自己连他讲的这句话都不敢相信了。

在造成河崎一家和上谷先生离开的秋日庆典上，观山显然犯了一个大错误。但现在想来，我怀疑那根本不是真的失误。

"河崎太太开始害怕烧焦的食物是源于你讲的一句话。在那之前，她并不觉得食物烧焦有什么可怕的。我本来以为你只是随口吓吓她，其实你是故意的吧？"

"说我是故意的，也太过分了吧。"

观山很不高兴地把脸扭向一边。

"怎么说呢……我只是想多散播一点种子而已。"

"播种？"

刚才一直吞吞吐吐不愿明说的观山，突然仰天长叹一声：

"啊，受不了了。"

她把脸转向我，连珠炮似的说：

"万愿寺先生，你不会以为我和科长无往不利，所有的计划都如愿达成了吧。其实，我们顶多只做成了十分之一。从春天开始，我们就把引发争端的毒苹果一个个投出去，可顶多只有三四个起到了作用。这工作，可真是……真是烦死人了。"

"观山，你辛苦了！"

说着，科长又用手绢擦了擦额头。

我一直以为复兴科的工作是为了方便移居者，帮助他们顺利在陌生的土地上扎根下来。不，这个部门应该做的就是这样的工作——至少我是这么认为的。即便自己并非真心欢迎移居者的到来，但仍会为了他们能在此好好生活而努力。然而，科长和观山显然并非如此。

"河崎先生给他太太下毒也是你们……"

"我只是不经意地告诉他，河崎太太去讨好泷山先生的事。毕竟，泷山先生对河崎太太不胜其烦，除了当事人就只有我和万愿寺先生知道此事。"

原来如此，原来是这样呀。

观山散播的种子生根发芽，终于在秋日庆典上结出了恶果。于是，河崎夫妇和上谷先生离开了蓑石。不过，就算观山知道是谁让河崎太太吃了毒蘑菇，也不知道那人用的是什么方法，所以还是必须去推测和判断。

还有若田家。他家也是一样的情况。若田先生坚信不能随意乱动圆空佛，可那只是我在完工后，在回家路上和观山随口说的玩笑话。我本以为只是偶然的巧合，现在才知道并非如此。只有我们两人才知道的事情，却让若田先生也知道了，铁定是观山说的。如此看来——

"若田家佛堂的门打不开，也是你做的吗？"

"算了……老实说，我就知道这件事会曝光。"

科长阴沉着脸。

"那也是没办法的事。"

"我可一直是反对这么做的。"

从刚才说的这些来看，科长和观山一直在向移居者散布谣言、挑起事端，有时甚至暗示他们做出具体的行动，但从来不曾亲自动手。只有圆空佛这件事，情况似乎不同。

"是用那个运动提包吧……"

科长和观山互看了一眼，观山点了点头。

佛堂的门是朝内开的。当时我在里面怎么拉都拉不开，门边也没有门挡之类的东西。如果没有人在外面硬拉着，那一定就是有什么东西从内侧压住了门。

那天我在看日记时，突然感到一阵倦意，这点也很诡异。此外，我记得，发现门打不开之后，观山赶回来时的表现也很奇怪。

"我和你隔着窗户说话。我可以清楚地听到你讲的每一句话，可你却说听不到我在说什么。我当时就该有所察觉。"

被锁在佛堂里，让我慌了手脚。现在想来，真是懊恼。

"窗户一打开，门就跟着打开了，是因为气压吧。"

观山又点了点头。

那个手提袋里一定放了某种容易气化的东西。暖炉的热量促使该物质发生了气化反应，令佛堂里的气压上升。当然气压应该只是升高了一点，但佛堂的门很大，承受了较多的压力，所以就打不开了。而窗户是向一侧滑动的，所以承受的压力比较小。我打开窗子以后，室内室外的气压得到平衡，于是门就能打开了。开窗的瞬间，我感觉好像有什么东西从佛堂里跑出去了，应该就是室内的空气。结合当时我感到非常困倦这一点来看，提升气压的气体应该是二氧化碳。所以，手提袋里装的是——

"好吧，我就不跟你兜圈子了，提包里装的是干冰。"

观山干脆地说出了真相。

"那个提包里面装了一公斤干冰，全部气化以后，会让门增加几十公斤的压力。如果你真的全力去拉，应该还是打得开的。"

当时我很怕把人家的门拉坏，地板又很滑，这些不利条件应该都在观山的计算之中。

她原本的计划是将自己关在佛堂里，然后叫人过来，让大家发现佛堂门打不开。没想到发生了意料之外的火灾，她不得不临时赶回家。结果计划被打乱。难怪她再三强调佛堂的日记是她负责的，叫我别动。

观山的表情严肃得吓人。

"当时真的很危险，干冰全部气化融入空气后，二氧化碳的浓度会提高到致命的程度。为了避免发生意外，我还事先预备了氧气筒。都怪你不听我的，自己跑进了佛堂。说真的，可把我吓坏了。当时我在窗外叫你，你要是没反应，我就直接打破窗户了。"

听到她这番话，我不禁感到背脊发凉。然而，更恐怖的是，观山宁愿冒着巨大的风险，也要拼命演戏，煽动若田先生的恐惧。她的执着让人毛骨悚然。

"干冰是从鱼新的售货车上拿来的吧？"

"我有问过他啊，人家二话不说就给我了。"

这么说来，鱼新至少没有参与其中。不过也难讲，她的话可不可信还不好说。现在我已经不知道自己该相信什么了。

我一直觉得她还是个新人，才刚刚进入职场一年，什么状况都没摸清，所以理应对她照顾有加。倒不是我小瞧她，而是身为混迹职场多年的老人，理应做出这样的表率。想到有新人在看着，就算是自己不喜欢的工作，也会全力以赴。然而，观山却一直在暗中破坏我们一起进行的工作。按图索骥得到的就是这样的答案，但我实在不愿相信。

"观山，你到底是什么人？"

科长回答了这个问题——

"她是山仓副市长的侄女。详情你可以日后再向她了解。她这么优秀的人才，本不会来我们南库市政府。为了这个项目，山仓市长还特意让我把她的资历少算了两年。"

观山自嘲般地笑了笑，我从未见她露出过这样的表情。

"科长谬赞。只是我看起来比较像职场小白，所以才会被选中。其实，我自己也对地方政府的工作很感兴趣……不过，真没想到，我要完成的是这样的工作。"

接着，观山屏气凝神，正色道：

"万愿寺先生，我一直在等待着这一天的到来，好向您好好道歉。您教会了我很多东西。教会我作为一个政府工作人员应有的态度、觉悟和尊严。我一直表现得散漫随意，但您教我的东西我都牢牢记在了心里。对不起，我一直都在背叛您。"

观山在蓑石总是展露笑容，表现得开朗活泼，跟谁都聊得来，对谁都不敷衍。我一直以为观山游香就是这样一个女孩子。然而，真实的她到底是怎样的呢？她曾经喃喃自语"我为什么要做这样的工作啊"，难道只有那句才是她的真心话？她有向我透露过一点点真相吗？

"让你的工作打了水漂，我也很难受。你别怪观山，她也只是奉命行事。我们不能把真相告诉你。在明面上，还是需要有一个认真服务移居者的人。"西野科长说。

"我就是你们的幌子吗？"

"是啊……"

至少这次科长没有说谎。

"请你原谅，我们不得不这么做。"

"说什么原谅不原谅……"

我声嘶力竭地问道：

"为什么要这么做？"

移居者并非每个人都善良谦和，他们中的很多人性格怪异到让人不想和他们打交道。可是，他们都是普通市民，都是人，都怀揣着各自的梦想来到这个村庄。然而，科长却想方设法要将他们统统赶走。这到底是为了什么？

"理由你应该知道……"

科长将目光转向山坡下的蕹石村。

"要维持这个村庄需要经费，村子越大花费越多。同样的人口，地方越小越好。南库市没有足够的预算去维持蕹石村的运作。"

预算……又是预算！

"可那些移居者是市政府自己招募来的啊……"

"没错，错就错在这里。"

科长低下头，自言自语：

"好想抽支烟啊……"

"饭子市长竞选获胜后，推出的政策都只是否定前任而已，唯一有建设性的项目就是复兴蕹石村。这些来龙去脉，你肯定也很清楚。"

我当然知道。这些事人尽皆知，连我妹妹这种对政府运作毫不关心的人都听说了。

"我们这些人——这些政府内部的干部，各个都反对这项政策。哪怕只有一个市民住在这里，政府的工作人员也得竭尽全力去保障他的生活。公共设施的建设、垃圾的回收、道路的维护……一样都不能少。政府的行政工作，就是为了让市民维持正常的生活……整个村庄无人居住，正是我们梦寐以求的，我们可以停止这个地区所有的支出。复兴蕹石村，不就等于亲手毁了自己的美梦吗？蕹石村，应该就这样被遗忘才对。我们已经从各个方面尽力去劝说市长了。"

科长叹了一口气。

"然而，政治这东西就是让人捉摸不透。市长不肯放弃复兴蕹石的计划，他坚信复兴蕹石村才是正确的道路。他希望可以借此展现他的执行力，以谋求连任。他还拉拢了好几位议员，和他并肩作战。谁也无法说服他……山仓副市长想尽办法才把迁出费用也纳入了补助范畴。要是那时能让计划叫停，就不需要复兴科了。"

"所以，复兴科从一开始就是为了……"

"没错，复兴科从成立那天起，就有两个目标。一个是复兴蓑石村，另一个则是阻止蓑石村复兴。"

风已经悄然停止，蓑石村依然沐浴在明媚的阳光下。

"市长呢？"

我追问道：

"他知道这件事吗？"

"当然不可能让他知道，他是坚定的推进派。反对派的牵头人是山仓副市长，也可以说是谋反吧。"

西野科长面带笑容说：

"万愿寺，你也知道。在政府的行政体系里，市长是大脑，我们是躯干，公务员不能按照自己的个人意志行动。这才是健全的法制体系。可是，手脚被火烧到还是会本能地缩回来……启动蓑石村复兴项目后，很不幸，大批申请人应征而来，你顺利地完成了和屋主的协商工作，还规避了可能出现的法律问题。接着移居者搬了进来，在媒体面前举行了开村仪式。另一边，我们还在一直试图说服市长。"

科长的手在口袋里摸来摸去，最后无力地垂了下去。

"市长虽然顽固，但不是看不懂数字的人。他已经成功连任，在下次选举之前，他也希望可以处理好不良的财务数据。每天听我们汇报维持蓑石村的运作需要支出多少费用，他也渐渐改变了态度。万愿寺，你还记得上个月被市长叫去的事吧？"

"记得。"

"虽然为时已晚，但那时市长已经打从心底后悔发起蓑石村复兴项目了。我们见状，就坦白了复兴科的第二个目标。市长没有立刻表现出欣喜之色，但他肯定暗自松了一口气。最后，他认可了我们的行动计划。"

怪不得平时能说会道的饭子市长那天那么安静。他不顾下属的劝阻,差点引火烧身,得知下属一直在偷偷帮自己灭火,他自然无言以对。

科长捡起脚边的小石子,丢了出去。石子落在无人的村庄里,一下就不见了踪迹。

"不得不说,我们的运气太好了。虽然我们希望这里的居民能尽快搬走,可一般情况下,怎么也得花上十年、二十年的时间。当然,我们在挑选移居者时,选的就是应该会很快搬走的人。像是那些家境优渥可以轻松重头再来的人,经常搬家可以说走就走的人,还有对乡村生活抱有幻想的人……那些容易在此扎根的本地人和南库市市民从一开始就被排除在外。话虽如此,但我真没想到不到一年就能解决问题。这当然要归功于观山周密的安排,但说不定也是蓑石村的神明在保佑我们。"

我明白科长的心思,我不可能不明白。蓑石的除雪费用够不够用,全凭老天做主。更令人头疼的是校车问题。如果为了一两个学生就买汽车、雇司机,那其他地区要花一个多小时走路上学的学生家长绝对会不服气。对南库市而言,蓑石村的负担太重了。这点肯定没错。

可是……

搬来蓑石村的居民,并不是一个个数字,他们都有自己的姓名。安久津淳吉先生、华姬太太,还有他们的女儿光里。久野吉种先生玩航模时的表情是那样欢喜。久野朝美太太,我们听过她拉的小提琴。牧野慎哉先生,他坚信从蓑石村也可以发展出和世界接轨的产业。久保寺先生,他还打算再写新书。立石善己先生、秋江太太,在说起他们儿子速人小朋友的身体有所好转时,脸上的笑容多么灿烂。河崎一典先生也好,由美子太太也好,都没有罪大恶极到要把他们非赶出去不可。上谷景都先生离开蓑石时是多么恐惧。若田一郎先生在蓑石受到的心灵创伤,也许终有一天会被治愈吧。公子太太一定会日夜期盼那一天的到来。长塚昭夫先生,不管他的目的是什么,他都给蓑石带来了活力。泷山先生、丸山女士、好川夫妇,大家都离开了。

"所以,这一切就可以当作没发生过吗?"

科长毫不犹豫地说:

"至少市长同意了。"

"这是弃民于不顾。"

"你说得对。"

一直沉默不语的观山用无比温柔的声音说：

"万愿寺先生，我一直说服自己——优先一件事，就意味着另一件事要延后。就我们的工作而言，延后一件事，可能就是眼睁睁地看着别人丧命。和您一起工作以来，我越来越觉得这个想法是正确的。我曾经怀疑安久津光里被家人弃之不顾，可调查一番才发现，南库市根本没有任何可以接收她的机构。难道不更应该把钱花在建立这些机构上，而不是复兴蓑石村吗？"

原来她调查过了。

"别说泷山家的后山，就算是人口密集地区，没搞好防塌方工程的还有一大堆呢。每当花上四十分钟把救护车叫来蓑石，我就提心吊胆，怕此时要是市区也有人叫救护车可怎么办……所以，我一直对自己说，我做的是正确的。如果把钱用于维持蓑石村的运作，就意味着其他的工作要延后，这个地区的某个人就会因此不得不承受痛苦。"

观山说得没错。地方的资源是有限的，资源的分配是关乎性命的抉择。其实，我暗自想过，与其振兴蓑石村，不如把钱用来好好重振原来间野市的林业。那样的话，父亲说不定还可以重操旧业继续开小餐馆。

然而，这不能成为随意操弄移居者的理由。这个道理，根本说不通。我明白观山需要一个名正言顺的理由，可是明明我们都近距离地和他们打过交道，应该比任何人都更清楚，他们是一个个活生生的人。

科长说道：

"我真不该把你拉进复兴科。我早就听说你对工作认真负责，说难听点就是唯命是从，一心只想着晋升。可其实你是一名更优秀的公务员，比他们说的要强得多。虽然说不上对市民有多贴心，但你还是会为他们的困难奔走，为他们的遭遇呼号。我一直担心，有一天你会发现成立复兴科的真相。"

西野科长，这个号称"间野市的小泰山""南库市的大魔王"，被大家誉为"救火队长"的男人，面无表情地继续说着。

"你挽救了市长，将全市从困境中解脱出来。只要你提出转岗申请，下次人事调动时，不管是总务部还是土木工程科，你想去哪里都可以。当然，我还是希望你能和我继续并肩作战。就算在这个小地方，还是有很多必须扑灭的火苗。接下来，还有很多工作等着我们。我可以保证，这些工作也有值得我们付出努力的价值。"

一阵冷风迎面吹来。我转过头去，与凝视着我的观山四目相交。她似乎想说什么，但还是垂下眼帘并未开口。我之前就觉得，可以和市民很快打成一片的观山，一定会成长为一名优秀的公务员。

"科长……"

我不禁用颤抖的声音说：

"我为自己的工作感到骄傲。"

"确实是值得骄傲的工作。你在为全体南库市市民而努力。"

科长动情地说。

"真的吗？"

我眺望着眼前的蓑石村。

金黄的稻穗在风中摇曳，几十条鲤鱼在人工池中游来游去，遥控飞机盘旋在半空中，香喷喷的烧烤炊烟袅袅。一个孩子奔跑着去往图书伯伯家，最近他开始阅读有些深奥的书了。秋日庆典的准备工作有条不紊地进行着。人们从山上采来各种野味，庆典马上就要开始了，每个人的脸上都洋溢着笑容。线条粗犷的圆空佛默默守护着这个村庄。下一年，再下一年，生生不息。

这一切都只是幻影。

"真的吗？"

随风吹来的雪花晶莹剔透，飘舞在蓑石村的上空。我觉得，这个村庄比科长眼中更美。虽然美丽，但是对于偏远的城镇而言，维持这样一个美丽的小村庄未免太过奢侈。

山上的天气说变就变，突如其来的大雪很快将蓑石变成了一片纯白的世界。成为无人村的蓑石不会再有人来除雪。厚重的积雪会慢慢将房屋压垮，将道路损毁。

西野科长转身往山下走去。他的肩膀和头顶已经落了一层积雪。

观山忧心忡忡地看看我，想说什么，又似乎没找到合适的话语，也低着头默默地离开了。

人们通过几十年、几百年的努力开拓出的村庄，无力与大自然抗争，在人迹消失之后，这块土地终将变回一片荒野。

凛冽的寒风将皮肤吹得刺痛，夹带着初冬湿冷的雪花打在我身上。我已经无法为这个村庄再做些什么。昙花一现的复兴结束了，我也踏上归途。转身前，我最后回望了一眼蓑石村。朔风卷地吹急雪，整个村庄已消失在一片白茫茫中。

之后，这个村子再一次空无一人。

图字：07-2021-0135

图书在版编目（ＣＩＰ）数据

I的悲剧 /（日）米泽穗信著；王兰译. -- 长春：
吉林出版集团股份有限公司, 2021.7
ISBN 978-7-5731-0129-7

Ⅰ. ①I… Ⅱ. ①米… ②王… Ⅲ. ①中篇小说－日本
－现代 Ⅳ. ①I313.45

中国版本图书馆CIP数据核字(2021)第153024号

I DE BEIJU
I的悲剧

作　　者：［日］米泽穗信
译　　者：王　兰
出 版 人：耿　宏
责任编辑：张婷婷
出　　版：吉林出版集团股份有限公司
发　　行：吉林出版集团青少年书刊发行有限公司
地　　址：长春市福祉大路5788号（130118）
电　　话：0431-81629792
传　　真：0431-85629812
印　　刷：上海利丰雅高印刷有限公司
版　　次：2021年8月第1版
印　　次：2021年8月第1次印刷
字　　数：220千字
开　　本：890mm×1240mm 1/32
印　　张：7.875
书　　号：ISBN 978-7-5731-0129-7
定　　价：59.80元